中国教育学会中学语文教学专业委员会专家审定

青少年经典阅读书系 〔名师解读〕
QINGSHAONIAN JINGDIAN YUEDU SHUXI

LUXUN
ZAWEN JINGXUAN

鲁迅杂文精选

【一张旧中国凄凉人生的巨幅画卷】

鲁 迅 ◎ 著
《青少年经典阅读书系》编委会 ◎ 主编

首都师范大学出版社
CAPITAL NORMAL UNIVERSITY PRESS

图书在版编目(CIP)数据

鲁迅杂文精选／《青少年经典阅读书系》编委会主编.—北京：首都师范大学出版社,2011.11(2023年10月重印)
(青少年经典阅读书系.文学名著系列)
ISBN 978-7-5656-0506-2

Ⅰ.①鲁… Ⅱ.①青… Ⅲ.①鲁迅杂文-选集 Ⅳ.①I210.4

中国版本图书馆 CIP 数据核字(2011)第 222703 号

鲁迅杂文精选
《青少年经典阅读书系》编委会 主编

策划编辑	李佳健

首都师范大学出版社出版发行

地　　址	北京西三环北路 105 号
邮　　编	100048
电　　话	68418523(总编室)　68418521(发行部)
网　　址	www.cnupn.com.cn
印　　厂	汇昌印刷(天津)有限公司
经　　销	全国新华书店发行
版　　次	2012 年 7 月第 1 版
印　　次	2023 年 10 月第 4 次印刷
书　　号	978-7-5656-0506-2
开　　本	710mm×1000mm　1/16
印　　张	16
字　　数	202 千
定　　价	40.00 元

版权所有　违者必究
如有质量问题请与出版社联系退换

总 序
Total order

  被称为经典的作品是人类精神宝库中最灿烂的部分，是经过岁月的磨砺及时间的检验而沉淀下来的宝贵文化遗产，凝结着人类的睿智与哲思。在滔滔的历史长河里，大浪淘沙，能够留存下来的必然是精华中的精华，是闪闪发光的黄金。在浩瀚的书海中如何才能找到我们所渴望的精华——那些闪闪发光的黄金呢？唯一的办法，我想那就是去阅读经典了！

  说起文学经典的教育和影响，我们每个人都会立刻想起我们读过的许许多多优秀的作品——那些童话、诗歌、小说、散文等，会立刻想起我们阅读时的那种美好的精神享受的过程，那种完全沉浸其中、受着作品的感染，与作品中的人物，或者有时就是与作者一起欢笑、一起悲哭、一起激愤、一起评判。读过之后，还要长时间地想着，想着……这个过程其实就是我们接受文学经典的熏陶感染的过程，接受文学教育的过程。每一部优秀的传世经典作品的背后，都站着一位杰出的人，都有一个高尚的灵魂。经常地接受他们的教育，同他们对话，他们对社会与对人生的睿智的思考、对美的不懈的追求，怎么会不点点滴滴地渗透到我们的心灵，渗透到我们的思想和感情里呢！巴金先生说："读书是在别人思想的帮助下，建立自己的思想。""品读经典似饮清露，鉴赏圣书如含甘饴。"这些话说得多么恰当，这些感

总　序
Total order

受多么美好啊！让我们展开双臂、敞开心灵，去和那些高尚的灵魂、不朽的作品去对话，交流吧，一个吸收了优秀的多元文化滋养的人，才能做到营养均衡，才能成为精神上最丰富、最健康的人。这样的人，才能有眼光，才能不怕挫折，才能一往无前，因而才有可能走在队伍的前列。

"首师经典阅读书系"给了我们一把打开智慧之门的钥匙，会让我们结识世界上许许多多优秀的作家作品，会让这个世界的许多秘密在我们面前一览无余地展开，会让我们更好地去感悟时间的纵深和历史的厚重。

来吧！让我们一起品读"经典"！

国家教育部中小学继续教育教材评审专家
中国教育学会中学语文教学专业委员会秘书长

丛书编委会

丛书策划　李佳健
　　　　　王　安
主　　编　李佳健
副主编　　张　蕾
编　　委（排名不分先后）
　　　　　张　蕾　李佳健　安晓东　王　晶　高　欢
　　　　　徐　可　李广顺　刘　朔　欧阳丽　李秀芹
　　　　　朱秀梅　王亚翠　赵　蕾　黄秀燕　王　宁
　　　　　邱大曼　李艳玲　孙光继　李海芸

阅读导航

　　鲁迅是一位伟大的文学家，也是一位特立独行的思想文化巨人。这不仅由于他在小说、散文、散文诗领域取得的卓越辉煌的思想艺术成就，而且还在于他以毕生的心血和精力，创作了大量的独树一帜、无与伦比的杂文。《坟》、《热风》、《华盖集》等十多部杂文集，和小说集《呐喊》、《彷徨》、《故事新编》，散文诗集《野草》，散文集《朝花夕拾》一样，是鲁迅留给我们的极为宝贵的思想文化和文学遗产中的一个十分重要的有机组成部分。在那风雨如晦的旧中国，他用一支犀利的笔，饱蘸激情地写下的篇篇杂文"如匕首，似投枪"，直刺敌人要害，发挥了无可替代的战斗作用。

　　鲁迅的杂文可以说是那个黑暗年代的产物，它对今天的现代人是否还有意义呢？对于这个问题的回答，可谓"仁者见仁，智者见智"，但我们应该看到，时至今日，鲁迅杂文仍是我们认识中国人，认识中国社会、中国历史和中国文化的最切实可靠、最生动深刻的文本。从自己的社会阅历、生命体验和人生感悟中，鲁迅真正深刻洞察了中国人的行为方式和文化心理，真正透彻地发现了中国社会、中国历史和中国文化隐秘的内在机理。鲁迅深邃的眼光和独到的思想，总是能够穿越中国社会、历史和文化的广阔时空，游刃有余地纵横捭阖，天马行空般地自由驰骋，从任何一种社会现象、文化现象、政治现象和历史现象中，洞幽烛微地透视和解析隐含其中的中国文化的遗传"密码"，中国社会和历史的"潜规则"，以及种种不断被袭用的"老谱"和"老例"。

　　鲁迅的杂文，打上了鲁迅的人格和个性的鲜明印记，饱含着他深邃独到的思想和热烈冷峻的情感。在杂文写作中，鲁迅往往纵意而谈，挥洒自如，信手拈来，涉笔成趣，真可谓"嬉笑怒骂，皆成文章"。当有人劝他不要做这样的文章时，鲁迅说，"那好意，我是很感激的。而且并非不知道创作之可贵。然而要做这样的东西的时候，恐怕也还要做这样的东西，我以为如果艺术之宫里有这么麻烦的禁令，倒不如不进去；还是站在沙漠上，看看飞沙走石，乐则大笑，悲则大叫，愤则大骂，即使被沙砾打得遍身粗糙，头破血流，而时时抚摩自己的凝血，觉得若有花纹，也未必不及跟着中国的文士们去陪莎士比亚吃黄油面包之有趣。"（《华盖集·题记》）在阅读鲁迅杂文的时候，我们总是能依稀看到痛快淋漓的文字后面的鲁迅"乐则大笑，悲则大叫，愤则大骂"的形象，情不自禁地受到他那浓烈而郁勃的激情的感激和冲击，深切地感到他那伟大的人性和人格的力量。

有些人指责鲁迅的文笔太尖刻，说他太喜欢骂人，但从论战的实际情况看，鲁迅倒常是后发制人的。比如，梁实秋以"卢布说"的大帽子来扣左翼作家在先，鲁迅才骂他是"丧家的""资本家的乏走狗"。"拿卢布"在当时是可以置死的罪名，而"乏走狗"之类，则只不过是揭露性的言辞而已。所以鲁迅主张出版杂文集时，应将对方的文字也收入，才能了解当时的实际情况，否则还以为一方在对空打太极拳。现在，对手的文字大抵已经泯灭了，于是只觉得鲁迅的杂文尖刻了。

鲁迅自然也有缺点，也有判断失误之处，也有时代的局限性，但就总体而论，他的大多数见解，至今看来，仍是正确的和深刻的。正如一位鲁迅研究者所说，在中国现代史上，还不曾有第二个人，像鲁迅这样"广泛而深刻地解读了活跃在中国社会上的各种各样的思想文化现象，揭示了中国社会各阶层的各种人物的严重的文化错位现象"。鲁迅杂文所具有的透辟的思想洞察力、锐利的文化批判力和强烈的艺术感染力，产生的是一种醍醐灌顶、振聋发聩的阅读效果，发人深省，引人思索，使读者不能不时时从自己的真实的生命体验和生活感受出发，重新认真、严肃地审视和思考自我，审视和思考自己所面对的实际的生存状况与社会文化环境。

鲁迅的伟大不是靠人为的吹捧，而是以自己的作品显示自己的不朽的。我们应该学会用自己的眼睛去看，用自己的心去体味，读出自己心中的鲁迅。

目录

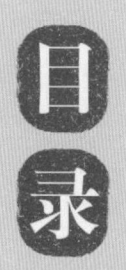

《热风》
随感录三十八 / 2

随感录四十 / 6

事实胜于雄辩 / 9

所谓"国学" / 10

《华盖集》
青年必读书 / 13

忽然想到（节选）/ 15

战士和苍蝇 / 19

夏三虫 / 21

十四年的"读经" / 23

这个与那个 / 28

我观北大 / 36

《华盖集续编》
学界的三魂 / 40

谈皇帝 / 44

无花的蔷薇 / 46

马上日记（节选）/ 51

目录

《阿Q正传》的成因 / 57

《坟》

我之节烈观 / 64

我们现在怎样做父亲 / 71

娜拉走后怎样 / 83

再论雷峰塔的倒掉 / 89

论"他妈的!" / 93

论睁了眼睛 / 97

写在《坟》后面 / 102

《而已集》

略论中国人的脸 / 110

忧"天乳" / 114

魏晋风度及文章与药及酒之关系 / 116

小杂感 / 129

《三闲集》

无声的中国 / 135

"醉眼"中的朦胧 / 140

革命咖啡店 / 146

柔石作《二月》小引 / 148

目录

流氓的变迁 / 150

《二心集》

对于左翼作家联盟的意见 / 154

宣传与做戏 / 160

柔石小传 / 162

中华民国的新"堂吉诃德"们 / 164

以脚报国 / 166

《伪自由书》

观斗 / 169

逃的辩护 / 171

从幽默到正经 / 173

最艺术的国家 / 175

现代史 / 177

中国人的生命圈 / 181

文章与题目 / 183

《南腔北调集》

我怎么做起小说来 / 187

谈金圣叹 / 191

上海的少女 / 194

目录

上海的儿童 / 196

小品文的危机 / 198

谣言世家 / 202

《准风月谈》

夜颂 / 205

二丑艺术 / 208

"吃白相饭" / 211

中国的奇想 / 213

"中国文坛的悲观" / 216

我们怎样教育儿童的? / 218

《且介亭杂文》

关于中国的两三件事 / 221

忆刘半农君 / 229

从孩子的照相说起 / 232

说"面子" / 235

《集外集》

爱之神 / 240

自嘲 / 241

题《彷徨》/ 242

《热　风》

　　《热风》是鲁迅的第一本杂文集,收录作者从 1918 年到 1924 年所作的杂文,共计 41 篇。前 27 篇是为《新青年》杂志写的随感录;后 14 篇是发表在《晨报副刊》上的短评。

　　鲁迅在本书题记中说,这是几个朋友为他编辑起来的。1925 年 11 月由北京北新书局初版,后印行的版本均与初版相同。这些杂文写于"五四"运动前夜和新文化运动中,内容是反对封建宗法制度和旧礼教、旧文化,主张思想解放,提倡新文化、新道德。鲁迅在《热风·题记》中说,这些文章"有的是对于扶乩,静坐,打拳而发的;有的是对于所谓'保存国粹'而发的;有的是对于那时旧官僚的以经验自豪而发的;有的是对于上海《时报》的讽刺画而发的。记得当时的《新青年》是正在四面受敌之中,我所对付的不过一小部分"。"五四"运动之后的作品,"一九二一年中的一篇是对于所谓'虚无哲学'而发的;更后一年则大抵对于上海之所谓'国学家'而发"。

　　关于本书的名字,鲁迅说:"对于周围的感受和反应,又大概是所谓'如鱼饮水冷暖自知'的;我却觉得周围的空气太寒冽了,我自说我的话,所以反而称之曰《热风》。"

　　本书选录了《随感录三十八》、《随感录四十》、《事实胜于雄辩》、《所谓"国学"》四篇文章。

随感录三十八

"自大"一向被视为人的弱点,但鲁迅从国家、民族的高度,讽刺了那些打着爱国的旗号,盲目自大、闭关自守的人,而赞扬思想见识高出庸众、提倡各种改革的"个人的自大"。

> 这在《阿Q正传》中得到了充分体现。小说中所有的人物,从阿Q到小D、王胡再到赵太爷、赵秀才、假洋鬼子,再到吴妈、邹七嫂、小尼姑以至未庄的闲人、城里的看客,全部是得意时妄自尊大,失意时自卑自贱,不懂得尊重别人,也不尊重自己。这种"合群的自大"正是鲁迅所批判的。

中国人向来有点自大。——只可惜没有"个人的自大",都是"合群的爱国的自大"。这便是文化竞争失败之后,不能再见振拔改进的原因。

"个人的自大",就是独异,是对庸众宣战。除精神病学上的夸大狂外,这种自大的人,大抵有几分天才,——照 Nordau 等说,也可说就是几分狂气。他们必定自己觉得思想见识高出庸众之上,又为庸众所不懂,所以愤世嫉俗,渐渐变成厌世家,或"国民之敌"。但一切新思想,多从他们出来,政治上宗教上道德上的改革,也从他们发端。所以多有这"个人的自大"的国民,真是多福气!多幸运!

"合群的自大","爱国的自大",是党同伐异,是对少数的天才宣战;——至于对别国文明宣战,却尚在其次。他们自己毫无特别才能,可以夸示于人,所以把这国拿来做个影子;他们把国里的习惯制度抬得很高,赞美的了不得;他们的国粹,既然这样有荣光,他们自然也有荣光了!倘若遇见攻击,他们也不必自去应战,因为这种蹲在影子里张目摇舌的人,数目极多,只须用 mob 的长技,一阵乱噪,便可制胜。胜了,我是一群中的人,自然也胜了;若败了时,一群中有许多人,未必是我受亏:大凡聚众滋事时,多具这种心理,也就是他们的心理。他们举动,看似猛烈,其实却很卑怯。至于所生结果,则复古,尊王,扶清灭洋等,已领教得多了。所以多有这"合群的爱国的自大"的国民,真是可哀,真是不幸!

不幸中国偏只多这一种自大:古人所作所说的事,没一件不好,遵行还怕不及,怎敢说到改革?这种爱国的自大家的意见,虽各派略有不同,根柢总是一致,计算起来,可分作下列五种:

> 根柢:根底,以下同。

甲云:"中国地大物博,开化最早;道德天下第一。"这是完全自负。

乙云:"外国物质文明虽高,中国精神文明更好。"

丙云:"外国的东西,中国都已有过;某种科学,即某子所说的云云",这两种都是"古今中外派"的支流;依据张之洞的格言,以"中学为体西学为用"的人物。

丁云:"外国也有叫化子——(或云)也有草舍——娼妓——臭虫。"这是消极的反抗。

戊云:"中国便是野蛮的好。"又云:"你说中国思想昏乱,那正是我民族所造成的事业的结晶。从祖先昏乱起,直要昏乱到子孙;从过去昏乱起,直要昏乱到未来……(我们是四万万人,)你能把我们灭绝吗?"这比"丁"更进一层,不去拖人下水,反以自己的丑恶骄人;至于口气的强硬,却很有《水浒传》中牛二的态度。

> 这种观点才是最令人忧虑的。

五种之中,甲乙丙丁的话,虽然已很荒谬,但同戊比较,尚觉情有可原,因为他们还有一点好胜心存在。譬如衰败人家的子弟,看见别家兴旺,多说大话,摆出大家架子;或寻求人家一点破绽,聊给自己解嘲。这虽然极是可笑,但比那一种掉了鼻子,还说是祖传老病,夸示于众的人,总要算略高一步了。

戊派的爱国论最晚出,我听了也最寒心;这不但因其居心可怕,实因他所说的更为实在的缘故。昏乱的祖先,养出昏乱的子孙,正是遗传的定理。民族根性造成之后,无论好坏,改变都不容易的。法国 G. Le Bon 著《民族进化的心理》中,说及此事道(原文已忘,今但举其大意)——"我们一举一动,虽似自主,其实多受死鬼的牵制。将我们一代的人,和先前几百代的鬼比较起来,数目上就万不能敌了。"我们几百代的祖先里面,昏乱的人,定然不少:有讲道学的儒生,也有讲阴阳五行的道士,有静坐炼丹的仙人,也有打脸打把子的戏子。所以我们现在虽想好好做"人",难保血管里的昏乱分子不来作怪,我们也不由自主,一变而为研究丹田脸谱的人物:这真是大可寒心的事。但我总希望这昏乱思想遗传的祸害,不至于有梅毒那样猛烈,竟至百无一免。即使同梅毒一样,现在发明了六百零六,肉体上的病,既可医治;我希望也有一种七百零七的药,可以医治思想上的病。这药原来也已发明,就是"科学"一味。只希望那班精神上掉了鼻子的朋友,不要又打着"祖传老病"的旗号来反对吃药,中国的昏乱病,便也总有痊愈的一天。祖先的势力虽大,但如从现代起,立意改变:扫除了昏乱的心思,和助成昏乱的物事(儒道两派的文书),再用了对症的药,即使不能立刻奏效,也可把那病毒略略羼淡。如此几代之后待我们成了祖先的时候,就可以分得昏乱祖先的若干势力,那时便有转机,Le Bon 所说的事,也不足怕了。

以上是我对于"不长进的民族"的疗救方法;至于"灭绝"一条,那是全不成话,可不必说。"灭绝"这两个可怕的字,岂是我们人类应说的?只有张献忠这等人曾有如此主张,

羼(chàn):掺杂。

至今为人类唾骂；而且于实际上发生出什么效验呢？但我有一句话，要劝戊派诸公。"灭绝"这句话，只能吓人，却不能吓倒自然。他是毫无情面：他看见有自向灭绝这条路走的民族，便请他们灭绝，毫不客气。我们自己想活，也希望别人都活；不忍说他人的灭绝，又怕他们自己走到灭绝的路上，把我们带累了也灭绝，所以在此着急。倘使不改现状，反能兴旺，能得真实自由的幸福生活，那就是做野蛮也很好。——但可有人敢答应说"是"么？

> 鲁迅的文章中对民族、人物多用"他"。

> **随感录四十**
>
> 一谈到爱情，现代人总会想起泰坦尼克那种浪漫的故事，但事实上，在五四以前，古老的中国并没有真正的爱情观。鲁迅在此给予了深刻的论述。

<small>诗多四言，风趣幽默，鲁迅的风格可从中窥见一斑。</small>

终日在家里坐，至多也不过看见窗外四角形惨黄色的天，还有什么感想？只有几封信，说道，"久违芝宇，时切葭思"；有几个客，说道，"今天天气很好"：都是祖传老店的文字语言。写的说的，既然有口无心，看的听的，也便毫无所感了。

有一首诗，从一位不相识的少年寄来，却对于我有意义。——

爱　情

我是一个可怜的中国人。爱情！我不知道你是什么。

我有父母，教我育我，待我很好，我待他们，也还不差。我有兄弟姊妹，幼时共我玩耍，长来同我切磋，待我很好，我待他们，也还不差。但是没有人曾经"爱"过我，我也不曾"爱"过他。

我年十九，父母给我讨老婆。于今数年，我们两个，也还和睦。可是这婚姻，是全凭别人主张，别人撮合：把他们一日戏言，当我们百年的盟约。

<small>鲁迅自己就是这样做的。他之所以接受母亲给他定下的旧式婚姻，就是怕退婚之后，女方在旧的习惯势力下，不好做人，所以宁可背着无爱的婚姻，准备做一世的牺牲，直到后来遇到许广平，才有了新的转机。</small>

仿佛两个牲口听着主人的命令,"咄,你们好好地住在一块儿罢!"

爱情!可怜我不知道你是什么!

诗的好歹,意思的深浅,姑且勿论;但我说,这是血的蒸气,醒过来的人的真声音。

爱情是什么东西?我也不知道。中国的男女大抵一对或一群——一男多女——的住着,不知道有谁知道。

但从前没有听到苦闷的叫声。即使苦闷,一叫便错;少的老的,一齐摇头,一齐痛骂。

然而无爱情结婚的恶结果,却连续不断地进行。形式上的夫妇,既然都全不相关,少的另去姘人宿娼,老的再来买妾;麻痹了良心,各有妙法。所以直到现在,不成问题。但也曾造出一个"妒"字,略表他们曾经苦心经营的痕迹。

可是东方发白,人类向各民族所要的是"人"——自然也是"人之子"——我们所有的单是人之子,是儿媳妇与儿媳之夫,不能献出于人类之前。

可是魔鬼手上,终有漏光的处所,掩不住光明:人之子醒了;他知道了人类间应有爱情;知道了从前一班少的老的所犯的罪恶;于是起了苦闷,张口发出这叫声。

但在女性一方面,本来也没有罪,现在是做了旧习惯的牺牲。我们既然自觉着人类的道德,良心上不肯犯他们少的老的的罪,又不能责备异性,也只好陪着做一世牺牲,完结了四千年的旧账。

做一世牺牲,是万分可怕的事;但血液究竟干净,声音究竟醒而且真。

我们能够大叫,是黄莺便黄莺般叫;是鸱鸮便鸱鸮般叫。

> 鲁迅再次发出"救救孩子"的呼声。

我们不必学那才从私窝子里跨出脚,便说"中国道德第一"的人的声音。

我们还要叫出没有爱的悲哀,叫出无所可爱的悲哀……我们要叫到旧账勾销的时候。

旧账如何勾销?我说,"完全解放了我们的孩子!"

事实胜于雄辩

> 在我们理论某道理时，总会说"事实胜于雄辩"，果真如此吗？

西哲说：事实胜于雄辩。我当初很以为然，现在才知道在我们中国，是不适用的。

去年我在青云阁的一个铺子里买过一双鞋，今年破了，又到原铺子去照样地买一双。

一个胖伙计，拿出一双鞋来，那鞋头又尖又浅了。

我将一只旧式的和一只新式的都排在柜上，说道：

"这不一样……"

"一样，没有错。"

"这……"

"一样，您瞧！"

我于是买了尖头鞋走了。

我顺便有一句话奉告我们中国的某爱国大家，您说，攻击本国的缺点，是拾某国人的唾余的，试在中国上，加上我们二字，看看通不通。

现在我敬谨加上了，看过了，然而通的。

您瞧！

十一月四日。

所谓"国学"

> 一般来说，国学是指以儒学为主体的中华传统文化与学术。那么鲁迅把国学加了引号，这又是怎样一种国学呢？

现在暴发的"国学家"之所谓"国学"是什么？一是商人遗老们翻印了几十部旧书赚钱，二是洋场上的文豪又做了几篇鸳鸯蝴蝶体小说出版。

商人遗老们的印书是书籍的古董化，其置重不在书籍而在古董。遗老有钱，或者也不过聊以自娱罢了，而商人便大吹大擂的借此获利。还有茶商盐贩，本来是不齿于"士类"的，现在也趁着新旧纷扰的时候，借刻书为名，想挨进遗老遗少的"士林"里去。他们所刻的书都无民国年月，辨不出是元版是清版，都是古董性质，至少每本两三元，绵连，锦帙，古色古香，学生们是买不起的。这就是他们之所谓"国学"。

然而巧妙的商人可也决不肯放过学生们的钱的，便用坏纸恶墨别印什么"精华"什么"大全"之类来搜括。定价并不大，但和纸墨一比较却是大价了。至于这些"国学"书的校勘，新学家不行，当然是出于上海的所谓"国学家"的了，然而错字迭出，破句连篇（用的并不是新式圈点），简直是拿少年来开玩笑。这是他们之所谓"国学"。

洋场上的往古所谓文豪，"卿卿我我""蝴蝶鸳鸯"诚然做过一小堆，可是自有洋场以来，从没有人称这些文章（？）为国学，他们自己也并不以"国学家"自命的。现在不知何以，忽而奇想天开，也学了盐贩茶商，要凭空挨进"国学家"队里去了。然而事实很可惨,他们之所谓国学,是"拆白之事各处皆有而以上海一隅为最甚(中略)余于课余之暇不惜浪费笔墨编纂事实作一篇小说以饷阅者想亦阅者所乐闻也"。(原本每句都密圈,今从略,以省排工,阅者谅之。)

"国学"乃如此而已乎?

试去翻一翻历史里的儒林和文苑传罢,可有一个将旧书当古董的鸿儒,可有一个以拆白饷阅者的文士?

倘说,从今年起,这些就是"国学",那又是"新"例了。你们不是讲"国学"的吗?

《华盖集》

  《华盖集》是鲁迅1925年在北京所作杂文的结集，共31篇，1925年除夕编讫时作《题记》1篇，1926年2月15日校毕后作《后记》1篇。同年6月由北京北新书局出版。此后印行的版本均与初版相同。

  书中各篇，除《题记》、《后记》外，曾发表于《京报副刊》、《猛进》、《语丝》、《京报·民众文艺副刊》、《莽原》、《豫报副刊》、《国民新报副刊》、《北大学生会周刊》等报刊中。在这些杂文中，鲁迅继续对传统思想进行战斗，他批评了当时中国人的因循守旧、故步自封的缺点，提倡实干精神，鼓励青年同各种坏思想进行不懈的斗争。有些杂文是围绕女师大风潮而写的，对国民党和现代评论派的帮闲文人进行了针锋相对的斗争。

  关于书名，鲁迅先生曾经解释道："人是有时要'交华盖运'的……华盖运，在和尚是好运：顶有华盖，自然是成佛作祖之兆。但俗人可不行，华盖在上，就要给罩住了，只好碰钉子。"先生杂文的锋芒大多指向反动政府及当时的一些所谓学者、名流和正人君子，因而招致了政府的迫害和文化帮凶的围攻。可谓四处碰壁，故取名《华盖集》。

  本书收录了《青年必读书》、《忽然想到（节选）》、《战士和苍蝇》、《夏三虫》、《十四年的"读经"》、《这个与那个》和《我观北大》七篇文章。

青年必读书

1925年1月间,《京报副刊》征求"青年必读书",学者名流们开了一大批"国学"书目,鲁迅则独辟蹊径,开了以下不能称为书目的书目。

青年必读书	从来没有留心过, 所以现在说不出。
附 注	但我要趁这机会,略说自己的经验,以供若干读者的参考—— 　　我看中国书时,总觉得就沉静下去,与实人生离开;读外国书——但除了印度——时,往往就与人生接触,想做点事。 　　中国书虽有劝人入世的话,也多是僵尸的乐观;外国书即使是颓唐和厌世的,但却是活人的颓唐和厌世。 　　我以为要少——或者竟不——看中国书,多看外国书。 　　少看中国书,其结果不过不能作文而已。但现在的青年最要紧的是"行",不是"言"。只要是活人,不能作文算什么大不了事。 <div style="text-align:right">(二月十日)</div>

情境赏析

　　鲁迅在附注中建议青年少读中国书，多读外国书。此论一出，便引起轩然大波。攻击的文章和信件一大堆，指斥鲁迅"浅薄"、"武断"，甚至加之以卖国的罪名。鲁迅的回答是："我以为如果外国人来灭中国，是只教你略能说几句外国话，却不至于劝你多读外国书，因为那书是来灭的人们所读的。但是还要奖励你多读中国书，孔子也还要更加崇奉，像元朝和清朝一样。"

　　后来，他在《写在〈坟〉后面》也说，"去年我主张青年少读；或者简直不读中国书，乃是用许多苦痛换来的真话，绝不是聊且快意，或开什么玩笑，愤激之辞。古人说，不读书便成愚人，那自然也不错的。然而世界却正由愚人造成，聪明人决不能支持世界，尤其是中国的聪明人。"

　　这些话，需要联系鲁迅的其他杂文及其身世经历、社会背景，才能明白其中深意。

名家点评

　　爱看书的青年，大可以看看本分以外的书，即课外的书——比如学理科的，偏看看文学书；学文学的，偏看看科学书，看看别人在那里研究的究竟是怎么一回事。这样子，对于别人，别事，可以有更深的了解。

——鲁迅

> 应该如何看待历史？什么东西才能真正记载历史？
>
> 鲁迅的"忽然想到"提出了我们应该对历史所持的态度。
>
> 虽命名为"忽然想到"，但却是平素深长思考的厚积薄发，字里行间透出来的绝不是轻松。

忽然想到（节选）

三

我想，我的神经也许有些瞀乱了。否则，那就可怕。

我觉得仿佛久没有所谓中华民国。

我觉得革命以前，我是做奴隶；革命以后不多久，就受了奴隶的骗，变成他们的奴隶了。

我觉得有许多民国国民而是民国的敌人。

我觉得有许多民国国民很像住在德法等国里的犹太人，他们的意中别有一个国度。

我觉得许多烈士的血都被人们踏灭了，然而又不是故意的。

我觉得什么都要从新做过。

退一万步说罢，我希望有人好好地做一部民国的建国史给少年看，因为我觉得民国的来源，实在已经失传了，虽然还只有十四年！

二月十二日。

> 瞀(mào)：书面语。指心绪纷乱。

> 这是鲁迅经历过辛亥革命之前的革命运动和目睹辛亥革命之后的政权争夺而发出的感慨。从这里我们可以看到鲁迅对历史的重视，因为忘却历史就会背叛革命。

四

先前,听到二十四史不过是"相斫书",是"独夫的家谱"一类的话,便以为诚然。后来自己看起来,明白了:何尝如此。

历史上都写着中国的灵魂,指示着将来的命运,只因为涂饰太厚,废话太多,所以很不容易察出底细来。正如通过密叶投射在莓苔上面的月光,只看见点点的碎影。但如看野史和杂记,可更容易了然了,因为他们究竟不必太摆史官的架子。

秦汉远了,和现在的情形相差已多,且不道。元人著作寥寥。至于唐宋明的杂史之类,则现在多有。试将记五代,南宋,明末的事情的,和现今的状况一比较,就当惊心动魄于何其相似之甚,仿佛时间的流驶,独与我们中国无关。现在的中华民国也还是五代,是宋末,是明季。

以明末例现在,则中国的情形还可以更腐败,更破烂,更凶酷,更残虐,现在还不算达到极点。但明末的腐败破烂也还未达到极点,因为李自成,张献忠闹起来了。而张李的凶酷残虐也还未达到极点,因为满洲兵进来了。

难道所谓国民性者,真是这样地难于改变的么?倘如此,将来的命运便大略可想了,也还是一句烂熟的话:古已有之。

伶俐人实在伶俐,所以,决不攻难古人,摇动古例的。古人做过的事,无论什么,今人也都会做出来。而辩护古人,也就是辩护自己。况且我们是神州华胄,敢不"绳其祖武"吗?

幸而谁也不敢十分决定说:国民性是决不会改变的。在这"不可知"中,虽可有破例——即其情形为从来所未有——的灭亡的恐怖,也可以有破例的复生的希望,这或

> 读史的目的是为了现在,是为了加深对于现实的理解,但由于鲁迅亲身的经历他就更主张读野史、杂记,这种经验之谈对我们很有指导作用。

者可作改革者的一点慰藉罢。

　　但这一点慰藉，也会勾销在许多自诩古文明者流的笔上，淹死在许多诬告新文明者流的嘴上，扑灭在许多假冒新文明者流的言动上，因为相似的老例，也是"古已有之"的。

自诩（xǔ）：自夸。

　　其实这些人是一类，都是伶俐人，也都明白，中国虽完，自己的精神是不会苦的——因为都能变出合式的态度来。倘有不信，请看清朝的汉人所做的颂扬武功的文章去，开口"大兵"，闭口"我军"，你能料得到被这"大兵""我军"所败的就是汉人的么？你将以为汉人带了兵将别的一种什么野蛮腐败民族歼灭了。

　　然而这一流人是永远胜利的，大约也将永久存在。在中国，唯他们最适于生存，而他们生存着的时候，中国便永远免不掉反复着先前的命运。

　　"地大物博，人口众多"，用了这许多好材料，难道竟不过老是演一出轮回把戏而已么？

二月十六日。

情境赏析

　　怎样对待历史，怎样对待史书的记载，既是对待历史的态度也是对待现实的态度。中华民国的建立，本意味着民主秩序的建立，但建国不过十四年，却早已丧失了民主共和的性质。所以鲁迅觉得仿佛已久没有所谓的中华民国，人民仍是奴隶，只不过革命前是皇帝的奴隶，革命后变成奴隶的奴隶。由于社会没有深刻的变革，人们的思想也就没有很大的变动，许多人并不爱这个民国，因而他觉得有许多民国的国民是民国的敌人，他们意中别有一个国度。所以鲁迅希望有一部好的民国建国史给后人看，让他们对历史有一个明确的认识，这也是鲁迅常常提倡读史的原因。

但鲁迅提倡读史,并不是叫我们去钻故纸堆,其目的是为了现在。因为历史和现实有很多相似之处,但有一些人竭力为古人辩护,鲁迅对此进行了深刻解剖。并认为,"在中国,唯他们最适于生存,而他们生存着的时候,中国便永远免不掉反复着先前的命运"。这是很值得注意的。

名家点评

我愿意对有责任感的作家保持足够的尊敬。的确需要有些人,愿意面对历史的阴暗角落,进行心灵的逼问和审视。

——谢有顺

战士和苍蝇

> 这是鲁迅1925年写的一篇杂文。写的是战士死后，苍蝇聒噪，数落战士，显示自己"完美"；实际上是以战士和苍蝇为喻体，歌颂像战士一般高大的伟人，痛斥像苍蝇一般肮脏的小人。

Schopenhauer说过这样的话：要估定人的伟大，则精神上的大和体格上的大，那法则完全相反。后者距离愈远即愈小，前者却见得愈大。

正因为近则愈小，而且愈看见缺点和创伤，所以他就和我们一样，不是神道，不是妖怪，不是异兽。他仍然是人，不过如此。但也惟其如此，所以他是伟大的人。

战士战死了的时候，苍蝇们所首先发现的是他的缺点和伤痕，嘬着，营营地叫着，以为得意，以为比死了的战士更英雄。但是战士已经战死了，不再来挥去他们。于是乎苍蝇们即更其营营地叫，自以为倒是不朽的声音，因为它们的完全，远在战士之上。

的确的，谁也没有发见过苍蝇们的缺点和创伤。

然而，有缺点的战士终竟是战士，完美的苍蝇也终究不过是苍蝇。去罢，苍蝇们！虽然生着翅子，还能营营，总不会超过战士的。你们这些虫豸们！

三月二十一日。

这句话的意思是：估定一个人体格的伟大，距离越远越小，越近越大；估定一个人的精神的伟大，距离越远越大，越近越小。

见：通现。

豸（zhì）：指没有脚的虫子。虫豸是古代对虫子的通称。

情境赏析

鲁迅在《集外集拾遗·这是这么一个意思》里说，"所谓战士者，是指中山先生和民国元年前后殉国而反受奴才们讥笑糟踏的先烈；苍蝇则当然是指奴才们。"此后又在《集外集拾遗·中山先生逝世一周年》中说，"他是一个全体，永远的革命者。无论所做的那一件，全都是革命。无论后人如何吹求他，冷落他，他终于全都是革命。"

本文是于孙中山逝世后第九天写下的，在反动派咒骂孙中山要实行"共产共妻"之时，鲁迅高度赞扬了孙中山先生的历史功绩，给帝国主义封建势力及其走狗奴才们以无情的揭露和有力的抨击。并通过鲜明的对比、寓言的格调、简练的话语，作出了"有缺点的战士终究是战士；完美的苍蝇也终究不过是苍蝇"的结论，对孙中山及辛亥革命做出了公正的评价。

名家点评

在中国处于内忧外患、贫困落后境地之时，孙中山第一个喊出了"振兴中华"的响亮口号。他明确提出"建设是革命的唯一目的"，并在《建国方略》等著作中擘画了建设现代工业、交通和农业的蓝图，显示了对未来中国发展的卓越见解和宏伟气魄。他认为，要赶超西方经济发达国家，应该实行"开放主义"，"要学外国的长处"，同时强调"发展之权，操之在我则存，操之在人则亡"。他坚决主张维护国家主权和统一，反对一切分裂祖国的行为，指出"统一是中国全体国民的希望。能够统一，全国人民便享福。不能统一，便要受害"。孙中山先生这种伟大的爱国主义精神和思想，对正在为建设社会主义现代化国家而奋斗的中国人民，对一切有志于实现祖国富强、完成祖国统一的海内外同胞，仍然有着巨大的启迪、教育和鼓舞作用。

——江泽民

夏三虫

> 作者在这篇文章中，借夏三虫深刻地揭露了当时现实生活中的三类文人：一类是如跳蚤一样的普通的反动文人；一类是较之蚊子更虚伪矫情的反动文人；一类是如苍蝇一样表面上危险甚微却会传播病毒、影响深远的反动文人。同时，作者又借夏三虫，提示了当时的中国人思想的麻痹和对现实的无知，而往往受骗上当，思想受到腐蚀和侵害，对整个中国社会造成严重危害。

夏天近了，将有三虫：蚤，蚊，蝇。

假如有谁提出一个问题，问我三者之中，最爱什么，而且非爱一个不可，又不准像"青年必读书"那样的缴白卷的。我便只得回答道：跳蚤。

跳蚤的来吮血，虽然可恶，而一声不响地就是一口，何等直截爽快。蚊子便不然了，一针叮进皮肤，自然还可以算得有点彻底的，但当未叮之前，要哼哼地发一篇大议论，却使人觉得讨厌。如果所哼的是在说明人血应该给它充饥的理由，那可更其讨厌了，幸而我不懂。

野雀野鹿，一落在人手中，总时时刻刻想要逃走。其实，在山林间，上有鹰鹯，下有虎狼，何尝比在人手里安全。为什么当初不逃到人类中来，现在却要逃到鹰鹯虎狼间去？或者，鹰鹯虎狼之于它们，正如跳蚤之于我们罢。肚子饿了，抓着就是一口，决不谈道理，弄玄虚。被吃者也无须在被吃之前，先承认自己之理应被吃，心悦诚服，誓死不二。人类，可是也颇擅长于哼哼的了，害中取小，它们的避之唯恐不速，正是绝顶聪明。

鹯(zhān)：古书上指一种猛禽。

心悦诚服：诚心诚意地佩服和顺从。

苍蝇嗡嗡地闹了大半天，停下来也不过舐一点油汗，倘有伤痕或疮疖，自然更占一些便宜；无论怎么好的、美的、干净的东西，又总喜欢一律拉上一点蝇屎。但因为只舐一点油汗，只添一点腌臢，在麻木的人们还没有切肤之痛，所以也就将它放过了。中国人还不很知道它能够传播病菌，捕蝇运动大概不见得兴盛。它们的命运是长久的；还要更繁殖。

但它在好的、美的、干净的东西上拉了蝇屎之后，似乎还不至于欣欣然反过来嘲笑这东西的不洁：总要算还有一点道德的。

古今君子，每以禽兽斥人，殊不知便是昆虫，值得师法的地方也多着哪。

四月四日。

腌臢(ā·zā)：方言，脏；不干净。

情境赏析

这是一篇精湛的寓言。鲁迅以蚤、蚊、蝇三种夏天的害虫来喻指三种吸血、舐油汗的人。虽都是害虫，但他最讨厌的是蚊子，因为它在"未叮之前，要哼哼地发一篇大议论"，"说明人血应该给它充饥的理由"，所以更让人厌恶。这不难使人想到礼教吃人的特点，它在吃人之前，总要向人说明他应该被吃的道理，不仅是旧礼教，一些新教条也有此类作用。鲁迅所勾勒的蚊子形象至今仍对我们有启示作用。

十四年的"读经"

> 这是鲁迅在1927年2月应邀赴港的第一次演讲。当时香港是英国的殖民地，港英当局为便于统治，竭力提倡中国的旧文化，故儒家思想流行。鲁迅的演讲，是有针对性的，他提倡了新文化、新思想，讲述了五四文学革命的历史必然和现实的必要性。

自从章士钊主张读经以来，论坛上又很出现了一些论议，如谓经不必尊，读经乃是开倒车之类。我以为这都是多事的，因为民国十四年的"读经"，也如民国前四年，四年，或将来的二十四年一样，主张者的意思，大抵并不如反对者所想象的那么一回事。

尊孔，崇儒，专经，复古，由来已经很久了。皇帝和大臣们，向来总要取其一端，或者"以孝治天下"，或者"以忠诏天下"，而且又"以贞节励天下"。但是，二十四史不现在么？其中有多少孝子，忠臣，节妇和烈女？自然，或者是多到历史上装不下去了；那么，去翻专夸本地人物的府县志书去。我可以说，可惜男的孝子和忠臣也不多的，只有节烈的妇女的名册却大抵有一大卷以至几卷。孔子之徒的经，真不知读到那里去了；倒是不识字的妇女们能实践。还有，欧战时候的参战，我们不是常常自负的吗？但可曾用《论语》感化过德国兵，用《易经》咒翻了潜水艇呢？儒者们引为劳绩的，倒是那大抵目不识丁的华工！

所以要中国好，或者倒不如不识字罢，一识字，就有近

瞰亡往拜：见《论语·阳货》："阳货欲见孔子，孔子不见；归孔子豚。孔子时其之边，而往拜之。"意思是说，鲁国季孙氏的家臣阳货欲见孔丘，孔丘认为阳货是一个犯上作乱的人，拒绝见面。阳货便送给孔丘一只蒸熟了的小猪，孔丘不得不回拜，但他又趁阳货外出的时候回拜他。

出疆载质：见《孟子·滕文公下》：“孔子三月无君，则皇皇如也，出疆必载质。”意思是说，孔丘如果三个月没有君主任用他，就焦急不安一定要带上礼物去求见别的国君。

乎读经的病根了。“瞰亡往拜”“出疆载质”的最巧的玩意儿，经上都有，我读熟过的。只有几个糊涂透顶的笨牛，真会诚心诚意地来主张读经。而且这样的角色，也不消和他们讨论。他们虽说什么经，什么古，实在不过是空嚷嚷。问他们经可是要读到像颜回，子思，孟轲，朱熹，秦桧（他是状元），王守仁，徐世昌，曹锟；古可是要复到像清（即所谓“本朝”），元，金，唐，汉，禹汤文武周公，无怀氏，葛天氏？他们其实都没有定见。他们也知不清颜回以至曹锟为人怎样，“本朝”以至葛天氏情形如何；不过像苍蝇们失掉了垃圾堆，自不免嗡嗡地叫。况且既然是诚心诚意主张读经的笨牛，则决无钻营，取巧，献媚的手段可知，一定不会阔气；他的主张，自然也决不会发生什么效力的。

牖（yǒu）：窗户。

至于现在的能以他的主张，引起若干议论的，则大概是阔人。阔人绝不是笨牛，否则，他早已伏处牖下，老死田间了。现在岂不是正值“人心不古”的时候么？则其所以得阔之道，居然可知。他们的主张，其实并非那些笨牛一般的真主张，是所谓别有用意；反对者们以为他真相信读经可以救国，真是“谬以千里”了！

我总相信现在的阔人都是聪明人；反过来说，就是倘使老实，必不能阔是也。至于所挂的招牌是佛学，是孔道，那倒没有什么关系。总而言之，是读经已经读过了，很悟到一点玩意儿，这种玩意儿，是孔二先生的先生老聃的大著作里就有的，此后的书本子里还随时可得。所以他们都比不识字的节妇，烈女，华工聪明；甚而至于比真要读经的笨牛还聪明。何也？曰：“学而优则仕”故也。倘若“学”而不“优”，则以笨牛没世，其读经的主张，也不为世间所知。

孔子岂不是“圣之时者也”么，而况“之徒”呢？现在是主张“读经”的时候了。武则天做皇帝，谁敢说“男尊女卑"？多数主义虽然现称过激派，如果在列宁治下，则共产之合于葛天氏，一定可以考据出来的。但幸而现在英国和日本的力量还不弱，所以，主张亲俄者，是被卢布换去了良心。

> 多数主义：布尔什维克主义。日本译为"过激派"，是对布尔什维克的曲解。

我看不见读经之徒的良心怎样，但我觉得他们大抵是聪明人，而这聪明，就是从读经和古文得来的。我们这曾经文明过而后来奉迎过蒙古人满洲人大驾了的国度里，古书实在太多，倘不是笨牛，读一点就可以知道，怎样敷衍，偷生，献媚，弄权，自私，然而能够假借大义，窃取美名。再进一步，并可以悟出中国人是健忘的，无论怎样言行不符，名实不副，前后矛盾，撒谎造谣，蝇营狗苟，都不要紧，经过若干时候，自然被忘得干干净净；只要留下一点卫道模样的文字，将来仍不失为"正人君子"。况且即使将来没有"正人君子"之称，于目下的实利又何损哉？

这一类的主张读经者，是明知道读经不足以救国的，也不希望人们都读成他自己那样的；但是，耍些把戏，将人们作笨牛看则有之，"读经"不过是这一回耍把戏偶尔用到的工具。抗议的诸公倘若不明乎此，还要正经老实地来评道理，谈利害，那我可不再客气，也要将你们归入诚心诚意主张读经的笨牛类里去了。

> "现代评论"派的胡适、陈源等人曾为当时章士钊迫害女师大行为开脱罪责，因而被拥护章的《大同晚报》称为"正人君子"。

以这样文不对题的话来解释"俨乎其然"的主张，我自己也知道有不恭之嫌，然而我又自信我的话，因为我也是从"读经"得来的。我几乎读过十三经。

> 俨（yǎn）乎其然：形容庄严的样子。这里是反语。

衰老的国度大概就免不了这类现象。这正如人体一样，年事老了，废料愈积愈多，组织间又沉积下矿质，使组织变硬，易就于灭亡。一面，则原是养卫人体的游走细胞（Wanderzelle）渐次变性，只顾自己，只要组织间有小洞，它便钻，蚕食各组织，使组织耗损，易就于灭亡。俄国有名的医学者梅契尼珂夫 Elias Metschnikov）特地给他别立了一个名目：

大嚼细胞（Fresserzelle）。据说，必须扑灭了这些，人体才免于老衰；要扑灭这些，则须每日服用一种酸性剂。他自己就实行着。

古国的灭亡，就因为大部分的组织被太多的古习惯教养得硬化了，不再能够转移，来适应新环境。若干分子又被太多的坏经验教养得聪明了，于是变性，知道在硬化的社会里，不妨妄行。单是妄行的是可与论议的，故意妄行的却无须再与谈理。唯一的疗救，是在另开药方：酸性剂，或者简直是强酸剂。

不提防临末又提到了一个俄国人，怕又有人要疑心我收到卢布了罢。我现在郑重声明：我没有收过一张纸卢布。因为俄国还未赤化之前，他已经死掉了，是生了别的急病，和他那正在实验的药的有效与否这问题无干。

十一月十八日。

> 妄行：胡作非为。

情境赏析

这篇杂文紧紧围绕读经的虚伪性和欺骗性，采取了比较灵活的表现形式。开头就很有特点，1925年，章士钊任北洋军阀政府的司法总长兼教育总长，提出"读经救国"之说，并规定小学生从四年级直至高小毕业，每周一小时读经。这就引起当时舆论反对，一部分人认为经是历史的材料，可以作为历史教学，主张"经固当尊"；另一部分人认为经在历史材料中不是重要的部分，反对"经固当尊"，认为国外一些文科大学正在废除拉丁文为必修课，中国却提倡读经，是复古倒退。故鲁迅在开头一针见血地指出，这些讨论是"多事"，主张"读经"的人是别有打算的。这样，一下子就把人吸引住了，并为下面的论述作了有力铺垫。

接着从总结历史经验入手，揭露了历代的皇帝大臣们宣扬孝、忠、贞节完全是为了巩固其统治，自己并未真正实行过。并从第一次世界大战时的情形为例，尖锐地指出读经并不能救国，他们既没能"用《论语》感化过德国兵"，也没能"用《易经》咒翻了潜水艇"，真正冲锋陷阵的是"目不识丁的华工"，从而有力地抨击了"尊孔读经"、"读经救国"的虚伪性。

鲁迅为进一步证实读经的欺骗性，从现实出发，对两种主张读经的人进行了入木三分的剖析。一种是"诚心诚意地主张读经"的人，但他们只是"几个糊涂透顶的笨牛"，并没有领会经学的要义；另一种是那些"阔人"，他们从经学中学会了骗人，掌握了"钻营、取巧、献媚"的手段，为了保存自己，很会随机应变。这才是最值得让人警醒的。

历史是现实的一面镜子，鲁迅通过上述分析，明确指出，由于孔孟之道的毒害，"阔人"们"故意妄行"，从而使中国像"年事老了"的人体一样，逐步走向灭亡。要改变中国现状，就要彻底打倒孔孟之道及其鼓吹者，即"唯一的疗效，是在另开药方：酸性剂，或者简直是强酸剂"。

名家点评

今天倡导读经是必要的，但问题是我们应该怎样看待儒家经典？恐怕不能只是照搬经典。正确的态度是我们要设身处置地思考：当时孔孟为什么会这样想，如果生活在现代，他们又会怎么想？我们解读经典要体察圣贤的思维方式、价值取向。这样的读经才是有意义的。

——秋风

这个与那个

本文继《十四年的"读经"》之后,从四个不同的角度,进一步论证了反对复古,坚持革新的思想,有力反击了当时出现的复古倒退的逆流。阅读时注意鲁迅采用了怎样的方法进行论证。

一、读经与读史

个阔人说要读经,嗡的一阵一群狭人也说要读经。岂但"读"而已矣哉,据说还可以"救国"哩。"学而时习之,不亦说乎?"那也许是确凿的罢,然而甲午战败了——为什么独独要说"甲午"呢,是因为其时还在开学校,废读经以前。

我以为伏案还未功深的朋友,现在正不必埋头来哼线装书。倘其咿唔日久,对于旧书有些上瘾了,那么,倒不如去读史,尤其是宋朝明朝史,而且尤须是野史;或者看杂说。

现在中西的学者们,几乎一听到"钦定四库全书"这名目就魂不附体,膝弯总要软下来似的。其实呢,书的原式是改变了,错字是加添了,甚至于连文章都删改了,最便当的是《琳琅秘室丛书》中的两种《茅亭客话》,一是宋本,一是四库本,一比较就知道。"官修"而加以"钦定"的正史也一样,不但本纪咧,列传咧,要摆"史架子";里面也不敢说什么。据说,字里行间是也含着什么褒贬的,但谁有这么多的

> 救国:指孙师郑和章士钊在1925年9月12日在《甲寅》周刊第一卷第九号"通讯"栏,曾主张"读经救国"的思想。

心眼儿来猜闷葫芦。至今还道"将平生事迹宣付国史馆立传"，还是算了罢。

野史和杂说自然也免不了有讹传，挟恩怨，但看往事却可以较分明，因为它究竟不像正史那样地装腔作势。看宋事，《三朝北盟汇编》已经变成古董，太贵了，新排印的《宋人说部丛书》却还便宜。明事呢，《野获编》原也好，但也化为古董了，每部数十元；易于入手的是《明季南北略》，《明季稗史汇编》，以及新近集印的《痛史》。

史书本来是过去的陈账簿，和急进的猛士不相干。但先前说过，倘若还不能忘情于咿唔，倒也可以翻翻，知道我们现在的情形，和那时的何其神似，而现在的昏妄举动，糊涂思想，那时也早已有过，并且都闹糟了。

试到中央公园去，大概总可以遇见祖母带着她孙女儿在玩的。这位祖母的模样，就预示着那娃儿的将来。所以倘有谁要预知令夫人后日的风姿，也只要看丈母。不同是当然要有些不同的，但总归相去不远。我们查账的用处就在此。

但我并不说古来如此，现在遂无可为，劝人们对于"过去"生敬畏心，以为它已经铸定了我们的运命。Le，Bon 先生说，死人之力比生人大，诚然也有一理的，然而人类究竟进化着。又据章士钊总长说，则美国的什么地方已在禁讲进化论了，这实在是吓死我也，然而禁只管禁，进却总要进的。

总之：读史，就愈可以觉悟中国改革之不可缓了。虽是国民性，要改革也得改革，否则，杂史杂说上所写的就是前车。一改革，就无须怕孙女儿总要像点祖母那些事，譬如祖母的脚是三角形，步履维艰的，小姑娘的却是天足，能飞跑；丈母老太太出过天花，脸上有些缺点的，令夫人却种的是牛痘，所以细皮白肉：这也就大差其远了。

十二月八日。

二、捧与挖

中国的人们,遇见带有会使自己不安的征兆的人物,向来就用两样法:将他压下去,或者将他捧起来。

压下去就用旧习惯和旧道德,或者凭官力;所以孤独的精神的战士,虽然为民众战斗,却往往反为这"所为"而灭亡。到这样,他们这才安心了。压不下时,则于是乎捧,以为抬之使高,餍之使足,便可以于己稍稍无害,得以安心。

伶俐的人们,自然也有谋利而捧的,如捧阔佬,捧戏子,捧总长之类;但在一般粗人,——就是未尝"读经"的,则凡有捧的行为的"动机",大概是不过想免害。即以所奉祀的神道而论,也大抵是凶恶的,火神瘟神不待言,连财神也是蛇呀刺猬呀似的骇人的畜类;观音菩萨倒还可爱,然而那是从印度输入的,并非我们的"国粹"。要而言之:凡有被捧者,十之九不是好东西。

既然十之九不是好东西,则被捧而后,那结果便自然和捧者的希望适得其反了。不但能使不安,还能使他们很不安,因为人心本来不易餍足。然而人们终于至今没有悟,还以捧为苟安之一道。

记得有一部讲笑话的书,名目忘记了,也许是《笑林广记》罢,说,当一个知县的寿辰,因为他是子年生,属鼠的,属员们便集资铸了一个金老鼠去作贺礼。知县收受之后,另寻了机会对大众说道:明年又恰巧是贱内的整寿,她比我小一岁,是属牛的。其实,如果大家先不送金老鼠,他决不敢想金牛。一送开手,可就难于收拾了,无论金牛无力致送,即使送了,怕他的姨太太也会属象。象不在十二生肖之内,似乎不近情理罢,但这是我替他设想的法子罢了,知县当然

大抵(dǐ):大概;大都。

餍(yàn)足:①吃饱。②满足。

别有我们所莫测高深的妙法在。

民元革命时候，我在S城，来了一个都督。他虽然自比出身绿林大学，未尝"读经"，但倒是还算顾大局，听舆论的，可是自绅士以至于庶民，又用了祖传的捧法群起而捧之了。这个拜会，那个恭维，今天送衣料，明天送翅席，捧得他连自己也忘其所以，结果是渐渐变成老官僚一样，动手刮地皮。

> 忘其所以：忘乎所以。由于过度兴奋或骄傲自满而忘记了一切。

最奇怪的是北几省的河道，竟捧得河身比屋顶高得多了。当初自然是防其溃决，所以壅上一点土；殊不料愈壅愈高，一旦溃决，那祸害就更大。于是就"抢堤"咧，"护堤"咧，"严防决堤"咧，花色繁多，大家吃苦。如果当初见河水泛滥，不去增堤，却去挖底，我以为决不至于这样。

有贪图金牛者，不但金老鼠，便是死老鼠也不给。那么，此辈也就连生日都未必做了。单是省却拜寿，已经是一件大快事。

中国人的自讨苦吃的根苗在于捧，"自求多福"之道却在于挖。其实，劳力之量是差不多的，但从惰性太多的人们看来，却以为还是捧省力。

十二月十日。

三、最先与最后

《韩非子》说赛马的妙法，在于"不为最先，不耻最后"。这虽是从我们这样外行的人看起来，也觉得很有理。因为假若一开首便拼命奔驰，则马力易竭。但那第一句是只适用于赛马的，不幸中国人却奉为人的处世金针了。

中国人不但"不为戎首"，"不为祸始"，甚至于"不为福先"。所以凡事都不容易有改革；前驱和闯将，大抵是谁也怕得做。然而人性岂真能如道家所说的那样恬淡；欲得的却多。既然不敢径取，就只好用阴谋和手段。以此，人们也就日见其卑怯了，既是"不为最先"，自然也不敢"不耻最后"，所以虽是一大堆群众，略见危机，便"纷纷作鸟兽散"了。如果偶有几个不肯退转，因而受害的，公论家便异口同声，称之曰傻子。对于"锲而不舍"的人们也一样。

恬（tián）淡：①不追求名利；淡泊。②恬静；安适。

锲（qiè）而不舍：雕刻一件东西，一直刻下去不放手，比喻有恒心，有毅力。

我有时也偶尔去看看学校的运动会。这种竞争，本来不像两敌国的开战，挟有仇隙的，然而也会因了竞争而骂，或者竟打起来。但这些事又作别论。竞走的时候，大抵是最快的三四个人一到决胜点，其余的便松懈了，有几个还至于失了跑完预定的圈数的勇气，中途挤入看客的群集中；或者佯为跌倒，使红十字队用担架将他抬走。假若偶有虽然落后，却尽跑，尽跑的人，大家就嗤笑他。大概是因为他太不聪明，"不耻最后"的缘故罢。

对中国人的概括可谓简练而深刻。

所以中国一向就少有失败的英雄，少有韧性的反抗，少有敢单身鏖战的武人，少有敢抚哭叛徒的吊客；见胜兆则纷纷聚集，见败兆则纷纷逃亡。战具比我们精利的欧美人，战具未必比我们精利的匈奴蒙古满洲人，都如入无人之境。"土崩瓦解"这四个字，真是形容得有自知之明。

多有"不耻最后"的人的民族，无论什么事，怕总不会一下子就"土崩瓦解"的，我每看运动会时，常常这样想：优胜者固然可敬，但那虽然落后而仍非跑至终点不止的竞技者，和见了这样竞技者而肃然不笑的看客，乃正是中国将来的脊梁。

四、流产与断种

近来对于青年的创作，忽然降下一个"流产"的恶谥，哄然应和的就有一大群。我现在相信，发明这话的是没有什么恶意的，不过偶尔说一说；应和的也是情有可原的，因为世事本来大概就这样。

我独不解中国人何以于旧状况那么心平气和，于较新的机运就这么疾首蹙额；于已成之局那么委曲求全，于初兴之事就这么求全责备？

智识高超而眼光远大的先生们开导我们：生下来的倘不是圣贤，豪杰，天才，就不要生；写出来的倘不是不朽之作，就不要写；改革的事倘不是一下子就变成极乐世界，或者，至少能给我有更多的好处，就万万不要动！……

那么，他是保守派吗？据说，并不然的。他正是革命家。唯独他有公平，正当，稳健，圆满，平和，毫无流弊的改革法；现下正在研究室里研究着哩——只是还没有研究好。

什么时候研究好呢？答曰：没有准儿。

孩子初学步的第一步，在成人看来，的确是幼稚，危险，不成样子，或者简直是可笑的。但无论怎样的愚妇人，却总以恳切的希望的心，看他跨出这第一步去，决不会因为他的走法幼稚，怕要阻碍阔人的路线而"逼死"他；也决不至于将他禁在床上，使他躺着研究到能够飞跑时再下地。因为她知道：假如这么办，即使长到一百岁也还是不会走路的。

古来就这样，所谓读书人，对于后起者却反而专用彰明较著的或改头换面的禁锢。近来自然客气些，有谁出来，大抵会遇见学士文人们挡驾：且住，请坐。接着是谈道理了：调查，研究，推敲，修养……结果是老死在原地方。否则，便得到"捣乱"的称号。我也曾有如现在的青年一样，向已死和未死的导师们问过应走的路。他们都说，不可向东，或西，或南，或北。但不说应该向东，或西，或南，或北。我终于发现他们心底里的蕴蓄了：不过是一个"不走"而已。

《华盖集》 33

疾首蹙(cù)额：形容厌恶、痛恨的样子。疾首：头痛；蹙额：皱眉。

蕴蓄：蕴藏；积蕴。包含在里面而未显露出来。

> 宁馨儿：晋宋时代俗语。《晋书·王衍传》："何物老妪，生宁馨儿。"宁：这样；馨：语助词。意为"这样的孩子"，多作为赞美的话。

坐着而等待平安，等待前进，倘能，那自然是很好的，但可虑的是老死而所等待的却终于不至；不生育，不流产而等待一个英伟的宁馨儿，那自然也很可喜的，但可虑的是终于什么也没有。

倘以为与其所得的不是出类拔萃的婴儿，不如断种，那就无话可说。但如果我们永远要听见人类的足音，则我以为流产究竟比不生产还有望，因为这已经明明白白地证明着能够生产的了。

十二月二十日

情境赏析

在本文第一则，《读经与读史》中，鲁迅反对读经却主张读史。至于读史的好处，他在《忽然想到（四）》中已说过，本则又加以发挥。鲁迅主张读史其目的还是为了现在，比如提倡读宋明历史，是因为它和现实情况非常相似；主张读野史杂记，是因为它看事较为分明。他对"官修"、"钦定"的史书有疑虑是因为它们在一定程度上遮蔽了真正的历史。

第二则《捧与挖》中，鲁迅重点分析了"捧"的方法。并指出"中国人的自讨苦吃的根苗在于捧"，希望能变"捧"为"挖"，才能"自求多福"。

第三则《最先与最后》中，指出中国人因怕"出头椽子先烂"，怕"枪打出头鸟"，而"不为最先"，怕做先驱和闯将，而宁可随大流，做缩头乌龟。在《随感录三十八》里所批判的"合群的爱国的自大"者，即此类人。但中国人又缺乏韧性的战斗精神，不耻坚持到最后，所以"中国一向少有失败的英雄，少有韧性的反抗，少有敢单身鏖战的武人，少有敢抚哭叛徒的吊客；见胜兆则纷纷聚集，见败兆则纷纷逃亡。"

第四则《流产与断种》着重谈的是对于新生事物的态度。鲁迅反对保守，鼓励改革，并以孩子学步为例，指出无论怎样的愚妇人，都不会因孩子步法的幼稚而将他们"禁在床上，使他躺着研究到能够飞跑时再下地"。意在说明那些社会保守家们，连愚妇人都不如。

名家点评

《最先与最后》，在我看来，就是对中国人"中庸"的两种具体表现的剖析。其一是不为戎首，不为祸始等不为最先。再就是以最后为耻了。先生不但以为这是中国人为人处世方面的问题，这更是一个关系到未来的民族前途的事情。性格决定命运，这在一个人身上适用，一个民族身上也适用。一个民族如果将锲而不舍视为傻瓜行径，并对此加以戏谑嘲笑的话，如果一见胜兆就纷纷聚集，一见败兆就纷纷逃亡的话，如果不敢以前驱和闯将的姿态去径取，而只敢以阴谋和手段去得到的话，那么，这个民族的精神无异于腐朽的枯木，再没什么前途了。

——闻一多

我观北大

> 北大一直是中国青年学生心中学习的圣殿,至今已建校100多年。它之所以能引起国人的神圣仰慕之情,正在于它的传统。鲁迅当年的校庆致辞对今天我们了解北大仍有其积极的意义。

因为北大学生会的紧急征发,我于是总得对于本校的二十七周年纪念来说几句话。

据一位教授的名论,则"教一两点钟的讲师"是不配与闻校事的,而我正是教一点钟的讲师。但这些名论,只好请恕我置之不理;——如其不恕,那么,也就算了,人那里顾得这些事。

我向来也不专以北大教员自居,因为另外还与几个学校有关系。然而不知怎的,——也许是含有神妙的用意的罢,今年忽而颇有些人指我为北大派。我虽然不知道北大可真有特别的派,但也就以此自居了。北大派么?就是北大派!怎么样呢?

但是,有些流言家幸勿误会我的意思,以为谣我怎样,我便怎样的。我的办法也并不一律。譬如前次的游行,报上谣我被打落了两个门牙,我可决不肯具呈警厅,吁请补派军警,来将我的门牙从新打落。我之照着谣言做去,是以专拣自己所愿意者为限的。

我觉得北大也并不坏。如果真有所谓派,那么,被派进这派里去,也还是也就算了。理由在下面:

既然是二十七周年,则本校的萌芽,自然是发于前清的,但我并民国初年的情形也不知道。唯据近七八年的事实看来,第一,北大是常为新的，改进的运动的先锋，要使中国向着好的，往上的道路走。虽然很中了许多暗箭，背了许多谣言；教授和学生也都逐年地有些改换了，而那向上的精神还是始终一贯，不见得弛懈。自然，偶尔也免不了有些很想勒转马头的，可是这也无伤大体，"万众一心"，原不过是书本子上的冠冕话。

第二，北人是常与黑暗势力抗战的，即使只有自己。自从章士钊提了"整顿学风"的招牌来"作之师"，并且分送金款以来，北大却还是给他一个依照彭允彝的待遇。现在章士钊虽然还伏在暗地里做总长，本相却已显露了；而北大的校格也就愈明白。那时固然也曾显出一角灰色，但其无伤大体，也和第一条所说相同。

我不是公论家，有上帝一般决算功过的能力。依据我所感得的说，则北大究竟还是活的，而且还在生长的。凡活的而且在生长者，总有着希望的前途。

今天所想到的就是这一点。但如果北大到二十八周年而仍不为章士钊者流所谋害又要出纪念刊，我却要预先声明：不来多话了。一则，命题作文，实在苦不过；二则，说起来大约还是这些话。

十二月十三日。

情境赏析

北京大学的前身是京师大学堂，本是造就官僚的学校，陈腐之气很浓。1917年蔡元培接任校长后，实行"兼容并包"的学术方针，并进行了一系列的民主化改革，使其成为一座现代化的学府，成为中国新文化运动的大本营，对中国的文化革新和文化建设起了很大的作用。鲁迅愿意"被派进"北大派中，就表现出对北大精神的肯定。

名家点评

以北大为代表的高等教育，在今天的中国应当充当怎样的角色呢？我们可以参考美国人对高等教育的认识——"人们对美国高等教育的要求是，对全民进行无所不包的教育。既要继承过去，坚持社会的价值准则并使其代代相传；同时又要跟上急剧变化的时代步伐和培养推动社会及知识发展所需要的能力。只为眼前的教育是不够的，还要顾及明天，必须培养学生准备应付毕业后所面临的千变万化的世界。"

这就是我们对北大的期望。百年北大，我们只走出了第一步。

——余杰

《华盖集续编》

　　《华盖集续编》是鲁迅 1926 年所作杂文的结集。1926 年 10 月 14 日在厦门初步编就，收杂文 26 篇，撰《小引》1 篇，卷尾题白话诗一首作为"校讫记"。1927 年 1 月 8 日又将在厦门所作的 6 篇杂文编入，作为"续编的续编"。付印前又补入是年 1 月 16 日所作《海上通信》1 篇，共计 33 篇。书中除《小引》和"校讫记"未单独发表，其余各篇曾在《语丝》、《国民新报副刊》、《莽原》、《京报副刊》、《世界日报副刊》、《波艇》、上海《北新》周刊等报刊上发表过。1927 年 5 月上海北新书局出版。此后印行的版本均与初版本相同。

　　此集中的一些杂文是围绕"三一八"惨案而写，这些文章猛烈地抨击了帝国主义、北洋军阀及其走狗的行径，歌颂了中国人民的革命斗争，并且总结了革命斗争的经验和教训，表现了鲁迅不屈不挠的战斗精神。鲁迅在《小引》中说，"你要那样，我偏要这样是有的；偏不遵命，偏不磕头是有的，偏要在庄严高尚的假面上拔它一拔也是有的。"书中还有一些杂文，是继《华盖集》之后进一步揭露陈西滢等帮闲文人的假面的。关于书名，鲁迅在《小引》中说："年月是改了，情形却依旧，就还叫《华盖集》。然而年月究竟是改了，因此只得添上两个字：'续编'。"

　　本书收录了《学界的三魂》、《谈皇帝》、《无花的蔷薇》、《马上日记》、《〈阿 Q 正传〉的成因》五篇文章。

学界的三魂

> 虽然文章谈的是学魂，其实是站在整个国魂的视野上进行透视，对官魂、匪魂的嘲讽与对民魂的讴歌同样深刻。

从《京报副刊》上知道有一种叫《国魂》的期刊，曾有一篇文章说章士钊固然不好，然而反对章士钊的"学匪"们也应该打倒。我不知道大意是否真如我所记得？但这也没有什么关系，因为不过引起我想到一个题目，和那原文是不相干的。意思是，中国旧说，本以为人有三魂六魄，或云七魄；国魂也该这样。而这三魂之中，似乎一是"官魂"，一是"匪魂"，还有一个是什么呢？也许是"民魂"罢，我不很能够决定。又因为我的见闻很偏隘，所以未敢悉指中国全社会，只好缩而小之曰"学界"。

中国人的官瘾实在深，汉重孝廉而有埋儿刻木，宋重理学而有高帽破靴，清重帖括而有"且夫""然则"。总而言之：那魂灵就在做官——行官势，摆官腔，打官话。顶着一个皇帝做傀儡，得罪了官就是得罪了皇帝，于是那些人就得了雅号曰"匪徒"。学界的打官话是始于去年，凡反对章士钊的都得了"土匪"，"学匪"，"学棍"的称号，但仍然不知道从谁的口中说出，所以还不外乎一种"流言"。

但这也足见去年学界之糟了，竟破天荒的有了学匪。以

帖括：是科举考试的文件名，这里指八股文。

大点的国事来比罢,太平盛世,是没有匪的;待到群盗如毛时,看旧史,一定是外戚,宦官,奸臣,小人当国,即使大打一通官话,那结果也还是"呜呼哀哉"。当这"呜呼哀哉"之前,小民便大抵相率而为盗,所以我相信源增先生的话:"表面上看只是些土匪与强盗,其实是农民革命军。"(《国民新报副刊》四三)那么,社会不是改进了么?并不,我虽然也是被谥为"土匪"之一,却并不想为老前辈们饰非掩过。农民是不来夺取政权的,源增先生又道:"任三五热心家将皇帝推倒,自己过皇帝瘾去。"但这时候,匪便被称为帝,除遗老外,文人学者却都来恭维,又称反对他的为匪了。

所以中国的国魂里大概总有这两种魂:官魂和匪魂。这也并非硬要将我辈的魂挤进国魂里去,贪图与教授名流的魂为伍,只因为事实仿佛是这样。社会诸色人等,爱看《双官诰》,也爱看《四杰村》,望偏安巴蜀的刘玄德成功,也愿意打家劫舍的宋公明得法;至少,是受了官的恩惠时候则艳羡官僚,受了官的剥削时候便同情匪类。但这也是人情之常;倘使连这一点反抗心都没有,岂不就成为万劫不复的奴才了?

然而国情不同,国魂也就两样。记得在日本留学时候,有些同学问我在中国最有大利的买卖是什么,我答道:"造反。"他们便大骇怪。在万世一系的国度里,那时听到皇帝可以一脚踢落,就如我们听说父母可以一棒打杀一般。为一部分士女所心悦诚服的李景林先生,可就深知此意了,要是报纸上所传非虚。今天的《京报》即载着他对某外交官的谈话道:"予预计于旧历正月间,当能与君在天津晤谈;若天津攻击竟至失败,则拟俟三四月间卷土重来,若再失败,则暂投土匪,徐养兵力,以待时机"云。但他所希望的不是做皇帝,那大概是因为中华民国之故罢。

李景林是奉系军阀,曾任直隶督军。1925年冬,冯玉祥国民军攻占天津,李逃匿租界,次年到济南收拾残部准备反攻。

所谓学界，是一种发生较新的阶级，本该可以有将旧魂灵略加湔洗之望了，但听到"学官"的官话，和"学匪"的新名，则似乎还走着旧道路。那么，当然也得打倒的。这来打倒他的是"民魂"，是国魂的第三种。先前不很发扬，所以一闹之后，终不自取政权，而只"任三五热心家将皇帝推倒，自己过皇帝瘾去"了。

> 湔洗（jiānxǐ）：除去（耻辱、污点等）。

唯有民魂是值得宝贵的，唯有他发扬起来，中国才有真进步。但是，当此连学界也倒走旧路的时候，怎能轻易地发挥得出来呢？在乌烟瘴气之中，有官之所谓"匪"和民之所谓匪；有官之所谓"民"和民之所谓民；有官以为"匪"而其实是真的国民，有官以为"民"而其实是衙役和马弁。所以貌似"民魂"的，有时仍不免为"官魂"，这是鉴别魂灵者所应该十分注意的。

话又说远了，回到本题去。去年，自从章士钊提了"整顿学风"的招牌，上了教育总长的大任之后，学界里就官气弥漫，顺我者"通"，逆我者"匪"，官腔官话的余气，至今还没有完。但学界却也幸而因此分清了颜色；只是代表官魂的还不是章士钊，因为上头还有"减膳"执政在，他至多不过做了一个官魄；现在是在天津"徐养兵力，以待时机"了。我不看《甲寅》，不知道说些什么话：官话呢，匪话呢，民话呢，衙役马弁话呢？……

> 指段祺瑞。章士钊曾在呈文中向段说："万一钧座因而减膳。时局为之不宁。"

一月十四日

情境赏析

中国历来是官本位制，中国人的官瘾特别重，反映在学界，也是官魂最多。许多文人学士们千方百计去迎合上意，上面提倡什么，他们就干什么，甚至不惜做出违反情理之事。如汉代以孝廉举才，就有人将儿子活埋，说要省下口粮来养母，或者用木头刻了母亲像，当做活人事之；宋代重理学，理学家服饰与常人不同，就有人戴高帽穿破靴，装模作样地学理学家；清以八股取士，人们就只会做"且夫"、"然则"的文章去应付考试。这些人的目的都是为了做官，并因为觉得自己属于官的一边，就把反对者称之为"土匪"、"学匪"。但在中国，官匪是可以转化，手段便是篡夺政权。所以中国的学界既有官魂也有匪魂，缺少的正是民魂。因而鲁迅对它最为看重，认为"唯有他发扬起来，中国才有真进步"。

谈皇帝

> 中国几千年来的封建帝制，使人们对"皇帝"一词讳莫如深，更何况是"谈论"。那么鲁迅是从什么角度来论述的呢？

中国人的对付鬼神，凶恶的是奉承，如瘟神和火神之类，老实一点的就要欺侮，例如对于土地或灶君。待遇皇帝也有类似的意思。君民本是同一民族，乱世时"成则为王败则为贼"，平常是一个照例做皇帝，许多个照例做平民；两者之间，思想本没有什么大差别。所以皇帝和大臣有"愚民政策"，百姓们也自有其"愚君政策"。

往昔的我家，曾有一个老仆妇，告诉过我她所知道，而且相信的对付皇帝的方法。她说——

"皇帝是很可怕的。他坐在龙位上，一不高兴，就要杀人；不容易对付的。所以吃的东西也不能随便给他吃，倘是不容易办到的，他吃了又要，一时办不到；——譬如他冬天想到瓜，秋天要吃桃子，办不到，他就生气，杀人了。现在是一年到头给他吃菠菜，一要就有，毫不为难。但是倘说是菠菜，他又要生气的，因为这是便宜货，所以大家对他就不称为菠菜，另外起一个名字，叫做'红嘴绿鹦哥'。"

在我的故乡，是通年有菠菜的，根很红，正如鹦哥的嘴一样。

这样的连愚妇人看来，也是呆不可言的皇帝，似乎大可以不要了。然而并不，她以为要有的，而且应该听凭他作威作福。至于用处，仿佛在靠他来镇压比自己更强梁的别人，所以随便杀人，正是非备不可的要件。然而倘使自己遇到，且须侍奉呢？可又觉得有些危险了，因此只好又将他练成傻子，终年耐心地专吃着"红嘴绿鹦哥"。

其实利用了他的名位，"挟天子以令诸侯"的，和我那老仆妇的意思和方法都相同，不过一则又要他弱，一则又要他愚。儒家的靠了"圣君"来行道也就是这玩意，因为要"靠"，所以要他威重，位高；因为要便于操纵，所以又要他颇老实，听话。

皇帝一自觉自己的无上威权，这就难办了。既然"普天之下，莫非皇土"，他就胡闹起来，还说是"自我得之，自我失之，我又何恨"哩！于是圣人之徒也只好请他吃"红嘴绿鹦哥"了，这就是所谓"天"。据说天子的行事，是都应该体贴天意，不能胡闹的；而这"天意"也者，又偏只有儒者们知道着。

这样，就决定了：要做皇帝就非请教他们不可。

然而不安分的皇帝又胡闹起来了。你对他说"天"么，他却道，"我生不有命在天?!"岂但不仰体上天之意而已，还逆天，背天，"射天"，简直将国家闹完，使靠天吃饭的圣贤君子们，哭不得，也笑不得。

于是乎他们只好去著书立说，将他骂一通，豫计百年之后，即身殁之后，大行于时，自以为这就了不得。

但那些书上，至多就止记着"愚民政策"和"愚君政策"全都不成功。

二月十七日。

无花的蔷薇

> 蔷薇无花却有刺。它们是鲁迅杂文中独创的一种讽刺性絮语。

1

又是 Schopenhauer 先生的话——
"无刺的蔷薇是没有的。——然而没有蔷薇的刺却很多。"
题目改变了一点，较为好看了。
"无花的蔷薇"也还是爱好看。

2

去年，不知怎的这位勖本华尔先生忽然合于我们国度里的绅士们的脾胃了，便拉扯了他的一点《女人论》；我也就夹七夹八地来称引了好几回，可惜都是刺，失了蔷薇，实在大煞风景，对不起绅士们。

记得幼小时候看过一出戏，名目忘却了，一家正在结婚，而勾魂的无常鬼已到，夹在婚仪中间，一同拜堂，一同进房，一同坐床……实在大煞风景，我希望我还不至于这样。

3

有人说我是"放冷箭者"。

我对于"放冷箭"的解释,颇有些和他们一流不同,是说有人受伤,而不知这箭从什么地方射出。所谓"流言"者,庶几近之。但是我,却明明站在这里。

但是我,有时虽射而不说明靶子是谁,这是因为初无"与众共弃"之心,只要该靶子独自知道,知道有了洞,再不要面皮鼓得急绷绷,我的事就完了。

4

蔡子民先生一到上海,《晨报》就据国闻社电报郑重地发表他的谈话,而且加以按语,以为"当为历年潜心研究与冷眼观察之结果,大足诏示国人,且为知识阶级所注意也。"

我很疑心那是胡适之先生的谈话,国闻社的电码有些错误了。

5

预言者,即先觉,每为故国所不容,也每受同时人的迫害,大人物也时常这样。他要得人们的恭维赞叹时,必须死掉,或者沉默,或者不在面前。

总而言之,第一要难于质证。

如果孔丘,释迦,耶稣基督还活着,那些教徒难免要恐慌。对于他们的行为,真不知道教主先生要怎样慨叹。

所以,如果活着,只得迫害他。

待到伟大的人物成为化石,人们都称他伟人时,他已经变了傀儡了。

有一流人之所谓伟大与渺小,是指他可给自己利用的效果的大小而言。

6

法国罗曼罗兰先生今年满六十岁了,晨报社为此征文,徐志摩先生于介绍之余,发感慨道:"……但如其有人拿一些时行的口号,什么打倒帝国主义等,或是分裂与猜忌的现象,去报告罗兰先生说这是新中国,我再也

不能预料他的感想了。"(《晨副》一二九九)

他住得远,我们一时无从质证,莫非从"诗哲"的眼光看来,罗兰先生的意思,是以为新中国应该欢迎帝国主义的么?

"诗哲"又到西湖看梅花去了,一时也无从质证。不知孤山的古梅,著花也未,可也在那里反对中国人"打倒帝国主义"?

7

志摩先生曰:"我很少夸奖人的。但西滢就他学法郎士的文章说,我敢说,已经当得起一句天津话;'有根'了。"而且"像西滢这样,在我看来,才当得起'学者'的名词。"(《晨副》一四二三)

西滢教授曰:"中国的新文学运动,方在萌芽,可是稍有贡献的人,如胡适之,徐志摩,郭沫若,郁达夫,丁西林,周氏兄弟等都是曾经研究过他国文学的人。尤其是志摩他非但在思想方面,就是在体制方面,他的诗及散文,都已经有一种中国文学里从来不曾有过的风格。"(《现代》六三)

虽然抄得麻烦,但中国现今"有根"的"学者"和"尤其"的思想家及文人,总算已经互相选出了。

8

志摩先生曰:"鲁迅先生的作品,说来大不敬得很,我拜读过很少,就只《呐喊》集里两三篇小说,以及新近因为有人尊他是中国的尼采,他的《热风》集里的几页。他平常零星的东西,我即使看也等于白看,没有看进去或是没有看懂。"(《晨副》一四三三)

西滢教授曰:"鲁迅先生一下笔就构陷人家的罪状……可是他的文章,我看过了就放进了应该去的地方——说句体己话,我觉得它们就不应该从那里出来——手边却没有。"(同上)

虽然抄得麻烦,但我总算已经被中国现在"有根"的"学者"和"尤其"的思想家及文人协力踏倒了。

9

　　但我愿奉还"曾经研究过他国文学"的荣名。"周氏兄弟"之一,一定又是我了。我何尝研究过什么呢,做学生时候看几本外国小说和文人传记,就能算"研究过他国文学"么?

　　该教授——恕我打一句"官话"——说过,我笑别人称他们为"文士",而不笑"某报天天鼓吹"我是"思想界的权威者"。现在不了,不但笑,简直唾弃它。

10

　　其实呢,被毁则报,被誉则默,正是人情之常。谁能说人的左颊既受爱人接吻而不作一声,就得援此为例,必须默默地将右颊给仇人咬一口呢?

　　我这回的竟不要那些西滢教授所颁赏陪衬的荣名,"说句体己话"罢,实在是不得已。我的同乡不是有"刑名师爷"的么?他们都知道,有些东西,为要显示他伤害你的时候的公正,在不相干的地方就称赞你几句,似乎有赏有罚,使别人看去,很像无私……

　　"带住!"又要"构陷人家的罪状"了。只是这一点,就已经够使人"即使看也等于白看",或者"看过了就放进了应该去的地方"了。

二月二十七日。

情境赏析

　　蔷薇的带刺正如杂文,杂文以讽刺世情为己任,也必然带刺。本文所写,无论实指还是泛论,都针针见血。几条对比性的文摘,揭穿了论敌"公正"的嘴脸,可见鲁迅行文技巧之高。对于"先觉"、"伟人"命运的分析,也很透彻。但鲁迅自己也是这样一个先觉者,他虽洞察到此类人的命运,但死后却仍难免落在这个怪圈里,不禁让人嘘唏感叹。

名家点评

　　没有刺的蔷薇，倘若开满花，确是令人可喜的；然而无花的蔷薇，却有着许多的刺，那无疑是令人生恨的。做人大概也如此，关键在于自己怎么去选择。我大概是属于后一种的，所以偏爱鲁迅先生的文章。而鲁迅先生大概也是属于刺猬的——浑身满是投枪与匕首的，所以喜欢他的人越来越少。很高兴，我居然是个例外。

——柳建龙

马上日记（节选）

> 生活中人们常有写日记的习惯，鲁迅也不例外。从这日常琐事的记叙中，你能否发现伟人的另一面呢？

豫　序

在日记还未写上一字之前，先做序文，谓之豫序。我本来每天写日记，是写给自己看的；大约天地间写着这样日记的人们很不少。假使写的人成了名人，死了之后便也会印出；看的人也格外有趣味，因为他写的时候不像做《内感篇》外冒篇似的须摆空架子，所以反而可以看出真的面目来。我想，这是日记的正宗嫡派。

我的日记却不是那样。写的是信札往来，银钱收付，无所谓面目，更无所谓真假。例如：二月二日晴，得 A 信；B 来。三月三日雨，收 C 校薪水 X 元，复 D 信。一行满了，然而还有事，因为纸张也颇可惜，便将后来的事写入前一天的空白中。总而言之：是不很可靠的。但我以为 B 来是在二月一，或者二月二，其实不甚有关系，即便不写也无妨；而实际上，不写的时候也常有。我的目的，只在记上谁有来信，以便答复，或者何时答复过，尤其是学校的薪水，收到何年何月的几成几了，零零星星，总是记不清楚，必须有一笔账，

嫡(dí)派：得到传授人亲自传授的一派（多指技术、武艺）。

以便检查，庶几乎两不含胡，我也知道自己有多少债放在外面，万一将来收清之后，要成为怎样的一个小富翁。此外呢，什么野心也没有了。

　　吾乡的李慈铭先生，是就以日记为著述的，上自朝章，中至学问，下迄相骂，都记录在那里面。果然，现在已有人将那手迹用石印印出了，每部五十元，在这样的年头，不必说学生，就是先生也无从买起。那日记上就记着，当他每装成一函的时候，早就有人借来借去地传抄了，正不必老远的等待"身后"。这虽然不像日记的正派，但若有志在立言，意存褒贬，欲人知而又畏人知的，却不妨模仿着试试。什么做了一点白话，便说是要在一百年后发表的书里面的一篇，真是其蠢臭为不可及也。

　　我这回的日记，却不是那样的"有厚望焉"的，也不是原先的很简单的，现在还没有，想要写起来。四五天以前看见半农，说是要编《世界日报》的副刊去，你得寄一点稿。那自然是可以的喽。然而稿子呢？这可着实为难。看副刊的大抵是学生，都是过来人，做过什么"学而时习之不亦说乎论"或"人心不古议"的，一定知道做文章是怎样的味道。有人说我是"文学家"，其实并不是的，不要相信他们的话，那证据，就是我也最怕做文章。

　　然而既然答应了，总得想点法。想来想去，觉得感想倒偶尔也有一点的，平时接着一懒，便搁下，忘掉了。如果马上写出，恐怕倒也是杂感一类的东西。于是乎我就决计：一想到，就马上写下来，马上寄出去，算作我的画到簿。因为这是开首就准备给第三者看的，所以恐怕也未必很有真面目，至少，不利于己的事，现在总还要藏起来。愿读者先明白这一点。

　　如果写不出，或者不能写了，马上就收场。所以这日记要有多么长，现在一点不知道。

褒贬(bāobiǎn)：评话好坏。

上述论述相当于题记，记叙了写日记的缘起。

一九二六年六月二十五日,记于东壁下。

六月二十五日

晴。

生病。——今天还写这个,仿佛有点多事似的。因为这是十天以前的事,现在倒已经可以算得好起来了。不过余波还没有完,所以也只好将这作为开宗明义章第一。谨案才子立言,总须大嚷三大苦难:一曰穷,二曰病,三曰社会迫害我。那结果,便是失掉了爱人;若用专门名词,则谓之失恋。我的开宗明义虽然近似第二大苦难,实际上却不然,倒是因为端午节前收了几文稿费,吃东西吃坏了,从此就不消化,胃痛。我的胃的八字不见佳,向来就担不起福泽的。也很想看医生。中医,虽然有人说是玄妙无穷,内科尤为独步,我可总是不相信。西医呢,有名的看资贵,事情忙,诊视也潦草,无名的自然便宜些,然而我总还有些踌躇。事情既然到了这样,当然只好听凭敝胃隐隐地痛着了。

自从西医割掉了梁启超的一个腰子以后,责难之声就风起云涌了,连对于腰子不很有研究的文学家也都"仗义执言"。同时,"中医了不得论"也就应运而起;腰子有病,何不服黄蓍欤?什么有病?何不吃鹿茸欤?但西医的病院里确也常有死尸抬出。我曾经忠告过 G 先生:你要开医院,万不可收留些看来无法挽回的病人;治好了走出,没有人知道,死掉了抬出,就轰动一时了,尤其是死掉的如果是"名流"。我的本意是在设法推行新医学,但 G 先生却似乎以为我良心坏。这也未始不可以那么想,——由他去罢。

但据我看来,实行我所说的方法的医院可很有,只是他们的本意却并不在要使新医学通行。新的本国的西医又大抵

踌躇(chóuchú):犹豫。

黄蓍(shī):蓍草,多年生草本植物,茎有棱,叶子互生,羽状深裂,裂片有锯齿,花白色,结瘦果,扁平。全草入药、茎、叶含芳香油,可做香料。

模模糊糊,一出手便先学了中医一样的江湖诀,和水的龙胆丁几两日份八角;漱口的淡硼酸水每瓶一元。至于诊断学呢,我似的门外汉可不得而知。总之,西方的医学在中国还未萌芽,便已近于腐败。我虽然只相信西医,近来也颇有些望而却步了。

前几天和季茀谈起这些事,并且说,我的病,只要有熟人开一个方就好,用不着向什么博士花冤钱。第二天,他就给我请了正在继续研究的 Dr. H. 来了。开了一个方,自然要用稀盐酸,还有两样这里无须说;我所最感谢的是又加些 Sirup SimPel 使我喝得甜甜的,不为难。向药房去配药,可又成为问题了,因为药房也不免有模模糊糊的,他所没有的药品,也许就替换,或者竟删除。结果是托 Fraeulein H 远远地跑到较大的药房去。

这样一办,加上车钱,也还要比医院的药价便宜到四分之三。

胃酸得了外来的生力军,强盛起来,一瓶药还未喝完,痛就停止了。我决定多喝它几天。但是,第二瓶却奇怪,同一的药房,同一的药方,药味可是不同一了;不像前一回的甜,也不酸。我检查我自己,并不发热,舌苔也不厚,这分明是药水有些蹊跷。喝了两回,坏处倒也没有;幸而不是急病,不大要紧,便照例将它喝完。去买第三瓶时,却附带了严重的质问;那回答是:也许糖分少了一点罢。这意思就是说紧要的药品没有错。中国的事情真是稀奇,糖分少一点,不但不甜,连酸也不酸了,的确是"特别国情"。

现在多攻击大医院对于病人的冷漠,我想,这些医院,将病人当做研究品,大概是有的,还有在院里的"高等华人",将病人看做下等研究品,大概也是有的。不愿意的,只好上私人所开的医院去,可是诊金药价都很贵。请熟人开了方去买药呢，药水也会先后不同起来。

这是人的问题。做事不切实，便什么都可疑。吕端大事不糊涂，犹言小事不妨糊涂点，这自然很足以显示我们中国人的雅量，然而我的胃痛却因此延长了。在宇宙的森罗万象中，我的胃痛当然不过是小事，或者简直不算事。

质问之后的第三瓶药水，药味就同第一瓶一样了。先前的闷葫芦，到此就很容易打破，就是那第二瓶里，是只有一日分的药，却加了两日分的水的，所以药味比正当的要薄一半。

虽然连吃药也那么蹭蹬，病却也居然好起来了。病略见好，H就攻击我头发长，说为什么不赶快去剪发。

这种攻击是听惯的，照例"着毋庸议"。但也不想用功，只是清理抽屉。翻翻废纸，其中有一束纸条，是前几年抄写的；这很使我觉得自己也日懒一日了，现在早不想做这类事。那时大概是想要做一篇攻击近时印书，胡乱标点之谬的文章的，废纸中就抄有很奇妙的例子。要塞进字纸篓里时，觉得有几条总还是爱不忍释，现在抄几条在这里，马上印出，以便"有目共赏"罢。其余的便作为换取火柴之助——

"国朝陈锡路黄嬭余话云。唐傅奕考覈道经众本。有项羽妾。本齐武平五年彭城人。开项羽妾冢。得之。"（上海进步书局石印本《茶香室丛钞》卷四第二叶。）

"国朝欧阳泉点勘记云。欧阳修醉翁亭。记让泉也。本集及滁州石刻。并同诸选本。作酿泉。误也。"（同上卷八第七叶）

"袁石公典试秦中。后颇自悔。其少作诗文。皆猝然一出于正。"（上海土林精舍石印本《书影》卷一第四叶。）

"考……顺治中，秀水又有一陈忱……著诚斋诗集，不出户庭，录读史随笔，同姓名录诸书。"（上海亚东图书馆排印本《水

<small>爱不忍释：对所喜欢的物品，爱得拿在手里，久久不肯放下。释：放下。</small>

<small>猝(cù)然：突然地，出乎意料地。没想到的。</small>

浒续集两种序》第七叶。)

标点古文,确是一种小小的难事,往往无从下笔;有许多处,我常疑心即使请作者自己来标点,怕也不免于迟疑。但上列的几条,却还不至于那么无从索解。末两条的意义尤显豁,而标点也弄得更聪明。

六月二十六日

晴。

上午,得霁野从他家乡寄来的信,话并不多,说家里有病人,别的一切人也都在毫无防备地将被疾病袭击的恐怖中;末尾还有几句感慨。

午后,织芳从河南来,谈了几句,匆匆忙忙地就走了,放下两个包,说这是"方糖",送你吃的,怕不见得好。织芳这一回有点发胖,又这么忙,又穿着方马褂,我恐怕他将要做官了。

打开包来看时,何尝是"方"的,却是圆圆的小薄片,黄棕色。吃起来又凉又细腻,确是好东西。但我不明白织芳为什么叫它"方糖"?但这也就可以作为他将要做官的一证。

景宋说这是河南一处什么地方的名产,是用柿霜做成的;性凉,如果嘴角上生些小疮之类,用这一搽,便会好。怪不得有这么细腻,原来是凭了造化的妙手,用柿皮来滤过的。可惜到她说明的时候,我已经吃了一大半了。连忙将所余的收起,预备将来嘴角上生疮的时候,好用这来搽。

夜间,又将藏着的柿霜糖吃了一大半,因为我忽而又以为嘴角上生疮的时候究竟不很多,还不如现在趁新鲜吃一点。不料一吃,就又吃了一大半了。

搽(chá):用粉末、油类等涂(在脸上或手上等)。

《阿Q正传》的成因

> 在中学课本上,我们都学过《阿Q正传》。在本文中,鲁迅细述了《阿Q正传》创作的具体动因及用最后"大团圆"结局收束的原因,对我们进一步理解《阿Q正传》提供了很好的资料。

在《文学周报》二五一期里,西谛先生谈起《呐喊》,尤其是《阿Q正传》。这不觉引动我记起了一些小事情,也想借此来说一说,一则也算是做文章,投了稿;二则还可以给要看的人去看去。

我先要抄一段西谛先生的原文——

"这篇东西值得大家如此的注意,原不是无因的。但也有几点值得商榷的,如最后'大团圆'的一幕,我在《晨报》上初读此作之时,即不以为然,至今也还不以为然,似乎作者对于阿Q之收局太匆促了;他不欲再往下写了,便如此随意地给他以一个'大团圆'。像阿Q那样的一个人,终于要做起革命党来,终于受到那样大团圆的结局,似乎连作者他自己在最初写作时也是料不到的。至少在人格上似乎是两个。"

阿Q是否真要做革命党,即使真做了革命党,在人格上是否似乎是两个,现在姑且勿论。单是这篇东西的成因,说起来就要很费工夫了。我常常说,我的文章不是涌出来的,是挤出来的。听的人往往误解为谦逊,其实是真情。我没有什么话要说,也没有什么文章要做,但有一种自害的脾气,

> 西谛:即郑振铎,笔名西谛,作家,文学史家。他于1926年在《文学周报》第二五一期上发表了《呐喊》。

> 不由让人联想到鲁迅曾说"我好像一只牛,吃的是草,挤出来的是牛奶,血"。

是有时不免呐喊几声，想给人们去添点热闹。譬如一匹疲牛罢，明知不堪大用的了，但废物何妨利用呢，所以张家要我耕一弓地，可以的；李家要我挨一转磨，也可以的；赵家要我在他店前站一刻，在我背上贴出广告道：敝店备有肥牛，出售上等消毒滋养牛乳。我虽然深知道自己是怎么瘦，又是公的，并没有乳，然而想到他们为张罗生意起见，情有可原，只要出售的不是毒药，也就不说什么了。但倘若用得我太苦，是不行的，我还要自己觅草吃，要喘气的工夫；要专指我为某家的牛，将我关在他的牛牢内，也不行的，我有时也许还要给别家挨几转磨。如果连肉都要出卖，那自然更不行，理由自明，无须细说。倘遇到上述的三不行，我就跑，或者索性躺在荒山里。即使因此忽而从深刻变为浅薄，从战士化为畜生，吓我以康有为，比我以梁启超，也都满不在乎，还是我跑我的，我躺我的，决不出来再上当，因为我于"世故"实在是太深了。

近几年《呐喊》有这许多人看，当初是万料不到的，而且连料也没有料。不过是依了相识者的希望，要我写一点东西就写一点东西。也不很忙，因为不很有人知道鲁迅就是我。我所用的笔名也不只一个：LS，神飞，唐俟，某生者，雪之，风声；更以前还有：自树，索士，令飞，迅行。<u>鲁迅就是承迅行而来的</u>，因为那时的《新青年》编辑者不愿意有别号一般的署名。

现在是有人以为我想做什么狗首领了，真可怜，侦察了百来回，竟还不明白。我就从不曾插了鲁迅的旗去访过一次人，"鲁迅即周树人"，是别人查出来的。这些人有四类：一类是为要研究小说，因而要知道作者的身世；一类单是好奇；一类是因为我也做短评，所以特地揭出来，想我受点祸；一类是以为于他有用处，想要钻进来。

那时我住在西城边，知道鲁迅就是我的，大概只有《新

"有人"指高长虹等，高在《1925年北京出版界形势指掌图》里说，"我与鲁迅会面不只百次"。同时谩骂鲁迅"要以主帅自诩"。

"别人"指陈西滢等，陈在1926年1月30日《晨报副刊》发表的《致志摩》里特别指出，"鲁迅，即教育部佥事周树人先生"。

青年》,《新潮》社里的人们罢;孙伏园也是一个。他正在晨报馆编副刊。不知是谁的主意,忽然要添一栏称为"开心话"的了,每周一次。他就来要我写一点东西。

阿Q的影像,在我心目中似乎确已有了好几年,但我一向毫无写他出来的意思。经这一提,忽然想起来了,晚上便写了一点,就是第一章:序。因为要切"开心话"这题目,就胡乱加上些不必有的滑稽,其实在全篇里也是不相称的。署名是"巴人",取"下里巴人",并不高雅的意思。谁料这署名又闯了祸了,但我却一向不知道,今年在《现代评论》上看见涵庐(即高一涵)的《闲话》才知道的。那大略是——

> 下里巴人,原指古代楚国的通俗歌曲名称。这里借用强调通俗性。

"……我记得当《阿Q正传》一段一段陆续发表的时候,有许多人都栗栗危惧,恐怕以后要骂到他的头上。并且有一位朋友,当我面说,昨日《阿Q正传》上某一段仿佛就是骂他自己。因此便猜疑《阿Q正传》是某人作的,何以呢?因为只有某人知道他这一段私事。……从此疑神疑鬼,凡是《阿Q正传》中所骂的,都以为就是他的阴私;凡是与登载《阿Q正传》的报纸有关系的投稿人,都不免做了他所认为《阿Q正传》的作者的嫌疑犯了!等到他打听出来《阿Q正传》的作者名姓的时候,他才知道他和作者素不相识,因此,才恍然自悟,又逢人声明说不是骂他。"(第四卷第八十九期)

我对于这位"某人"先生很抱歉,竟因我而做了许多天嫌疑犯。可惜不知是谁,"巴人"两字很容易疑心到四川人身上去,或者是四川人罢。直到这一篇收在《呐喊》里,也还有人问我:你实在是在骂谁和谁呢?我只能悲愤,自恨不能使人看得我不至于如此下劣。

第一章登出之后,便"苦"字临头了,每七天必须做一篇。我那时虽然并不忙,然而正在做流民,夜晚睡在做通路的屋子里,这屋子只有一个后窗,连好好的写字地方也没有,那里能够静坐一会儿，想一下。伏园虽然还没有现在这样胖，但已经笑嬉嬉，善于催稿了。每星期来一回，一有机会，就是："先生，《阿Q正传》……明天要付排了。"于是只得做，心里想着，"俗语说：'讨饭怕狗咬，秀才怕岁考。'我既非秀才，又要周考，真是为难……"然而终于又一章。但是，似乎渐渐认真起来了；伏园也觉得不很"开心"，所以从第二章起，便移在"新文艺"栏里。

这样地一周一周挨下去，于是乎就不免发生阿Q可要做革命党的问题了。据我的意思，中国倘不革命，阿Q便不做，既然革命，就会做的。我的阿Q的运命，也只能如此，人格也恐怕并不是两个。民国元年已经过去，无可追踪了，但此后倘再有改革，我相信还会有阿Q似的革命党出现。我也很愿意如人们所说，我只写出了现在以前的或一时期，但我还恐怕我所看见的并非现代的前身，而是其后，或者竟是二三十年之后。其实这也不算辱没了革命党，阿Q究竟已经用竹筷盘上他的辫子了；此后十五年，长虹"走到出版界"，不也就成为一个中国的"绥惠略夫"了么？

《阿Q正传》大约做了两个月，我实在很想收束了，但我已经记不大清楚，似乎伏园不赞成，或者是我疑心倘一收束，他会来抗议，所以将"大团圆"藏在心里，而阿Q却已经渐渐向死路上走。到最末的一章，伏园倘在，也许会压下，而要求放阿Q多活几星期的罢。但是"会逢其适"，他回去了，代庖的是何作霖君，于阿Q素无爱憎，我便将"大团圆"送去，他便登出来。待到伏园回京，阿Q已经枪毙了一个多月了。纵令伏园怎样善于催稿，如何笑嬉嬉，也无法再说"先生，《阿Q正传》……"从此我总算收束了一件事，可以另干别的去。另干了别的什么，现在也已经记不清，但大概还是这一类的事。

> 高长虹在他主编的《狂飙》周刊上陆续发表的批评文章的总题名称，后印有单行本，上海泰东图书局发行。

其实"大团圆"倒不是"随意"给他的；至于初写时可曾料到，那倒确乎也是一个疑问。我仿佛记得：没有料到。不过这也无法，谁能开首就料到人们的"大团圆"？不但对于阿Q，连我自己将来的"大团圆"，我就料不到究竟是怎样。终于是"学者"，或"教授"乎？还是"学匪"或"学棍"呢？"官僚"乎，还是"刀笔吏"呢？"思想界之权威"乎，抑"思想界先驱者"乎，抑又"世故的老人"乎？"艺术家"？"战士"？抑又是见客不怕麻烦的特别"亚拉籍夫"乎？乎？乎？乎？乎？

但阿Q自然还可以有各种别样的结果，不过这不是我所知道的事。

先前，我觉得我很有写得"太过"的地方，近来却不这样想了。中国现在的事，即使如实描写，在别国的人们，或将来的好中国的人们看来，也都会觉得grotesk。我常常假想一件事，自以为这是想得太奇怪了；但倘遇到相类的事实，却往往更奇怪。在这事实发生以前，以我的浅见寡识，是万万想不到的。

大约一个多月以前，这里枪毙一个强盗，两个穿短衣的人各拿手枪，一共打了七枪。不知道是打了不死呢，还是死了仍然打，所以要打得这么多。当时我便对我的一群少年同学们发感慨，说：这是民国初年初用枪毙的时候的情形；现在隔了十多年，应该进步些，无须给死者这么多的苦痛。北京就不然，犯人未到刑场，刑吏就从后脑一枪，结果了性命，本人还来不及知道已经死了呢。所以北京究竟是"首善之区"，便是死刑，也比外省的好得远。

但是前几天看见十一月二十三日的北京《世界日报》，又知道我的话并不的确了，那第六版上有一条新闻，题目是《杜小拴子刀铡而死》，共分五节，现在撮录一节在下面——

杜小拴子刀铡余人枪毙　先时，卫戍司令部因为从了毅军各兵士的请求，决定用"枭首刑"，所以杜等不曾到场以前，

grotesk：德语。指古怪的、荒诞的。

感慨(kǎi)：有所感触而慨叹。

刑场已预备好了铡草大刀一把了。刀是长形的,下边是木底,中缝有厚大而锐利的刀一把,刀下头有一孔,横嵌木上,可以上下的活动,杜等四人入刑场之后,由招扶的兵士把杜等架下刑车,就叫他们脸冲北,对着已备好的刑棹前站着……杜并没有跪,有外右五区的某巡官去问杜,要人把着不要?杜就笑而不答,后来就自己跑到刀前,自己睡在刀上,仰面受刑,先时行刑兵已将刀抬起,杜枕到适宜的地方后,行刑兵就合眼猛力一铡,杜的身首,就不在一处了。当时血出极多。在旁边跪等枪决的宋振山等三人,也各偷眼去看,中有赵振一名,身上还发起颤来。后由某排长拿手枪站在宋等的后面,先毙宋振山,后毙李有三赵振,每人都是一枪毙命……先时,被害程步墀的两个儿子忠智忠信,都在场观看,放声大哭,到各人执刑之后,去大喊:爸!妈呀!你的仇已报了!我们怎么办哪?听的人都非常难过,后来由家族引导着回家去了。

  假如有一个天才,真感着时代的心搏,在十一月二十二日发表出记叙这样情景的小说来,我想,许多读者一定以为是说着包龙图爷爷时代的事,在西历十一世纪,和我们相差将有九百年。

  这真是怎么好……

  至于《阿Q正传》的译本,我只看见过两种。法文的登在八月份的《欧罗巴》上,还止三分之一,是有删节的。英文的似乎译得很恳切,但我不懂英文,不能说什么。只是偶然看见还有可以商榷的两处:一是"三百大钱九二串"当译为"三百大钱,以九十二文作为一百"的意思;二是"柿油党"不如译音,因为原是"自由党",乡下人不能懂,便讹成他们能懂的"柿油党"了。

十二月三日,在厦门写。

商榷(què):商讨。

《坟》

《坟》是鲁迅1907年至1925年所作论文的结集。1926年于厦门编定。共收论文23篇，结集时撰写《题记》、跋语各1篇。1927年3月由北京未名社初版。这些论文曾发表于《河南》、《新青年》、北京《晨报五周年纪念增刊》、上海《妇女杂志》、《京报副刊》、《语丝》、《莽原》、上海《新女性》、《京报》附刊《妇女周刊》等报刊。其中《人之历史》、《科学史教篇》、《文化偏至论》、《摩罗诗力说》四篇，系鲁迅在日本东京时用文言写成。

鲁迅在《坟·题记》和《写在〈坟〉后面》中曾谈到编辑本书的缘由：一是因为"其中所说的几个诗人，至今没有人再提起，也是我不忍抛弃旧稿的一个小原因"。其次是因为要使"偏爱我的文字的主顾得到一点喜欢；憎恶我的文字的东西得到一点呕吐"，"给他们放一点可恶的东西在眼前，使他有时小不舒服，知道原来自己的世界也不容易十分美满"；"此外，在我自己，还有一点小意义，就是这总算是生活的一部分的痕迹"。

至于集子的名称，鲁迅在《题记》中说："虽然明知道过去已经过去，神魂是无法追蹑的，但总不能那么决绝，还想将糟粕收敛起来，造就一座小小的新坟，一面是埋葬，一面也是留恋。"

本书收取了《我之节烈观》、《我们现在怎样做父亲》、《娜拉走后怎样》、《再论雷峰塔倒掉》、《论"他妈的"》、《论睁了眼看》、《写在〈坟〉后面》。

我之节烈观

"节"即守寡,"烈"即殉夫。这是中国封建礼教对妇女的道德要求。北宋理学家程颐曾有"饿死事极小,失节事极大"之说,南宋朱熹更是张皇其说,于是妇女节烈之风盛行,直至民国。当时的北洋军阀政府大肆"表彰节烈",复古派也在报刊上做颂扬"节妇"、"烈女"的诗文。对此,鲁迅作了此文予以抨击。

> "世道浇漓,人心日下,国将不国"这一类话,本是中国历来的叹声。不过时代不同,则所谓"日下"的事情,也有迁变:从前指的是甲事,现在叹的或是乙事。除了"进呈御览"的东西不敢妄说外,其余的文章议论里,一向就带这口吻。因为如此叹息,不但针砭世人,还可以从"日下"之中,除去自己。所以君子固然相对慨叹,连杀人放火嫖妓骗钱以及一切鬼混的人,也都乘作恶余暇,摇着头说道,"他们人心日下了。"

世风人心这件事,不但鼓吹坏事,可以"日下";即使未曾鼓吹,只是旁观,只是赏玩,只是叹息,也可以叫他"日下"。所以近一年来,居然也有几个不肯徒托空言的人,叹息一番之后,还要想法子来挽救。第一个是康有为,指手画脚地说"虚君共和"才好,陈独秀便斥他不兴;其次是一班灵学派的人,不知何以起了极古奥的思想,要请"孟圣矣乎"的鬼来画策;陈百年钱玄同刘半农又道他胡说。

这几篇驳论,都是《新青年》里最可寒心的文章。时候已是20世纪了;人类眼前,早已闪出曙光。假如《新青年》里,有一篇和别人辩地球方圆的文字,读者见了,怕一定要发怔。然而现今所辩,正和说地体不方相差无几。将时代和事实,对照起来,怎能不教人寒心而且害怕?

近来虚君共和是不提了,灵学似乎还在那里捣鬼,此时却又有一群人,不能满足；仍然摇头说道，"人心日下"了。于是又想出一种挽救的方法；他们叫做"表彰节烈"！

这类妙法，自从君政复古时代以来，上上下下，已经提倡多年；此刻不过是竖起旗帜的时候。文章议论里，也照例时常出现，都嚷道"表彰节烈"！要不说这件事，也不能将自己提拔，出于"人心日下"之中。

节烈这两个字，从前也算是男子的美德，所以有过"节士"、"烈士"的名称。然而现在的"表彰节烈"，却是专指女子，并无男子在内。据时下道德家的意见，来定界说，大约节是丈夫死了，决不再嫁，也不私奔，丈夫死得愈早，家里愈穷，他便节得愈好。烈可是有两种：一种是无论已嫁未嫁，只要丈夫死了，他也跟着自尽；一种是有强暴来污辱他的时候，设法自戕，或者抗拒被杀，都无不可。这也是死得愈惨愈苦，他便烈得愈好，倘若不及抵御，竟受了污辱，然后自戕，便免不了议论。万一幸而遇着宽厚的道德家，有时也可以略迹原情，许他一个烈字。可是文人学士，已经不甚愿意替他作传；就令勉强动笔，临了也不免加上几个"惜夫惜夫"了。

总而言之：女子死了丈夫，便守着，或者死掉；遇了强暴，便死掉；将这类人物，称赞一通，世道人心便好，中国便得救了。大意只是如此。

康有为借重皇帝的虚名，灵学家全靠着鬼话。这表彰节烈，却是全权都在人民，大有渐进自力之意了。然而我仍有几个疑问，须得提出。还要据我的意见，给他解答。我又认定这节烈救世说，是多数国民的意思；主张的人，只是喉舌。虽然是他发声，却和四肢五官神经内脏，都有关系。所以我这疑问和解答，便是提出于这群多数国民之前。

首先的疑问是：不节烈（中国称不守节作"失节"，不烈却并无成语，所以只能合称他"不节烈"）的女子如何害了国家？照现在的情形，"国将不国"，自不消说；丧尽良心的事故，层出不穷；刀兵盗贼水旱饥荒，又接连而起。但此等现象，只是不讲新道德新学问的缘故，行为思想，全钞旧账；所以种种黑暗，竟和古代的乱世仿佛，况且政界军界学界商界等等里面，全是男人，并无不节烈的女子夹杂在内。也未必是有权力的男子，因为受了他蛊惑，这才丧了良心，放手作恶。至于水旱饥荒，便是专拜龙神,迎大王,滥伐森林,不修水利的祸祟,没有新知识的结果;更与女子无关。只有刀兵盗贼,往往造出许多不节烈的妇女。但也是兵盗在先,不节烈在后,并非因为他们不节烈了,才将刀兵盗贼招来。

其次的疑问是:何以救世的责任,全在女子?照着旧派说起来,女子是"阴类",是主内的,是男子的附属品。然则治世救国,正须责成阳类,全仗外子,偏劳主体。决不能将一个绝大题目,都搁在阴类肩上。倘依新说,则男女平等,义务略同。纵令该担责任,也只得分担。其余的一半男子,都该各尽义务。不特须除去强暴,还应发挥他自己的美德。不能专靠惩劝女子,便算尽了天职。

其次的疑问是:表彰之后,有何效果?据节烈为本,将所有活着的女子,分类起来,大约不外三种:一种是已经守节,应该表彰的人(烈者非死不可,所以除出);一种是不节烈的人;一种是尚未出嫁,或丈夫还在,又未遇见强暴,节烈与否未可知的人。第一种已经很好,正蒙表彰,不必说了。第二种已经不好,中国从来不许忏悔,女子做事一错,补过无及,只好任其羞杀,也不值得说了。最要紧的,只在第三种,现在一经感化,他们便都打定主意道:"倘若将来丈夫死了,决不再嫁;遇着强暴,赶紧自裁!"试问如此立意,与中国男子做主的世道人心,有何关系?这个缘故,已在上文说明。更有附带的疑问是:节烈的人,既经表彰,自是品格最高。但圣贤虽人人可学,此事却有所不能。假如第三种的人,虽然立志极高,万一丈夫长寿,天下太平,他便只好饮恨吞声,做一世次等的人物。

以上是单依旧日的常识,略加研究,便已发现了许多矛盾。若略带二十世纪气息,便又有两层:

一问节烈是否道德?道德这事,必须普遍,人人应做,人人能行,又于自他两利,才有存在的价值。现在所谓节烈,不特除开男子,绝不相干;就是女子,也不能全体都遇着这名誉的机会。所以决不能认为道德,当做法式。上回《新青年》登出的《贞操论》里,已经说过理由。不过贞是丈夫还在,节是男子已死的区别,道理却可类推。只有烈的一件事,尤为奇怪,还须略加研究。

照上文的节烈分类法看来,烈的第一种,其实也只是守节,不过生死不同。因为道德家分类，根据全在死活，所以归入烈类。性质全异的，便是第二种。这类人不过一个弱者（现在的情形，女子还是弱者），突然遇着男性的暴徒，父兄丈夫力不能救，左邻右舍也不帮忙，于是他就死了；或者竟受了辱，仍然死了；或者终于没有死。久而久之，父兄丈夫邻舍，夹着文人学士以及道德家，便渐渐聚集，既不羞自己怯弱无能，也不提暴徒如何惩办，只是七口八嘴，议论他死了没有？受污没有？死了如何好，活着如何不好。于是造出了许多光荣的烈女，和许多被人口诛笔伐的不烈女。只要平心一想，便觉不像人间应有的事情，何况说是道德。

二问多妻主义的男子，有无表彰节烈的资格？替以前的道德家说话，一定是理应表彰。因为凡是男子，便有点与众不同，社会上只配有他的意思。一面又靠着阴阳内外的古典，在女子面前逞能。然而一到现在，人类的眼里，不免见到光明，晓得阴阳内外之说，荒谬绝伦；就令如此，也证不出阳比阴尊贵，外比内崇高的道理。况且社会国家，又非单是男子造成。所以只好相信真理，说是一律平等。既然平等，男女便都有一律应守的契约。男子决不能将自己不守的事，向女子特别要求。若是买卖欺骗贡献的婚姻，则要求生时的贞操，尚且毫无理由。何况多妻主义的男子，来表彰女子的节烈。

以上，疑问和解答都完了。理由如此支离，何以直到现今，居然还能存在？要对付这问题，须先看节烈这事，何以发生，何以通行，何以不生改革的缘故。

古代的社会，女子多当做男人的物品。或杀或吃，都无不可；男人死后，和他喜欢的宝贝，日用的兵器，一同殉葬，更无不可。后来殉葬的风气，渐渐改了，守节便也渐渐发生。但大抵因为寡妇是鬼妻，亡魂跟着，所以无人敢娶，并非要他不事二夫。这样风俗，现在的蛮人社会里还有。中国太古的情形，现在已无从详考。但看周末虽有殉葬，并非专用女人，嫁否也任便，并无什么裁制，便可知道脱离了这宗习俗，为日已久。由汉至唐也并没有鼓吹节烈。直到宋朝，那一班"业儒"的才说出"饿死事小失节事大"的话，看见历史上"重适"两个字，便大惊小怪起来。出于真心，还是故意，现在却无从推测。其时也正是"人心日下，国将不国"的时候，全国士民，多不像样。或者"业儒"的人，想借女人守节的话，来鞭策男子，也不一定。但旁敲侧击，方法本嫌鬼祟，其意也太难分明，后来因此多了几个节妇，虽未可知，然而吏民将卒，却仍然无所感动。于是"开化最早，道德第一"的中国终于归了"长生天气力里大福荫护助里"的什么"薛禅皇帝，完泽笃皇帝，曲律皇帝"了。此后皇帝换过了几家，守节思想倒反发达。皇帝要臣子尽忠，男人便愈要女人守节。到了清朝，儒者真是愈加厉害。看见唐人文章里有公主改嫁的话，也不免勃然大怒道，"这是什么事！你竟不为尊者讳，这还了得！"假使这唐人还活着，一定要斥革功名，"以正人心而端风俗"了。

国民将到被征服的地位，守节盛了；烈女也从此着重。因为女子既是男子所有，自己死了，不该嫁人，自己活着，自然更不许被夺。然而自己是被征服的国民，没有力量保护，没有勇气反抗了，只好别出心裁，鼓吹女人自杀。或者妻女极多的阔人，婢妾成行的富翁，乱离时候，照顾不到，一遇"逆兵"（或是"天兵"），就无法可想。只得救了自己，请别人都做烈女；变成烈女，"逆兵"便不要了。他便待事定以后，慢慢回来，称赞几句。好在男子再娶，又是天经地义，别讨女人，便都完事。因此世上遂有了"双烈合传"，"七姬墓志"，甚而至于钱谦益的集中，也布满了"赵节妇""钱烈女"的传记和歌颂。

只有自己不顾别人的民情，又是女应守节男子却可多妻的社会，造出如此畸形道德，而且日见精密苛酷，本也毫不足怪。但主张的是男子，上当的是女子。女子本身，何以毫无异言呢？原来"妇者服也"，理应服侍于人。教育固可不必，连开口也都犯法。他的精神，也同他体质一样，成了畸形。所以对于这畸形道德，实在无甚意见。就令有了异议，也没有发表的机会。做几首"闺中望月""园里看花"的诗，尚且怕男子骂他怀春，何况竟敢破坏这"天地间的正气"？只有说部书上，记载过几个女人，因为境遇上不愿守节，据做书的人说：可是他再嫁以后，便被前夫的鬼捉去，落了地狱；或者世人个个唾骂，做了乞丐，也竟求乞无门，终于惨苦不堪而死了！

如此情形，女子便非"服也"不可。然而男子一面，何以也不主张真理，只是一味敷衍呢？汉朝以后，言论的机关，都被"业儒"的垄断了。宋元以来，尤其利害。我们几乎看不见一部非业儒的书，听不到一句非士人的话。除了和尚道士，奉旨可以说话的以外，其余"异端"的声音，决不能出他卧房一步。况且世人大抵受了"儒者柔也"的影响；不述而作，最为犯忌。即使有人见到，也不肯用性命来换真理。即如失节一事，岂不知道必须男女两性，才能实现。他却专责女性；至于破人节操的男子，以及造成不烈的暴徒，便都含糊过去，男子究竟较女性难惹，惩罚也比表彰为难。其间虽有过几个男人，实觉于心不安，说些室女不应守志殉死的平和话，可是社会不听；再说下去，便要不容，与失节的女人一样看待。他便也只好变了"柔也"，不再开口了。所以节烈这事，到现在不生变革。

（此时，我应声明：现在鼓吹节烈派的里面，我颇有知道的人。敢说确有好人在内，居心也好。可是救世的方法是不对，要向西走了北了。但也不能因为他是好人，便竟能从正西直走到北。所以我又愿他回转身来。）

其次还有疑问：

节烈难吗？答道，很难。男子都知道极难，所以要表彰他。社会的公意，向来以为贞淫与否，全在女性。男子虽然诱惑了女人，却不负责任。譬如甲男引诱乙女，乙女不允，便是贞节，死了，便是烈；甲男并无恶名，社会可算淳古。倘若乙女允了，便是失节；甲男也无恶名，可是世风被乙女败坏了！别的事情，也是如此。所以历史上亡国败家的原因，每每归咎女子。糊糊涂涂地代担全体的罪恶，已经三千多年了。男子既然不负责任，又不能自己反省，自然放心诱惑；文人著作，反将他传为美谈。所以女子身旁，几乎布满了危险。除却他自己的父兄丈夫以外，便都带点诱惑的鬼气。所以我说很难。

节烈苦吗？答道，很苦。男子都知道很苦，所以要表彰他。凡人都想活；烈是必死，不必说了。节妇还要活着。精神上的惨苦，也姑且弗论。单是生活一层，已是大宗的痛楚。假使女子生计已能独立，社会也知道互助，一人还可勉强生存。不幸中国情形，却正相反。所以有钱尚可，贫人便只能饿死。直到饿死以后，间或得了旌表，还要写入志书。所以各府各县志书传记类的末尾，也总有几卷"烈女"。一行一人，或是一行两人，赵钱孙李，可是从来无人翻读。就是一生崇拜节烈的道德大家，若问他贵县志书里烈女门的前十名是谁？也怕不能说出。其实他是生前死后，竟与社会漠不相关的。所以我说很苦。

照这样说，不节烈便不苦吗？答道，也很苦。社会公意，不节烈的女人，既然是下品；他在这社会里，是容不住的。社会上多数古人模模糊糊传下来的道理，实在无理可讲；能用历史和数目的力量，挤死不合意的人。这一类无主名无意识的杀人团里，古来不晓得死了多少人物；节烈的女子，也就死在这里。不过他死后间有一回表彰，写入志书。不节烈的人，便生前也要受随便什么人的唾骂，无主名的虐待。所以我说也很苦。

女子自己愿意节烈吗？答道，不愿。人类总有一种理想，一种希望。虽然高下不同，必须有个意义。自他两利固好，至少也得有益本身。节烈很难很苦，既不利人，又不利己。说是本人愿意，实在不合人情。所以假如遇着少年女人，诚心祝赞他将来节烈，一定发怒；或者还要受他父兄丈夫的尊拳。然而仍旧牢不可破，便是被这历史和数目的力量挤着。可是无论何人，都怕这节烈。怕他竟钉到自己和亲骨肉的身上。所以我说不愿。

我依据以上的事实和理由，要断定节烈这事是：极难，极苦，不愿身受，然而不利自他，无益社会国家，于人生将来又毫无意义的行为，现在已经失了存在的生命和价值。

临了还有一层疑问：

节烈这事，现代既然失了存在的生命和价值；节烈的女人，岂非白苦一番吗？可以答他说：还有哀悼的价值。他们是可怜人；不幸上了历史和数目的无意识的圈套，做了无主名的牺牲。可以开一个追悼大会。

我们追悼了过去的人，还要发愿：要自己和别人，都纯洁聪明勇猛向上。要除去虚伪的脸谱。要除去世上害己害人的昏迷和强暴。

我们追悼了过去的人，还要发愿：要除去于人生毫无意义的苦痛。要除去制造并赏玩别人苦痛的昏迷和强暴。

我们还要发愿：要人类都受正当的幸福。

一九一八年七月

我们现在怎样做父亲

> 这是一篇谈论家庭改革的文章,提出父母应对子女尽怎样的责任和义务,今天读来也仍有着其积极的意义。

我作这一篇文的本意,其实是想研究怎样改革家庭;又因为中国亲权重,父权更重,所以尤想对于从来认为神圣不可侵犯的父子问题,发表一点意见。总而言之:只是革命要革到老子身上罢了。但何以大模大样,用了这九个字的题目呢?这有两个理由:

第一,中国的"圣人之徒",最恨人动摇他的两样东西。一样不必说,也与我辈绝不相干;一样便是他的伦常,我辈却不免偶然发几句议论,所以株连牵扯,很得了许多"铲伦常""禽兽行"之类的恶名。他们以为父对于子,有绝对的权力和威严;若是老子说话,当然无所不可,儿子有话,却在未说之前早已错了。但祖父子孙,本来各个都只是生命的桥梁的一级,绝不是固定不易的。现在的子,便是将来的父,也便是将来的祖。我知道我辈和读者,若不是现任之父,也一定是候补之父,而且也都有做祖宗的希望,所差只在一个时间。为想省却许我麻烦起见,我们便该无须客气,尽可先行占住上风,摆出父亲的尊严,谈谈我们和我们子女的事;不但将来着手实行。可以减少困难,在中国也顺理成章,免

> 首先阐述作此文的意图。

> 顺理成章:形容写文章或做事,顺着条理就能做好;也比喻某种情况合乎情理,自然产生某种结果。

得"圣人之徒"听了害怕,总算是一举两得之至的事了。所以说,"我们怎样做父亲"。

第二,对于家庭问题,我在《新青年》的《随感录》(二五,四十,四九)中,曾经略略说及,总括大意,便只是从我们起,解放了后来的人。论到解放子女,本是极平常的事,当然不必有什么讨论。但中国的老年,中了旧习惯旧思想的毒太深了,决定悟不过来。譬如早晨听到乌鸦叫,少年毫不介意,迷信的老人,却总须颓唐半天。虽然很可怜,然而也无法可救。没有法,便只能先从觉醒的人开手,各自解放了自己的孩子。自己背着因袭的重担,肩扛住了黑暗的闸门,放他们到宽阔光明的地方去;此后幸福地度日,合理地做人。

> 为人父母者必须有如此宽大的胸怀和历史责任感,才能真正解放自己的子女,使他们获得幸福。

还有,我曾经说,自己并非创作者,便在上海报纸的《新教训》里,挨了一顿骂。但我辈评论事情,总须先评论了自己,不要冒充,才能像一篇说话,对得起自己和别人。我自己知道,不特并非创作者,并且也不是真理的发现者。凡有所说所写,只是就平日见闻的事理里面,取了一点心以为然的道理;至于终极究竟的事,却不能知。便是对于数年以后的学说的进步和变迁,也说不出会到如何地步,单相信比现在总该还有进步还有变迁罢了。所以说,"我们现在怎样做父亲"。

我现在心以为然的道理,极其简单。便是依据生物界的现象,一、要保存生命;二、要延续这生命;三、要发展这生命(就是进化)。生物都这样做,父亲也就是这样做。

> 言简而意赅,精辟地概括了生命的意义。

生命的价值和生命价值的高下,现在可以不论。单照常识判断,便知道既是生物,第一要紧的自然是生命。因为生物之所以为生物,全在有这生命,否则失了生物的意义。生物为保存生命起见,具有种种本能,最显著的是食欲。因有食欲才摄取食品,因有食品才发生温热,保存了生命。但生物的个体，总免不了老衰和死亡，为继续生命起见，又有一种本能，便是性欲。因性欲才有性交，因有性交才发生苗裔，继续了生命。所以食欲是保存自己，保存现在生命的事；性欲是保存后裔，保存永久生命的事。饮食并非罪恶，并非不净；性交也就并非罪恶，并非不净。饮食的结果，养活了自己，对于自己没有恩；性交的结果，生出子女，对于子女当然也算不了恩。——前前后后，都向生命的长途走去，仅有先后的不同，分不出谁受谁的恩典。

可惜的是中国的旧见解，竟与这道理完全相反。夫妇是"人伦之中"，却说是"人伦之始"；性交是常事，却以为不净；生育也是常事，却以为天大的大功。人人对于婚姻，大抵先夹带着不净的思想。亲戚朋友有许多戏谑，自己也有许多羞涩，直到生了孩子，还是躲躲闪闪，怕敢声明；独有对于孩子，却威严十足。这种行径，简直可以说是和偷了钱发迹的财主，不相上下了。我并不是说——如他们攻击者所意想的——人类的性交也应如别种动物，随便举行；或如无耻流氓，专做些下流举动，自鸣得意。是说，此后觉醒的人，应该先洗净了东方固有的不净思想，再纯洁明白一些，了解夫妇是伴侣，是共同劳动者，又是新生命创造者的意义。所生的子女，固然是受领新生命的人，但他也不永久占领，将来还要交付子女，像他们的父母一般。只是前前后后，都做一个过付的经手人罢了。

生命何以必须继续呢？就是因为要发展，要进化。个体既然免不了死亡，进化又毫无止境，所以只能延续着，在这进化的路上走。走这路须有一种内的努力，有如单细胞动物有内的努力，积久才会繁复，无脊椎动物有内的努力，积久才会发生脊椎。所以后起的生命，总比以前的更有意义，更近完全，因此也更有价值，更可宝贵；前者的生命，应该牺牲于他。

但可惜的是中国的旧见解，又恰恰与这道理完全相反。本位应在幼者，却反在长者；置重应在将来，却反在过去。前者做了更前者的牺牲，自己无力生存，却苛责后者又来专做他的牺牲，毁灭了一切发展本身的能力。我也不是说——如他们攻击者所意想的——孙子理应终日痛打他的祖父，女儿必须时时咒骂他的亲娘。是说，此后觉醒的人，应该先洗净了东方古传的谬误思想，对于子女，义务思想须加多，而权利思想却大可切实核减，以准备改作幼者本位的道德。况且幼者受了权利，也并非永久占有，将来还要对于他们的幼者，仍尽义务。只是前前后后，都做一切过付的经手人罢了。

"父子间没有什么恩"这一个断语，实是招致"圣人之徒"面红耳赤的一大原因。他们的误点，便在长者本位与利己思想，权利思想很重，义务思想和责任心却很轻。以为父子关系，只须"父兮生我"一件事，幼者的全部，便应为长者所有。尤其堕落的，是因此责望报偿，以为幼者的全部，理该做长者的牺牲。殊不知自然界的安排，却件件与这要求反对，我们从古以来，逆天行事，于是人的能力，十分萎缩，社会的进步，也就跟着停顿。我们虽不能说停顿便要灭亡，但较之进步，总是停顿与灭亡的路相近。

自然界的安排，虽不免也有缺点，但结合长幼的方法，却并无错误。他并不用"恩"，却给与生物以一种天性，我们称他为"爱"。动物界中除了生子数目太多——爱不周到的如鱼类之外，总是挚爱他的幼子，不但绝无利益心情，甚或至于牺牲了自己，让他的将来的生命，去上那发展的长途。

人类也不外此，欧美家庭，大抵以幼者弱者为本位，便是最合于这生物学的真理的办法。便在中国，只要心思纯白，未曾经过"圣人之徒"作践的人，也都自然而然地能发现这一种天性。例如一个村妇哺乳婴儿的时候，决不想到自己正在施恩；一个农夫娶妻的时候，也决不以为将要放债。只是有了子女，即天然相爱，愿他生存；更进一步的，便还要愿他比自己更好，就是进化。这离绝了交换关系利害关系的爱，便是人伦的索子，便是所谓"纲"。倘如旧说，抹杀了"爱"，一味说"恩"，又因此责望报偿，那便不但败坏了父子间的道德，而且也大反于做父母的实际的真情，播下乖剌的种子。有人做了乐府，说是"劝孝"，大意是什么"儿子上学堂，母亲在家磨杏仁，预备回来给他喝，你还不孝么"之类，自以为"拼命卫道"。殊不知富翁的杏酪和穷人的豆浆，在爱情上价值同等，而其价值却正在父母当时并无求报的心思；否则变成买卖行为，虽然喝了杏酪，也不异"人乳喂猪"，无非要猪肉肥美，在人伦道德上，丝毫没有价值了。

所以我现在心以为然的，便只是"爱"。

无论何国何人，大都承认"爱己"是一件应当的事。这便是保存生命的要义，也就是继续生命的根基。<u>因为将来的命运，早在现在决定，故父母的缺点，便是子孙灭亡的伏线，生命的危机。</u>易卜生做的《群鬼》（有潘家洵君译本，载在《新潮》一卷五号）虽然重在男女问题，但我们也可以看出遗传的可怕。欧士华本是要生活，能创作的人，因为父亲的不检，先天得了病毒，中途不能做人了。他又很爱母亲，不忍劳他服侍，便藏着吗啡，想待发作时候，由使女瑞琴帮他吃下，毒杀了自己；可是瑞琴走了。他于是只好托他母亲了：

欧"母亲，现在应该你帮我的忙了。"

阿夫人"我吗？"

欧"谁能及得上你。"

阿夫人"我！你的母亲！"

> 乖剌（guāilà）：违背常情；乖戾。

> 想想鲁迅这句话是否有道理？你可有例证？

欧"正为那个。"

阿夫人"我，生你的人！"

欧"我不曾教你生我。并且给我的是一种什么日子？我不要他！你拿回去罢！"

这一段描写，实在是我们做父亲的人应该震惊戒惧佩服的；决不能昧了良心，说儿子理应受罪。这种事情，中国也很多，只要在医院做事，便能时时看见先天梅毒性病儿的惨状；而且傲然地送来的，又大抵是他的父母。但可怕的遗传，并不只是梅毒；另外许多精神上体质上的缺点，也可以传之子孙，而且久而久之，连社会都蒙着影响。我们且不高谈人群，单为子女说，便可以说凡是不爱己的人，实在欠缺做父亲的资格。就令硬做了父亲，也不过如古代的草寇称王一般，万万算不了正统。将来学问发达，社会改造时，他们侥幸留下的苗裔，恐怕总不免要受善种学（Eugenics）者的处置。

倘若现在父母并没有将什么精神上体质上的缺点交给子女，又不遇意外的事，子女便当然健康，总算已经达到了继续生命的目的。但父母的责任还没有完，因为生命虽然继续了，却是停顿不得，所以还须教这新生命去发展。凡动物较高等的，对于幼雏，除了养育保护以外，往往还教他们生存上必需的本领。例如飞禽便教飞翔，鸷兽便教搏击。人类更高几等，便也有愿意子孙更进一层的天性。这也是爱，上文所说的是对于现在，这是对于将来。只要思想未遭锢蔽的人，谁也喜欢子女比自己更强，更健康，更聪明高尚——更幸福；就是超越了自己，超越了过去。超越便须改变，所以子孙对于祖先的事，应该改变，"三年无改于父之道可谓孝矣"，当然是曲说，是退婴的病根。假使古代的单细胞动物，也遵着这教训，那便永远不敢分裂繁复，世界上再也不会有人类了。

> 梅毒：性病的一种，病原体是梅毒螺旋体。

> 锢蔽（gùbì）：禁锢，闭塞。

幸而这一类教训,虽然害过许多人,却还未能完全扫尽了一切人的天性。没有读过"圣贤书"的人,还能将这天性在名教的斧钺底下,时时流露,时时萌蘖;这便是中国人虽然凋落萎缩,却未灭绝的原因。

所以觉醒的人,此后应将这天性的爱,更加扩张,更加醇化;用无我的爱,自己牺牲于后起新人。开宗第一,便是理解。往昔的欧人对于孩子的误解,足以为成人的预备;中国人的误解,是以为缩小的成人。直到近来,经过许多学者的研究,才知道孩子的世界,与成人截然不同;倘不先行理解,一味蛮做,便大碍于孩子的发达。所以一切设施,都应该以孩子为本位,日本近来,觉悟的也很不少;对于儿童的设施,研究儿童的事业,都非常兴盛了。第二,便是指导。时势既有改变,生活也必须进化;所以后起的人物,一定尤异于前,决不能用同一模型,无理嵌定。长者须是指导者协商者,却不该是命令者。不但不该责幼者供奉自己;而且还须用全副精神,专为他们自己,养成他们有耐劳作的体力,纯洁高尚的道德,广博自由能容纳新潮流的精神,也就是能在世界新潮流中游泳,不被淹没的力量。第三,便是解放。子女是即我非我的人,但既已分立,也便是人类中的人。因为即我,所以更应该尽教育的义务,交给他们自立的能力;因为非我,所以也应同时解放,全部为他们自己所有,成一个独立的人。

这样,便是父母对于子女,应该健全的产生,尽力的教育,完全的解放。

但有人会怕,仿佛父母从此以后,一无所有,无聊之极了。这种空虚的恐怖和无聊的感想,也即从谬误的旧思想发生;倘明白了生物学的真理,自然便会消灭。但要做解放子女的父母,也应预备一种能力。便是自己虽然已经带着过去

萌蘖(niè):指树枝砍去后又长出来的新芽。比喻事物正在新长成。

嵌(qiàn):把东西填镶在空隙里。

的色彩,却不失独立的本领和精神,有广博的趣味,高尚的娱乐。要幸福么?连你的将来的生命都幸福了。要"返老还童",要"老复丁"么?子女便是"复丁",都已独立而且更好了。这才是完了长者的任务,得了人生的慰安。倘若思想本领,样样照旧,专以"勃谿"为业,行辈自豪,那便自然免不了空虚无聊的苦痛。

或者又怕,解放之后,父子间要疏隔了。欧美的家庭,专制不及中国,早已大家知道;往者虽有人比之禽兽,现在却连"卫道"的圣徒,也曾替他们辩护,说并无"逆子叛弟"了。因此可知:惟其解放,所以相亲;惟其没有"拘挛"子弟的父兄,所以也没有反抗"拘挛"的"逆子叛弟"。若威逼利诱,便无论如何,决不能有"万年有道之长"。例便如我中国,汉有举孝,唐有孝悌力田科,清末也还有孝廉方正,都能换到官做。父恩谕之于先,皇恩施之于后,然而割股的人物,究属寥寥。足可证明中国的旧学说旧手段,实在从古以来,并无良效,无非使坏人增长些虚伪,好人无端地多受些人我都无利益的苦痛罢了。

独有"爱"是真的。路粹引孔融说,"父之于子,当有何亲?论其本意,实为情欲发耳。子之于母,亦复奚为,譬如寄物瓶中,出则离矣。"(汉末的孔府上,很出过几个有特色的奇人,不像现在这般冷落,这话也许确是北海先生所说;只是攻击他的偏是路粹和曹操,教人发笑罢了。)虽然也是一种对于旧说的打击,但实于事理不合。因为父母生了子女,同时又有天性的爱,这爱又很深广很长久,不会即离。现在世界没有大同,相爱还有差等,子女对于父母,也便最爱,最关切,不会即离。所以疏隔一层,不劳多虑。至于一种例外的人,或者非爱所能勾连。但若爱力尚且不能勾连,那便任凭什么"恩威,名分,天经,地义"之类,更是勾连不住。

或者又怕，解放之后，长者要吃苦了。这事可分两层：第一，中国的社会，虽说"道德好"，实际却太缺乏相爱相助的心思。便是"孝""烈"这类道德，也都是旁人毫不负责，一味收拾幼者弱者的方法。在这样社会中，不独老者难于生活，即解放的幼者，也难于生活。第二，中国的男女，大抵未老先衰，甚至不到二十岁，早已老态可掬，待到真实衰老，便更须别人扶持。所以我说，解放子女的父母，应该先有一番预备；而对于如此社会，尤应该改造，使他能适于合理的生活。许多人预备着，改造着，久而久之，自然可望实现了。单就别国的往时而言，斯宾塞未曾结婚，不闻他侘傺无聊；瓦特早没有了子女，也居然"寿终正寝"，何况在将来，更何况有儿女的人呢？

> 侘傺（chàchì）：书面语，指失意的样子。

　　或者又怕，解放之后，子女要吃苦了。这事也有两层，全如上文所说，不过一是因为老而无能，一是因为少不更事罢了。因此觉醒的人，愈觉有改造社会的任务。中国相传的成法，谬误很多：一种是锢闭，以为可以与社会隔离，不受影响。一种是教给他恶本领，以为如此才能在社会中生活。用这类方法的长者，虽然也含有继续生命的好意，但比照事理，却决定谬误。此外还有一种，是传授些周旋方法，教他们顺应社会。这与数年前讲"实用主义"的人，因为市上有假洋钱，便要在学校里遍教学生看洋钱的法子之类，同一错误。社会虽然不能不偶然顺应；但绝不是正当办法。因为社会不良，恶现象便很多，势不能一一顺应，倘都顺应了，又违反了合理的生活，倒走了进化的路。所以根本方法，只有改良社会。

　　就实际上说，中国旧理想的家族关系父子关系之类，其实早已崩溃。这也非"于今为烈"，正是"在昔已然"。历来都竭力表彰"五世同堂"，便足见实际上同居的为难；拼命地劝孝,也足见事实上孝子的缺少。而其原因,便全在一意提倡虚伪道德,蔑视了真的人情。我们试一翻大族的家谱,便知道始迁祖宗,大抵是单身迁居,成家立业;一到聚族而居,家谱出版,却已在零落的中途了。况在将来,迷信破了,便没有哭竹,卧冰;医学发达了,也不必尝秽,割股。又因为经济关系,结婚不得不迟,生育因此也迟,或者子女才能自存,父母已经衰老,不及依赖他们供养,事实上也就是父母反尽了义务。世界潮流逼拶着,这样做的可以生存,不然的便都衰落;无非觉醒者多,加些人力,便危机可望较少就是了。

但既如上言,中国家庭,实际久已崩溃,并不如"圣人之徒"纸上的空谈,则何以至今依然如故,一无进步呢?这事很容易解答。第一,崩溃者自崩溃,纠缠者自纠缠,设立者又自设立;毫无戒心,也不想到改革,所以如故。第二,以前的家庭中间,本来常有勃豀,到了新名词流行之后,便都改称"革命",然而其实也仍是讨嫖钱至于相骂,要赌本至于相打之类,与觉醒者的改革,截然两途。这一类自称"革命"的勃豀子弟,纯属旧式,待到自己有了子女,也决不解放;或者毫不管理,或者反要寻出《孝经》,勒令诵读,想他们"学于古训",都做牺牲。这只能全归旧道德旧习惯旧方法负责,生物学的真理决不能妄任其咎。

既如上言,生物为要进化,应该继续生命,那便"不孝有三无后为大",三妻四妾,也极合理了。这事也很容易解答。人类因为无后,绝了将来的生命,虽然不幸,但若用不正当的方法手段,苟延生命而害及人群,便该比一人无后,尤其"不孝"。因为现在的社会,一夫一妻制最为合理,而多妻主义,实能使人群堕落。堕落近于退化,与继续生命的目的,恰恰完全相反。无后只是灭绝了自己,退化状态的有后,便会毁到他人。人类总有些为他人牺牲自己的精神，而况生物自发生以来，交互关联，一人的血统，大抵总与他人有多少关系，不会完全灭绝。所以生物学的真理，绝非多妻主义的护符。

总而言之，觉醒的父母，完全应该是义务的，利他的，牺牲的，很不易做；而在中国尤不易做。中国觉醒的人，为想随顺长者解放幼者，便须一面清结旧账，一面开辟新路。就是开首所说的"自己背着因袭的重担，肩扛住了黑暗的闸门，放他们到宽阔光明的地方去；此后幸福地度日，合理地做人"。这是一件极伟大的要紧的事，也是一件极困苦艰难的事。

但世间又有一类长者，不但不肯解放子女，并且不准子女解放他们自己的子女；就是并要孙子曾孙都做无谓的牺牲。这也是一个问题；而我是愿意平和的人，所以对于这问题，现在不能解答。

一九一九年十月。

> 无谓：毫无价值；没有意义。

▌情境赏析▐

中国家庭制度的缺陷，就在于亲权重，父权更重，为父者权利思想重而义务思想和责任心却很轻。父辈要求子女对自己绝对服从，还编造出哭竹出笋、卧冰求鲤、割股疗亲等所谓模范孝子的故事要他们学习，可谓荒唐透顶。

鲁迅从进化论的观点出发，提出应该将长者本位改为幼者本位，让一代胜过一代，人类才能发展。他认为对于孩子，应该给予理解、指导和解放，才能使他们成长为一代新人。这一思想至今仍值得我们重视。

名家点评

　　许多父亲虽与孩子朝夕相处，却对他们并不了解。不了解他们的想法，就很难有效地引导他们成为自己所希望的人。所以要设法经常与孩子沟通，要培养与孩子共同的爱好，如下棋、听音乐、看球赛、游泳等。平时下班要经常与孩子谈天说地，以培养感情，共享欢乐。你首先得亲近孩子，取得他的信任，他才能倾诉自己的想法，这是自然而然的。

——苏婧、张文杰

娜拉走后怎样

> 这是鲁迅在北京女子高等师范学校的一篇讲演稿。当时正盛行女性解放之说，号召像娜拉一样追求自由，走出家庭束缚。但鲁迅在别人以为结束的地方看到了开始，这正是他的深刻处，也就是所谓的"清醒的现实主义"。

我今天要讲的是"娜拉走后怎样？"

伊孛生是十九世纪后半期的瑙威的一个文人。他的著作，除了几十首诗之外，其余都是剧本。这些剧本里面，有一时期是大抵含有社会问题的，世间也称做"社会剧"，其中有一篇就是《娜拉》。

《娜拉》一名 Ein Puppenheim，中国译作《傀儡家庭》。但 Puppe 不单是牵线的傀儡，孩子抱着玩的人形也是；引申开去，别人怎么指挥，他便怎么做的人也是。娜拉当初是满足地生活在所谓幸福的家庭里的，但是她竟觉悟了：自己是丈夫的傀儡，孩子们又是她的傀儡。她于是走了，只听得关门声，接着就是闭幕。这想来大家都知道，不必细说了。

娜拉要怎样才不走呢？或者说伊孛生自己有解答，就是 Die Frau vom Meer，《海的女人》，中国有人译作《海上夫人》的。这女人是已经结婚的了，然而先前有一个爱人在海的彼岸，一日突然寻来，叫她一同去。她便告知她的丈夫，要和那外来人会面。临末，她的丈夫说，"现在放你完全自由。（走与不走）你能够自己选择，并且还要自己负责任。"于是什么事全都改变，她就不走了。这样看来，娜拉倘也得到这样的自由，或者也便可以安住。

但娜拉毕竟是走了的。走了以后怎样？伊孛生并无解答；而且他已经死了。即使不死，他也不负解答的责任。因为伊孛生是在做诗，不是为社会提出问题来而且代为解答。就如黄莺一样，因为他自己要歌唱，所以他歌唱，不是要唱给人们听得有趣，有益。伊孛生是很不通世故的，相传在许多妇女们一同招待他的筵宴上，代表者起来致谢他作了《傀儡家庭》，将女性的自觉，解放这些事，给人心以新的启示的时候，他却答道，"我写那篇却并不是这意思，我不过是做诗。"

娜拉走后怎样？——别人可是也发表过意见的。一个英国人曾作一篇戏剧，说一个新式的女子走出家庭，再也没有路走，终于堕落，进了妓院了。还有一个中国人——我称他什么呢？上海的文学家罢——说他所见的《娜拉》是和现译本不同，娜拉终于回来了。这样的本子可惜没有第二人看见，除非是伊孛生自己寄给他的。但从事理上推想起来，娜拉或者也实在只有两条路：不是堕落，就是回来。因为如果是一匹小鸟，则笼子里固然不自由，而一出笼门，外面便又有鹰，有猫，以及别的什么东西之类；倘使已经关得麻痹了翅子，忘却了飞翔，也诚然是无路可以走。还有一条，就是饿死了，但饿死已经离开了生活，更无所谓问题，所以也不是什么路。

人生最苦痛的是梦醒了无路可以走。做梦的人是幸福的；倘没有看出可走的路，最要紧的是不要去惊醒他。你看，唐朝的诗人李贺，不是困顿了一世的吗？而他临死的时候，却对他的母亲说，"阿妈，上帝造成了白玉楼，叫我做文章落成去了。"这岂非明明是一个诳，一个梦？然而一个小的和一个老的，一个死的和一个活的，死的高兴地死去，活的放心地活着。说诳和做梦，在这些时候便见得伟大。所以我想，假使寻不出路，我们所要的倒是梦。

但是，万不可做将来的梦。阿尔志跋绥夫曾经借了他所做的小说，质问过梦想将来的黄金世界的理想家，因为要造那世界，先唤起许多人们来受苦。他说，"你们将黄金世界预约给他们的子孙了，可是有什么给他们自己呢？"有是有的，就是将来的希望。但代价也太大了，为了这希望，要使人练敏了感觉来更深切地感到自己的苦痛，叫起灵魂来目睹他自己的腐烂的尸骸。唯有说诳和做梦，这些时候便见得伟大。所以我想，假使寻不出路，我们所要的就是梦；但不要将来的梦，只要目前的梦。

然而娜拉既然醒了，是很不容易回到梦境的，因此只得走；可是走了以后，有时却也免不掉堕落或回来。否则，就得问：她除了觉醒的心以外，还带了什么去？倘只有一条像诸君一样的紫红的绒绳的围巾，那可是无论宽到二尺或三尺，也完全是不中用。她还须更富有，提包里有准备，直白地说，就是要有钱。

梦是好的；否则，钱是要紧的。

钱这个字很难听，或者要被高尚的君子们所非笑，但我总觉得人们的议论是不但昨天和今天，即使饭前和饭后，也往往有些差别。凡承认饭需钱买，而以说钱为卑鄙者，倘能按一按他的胃，那里面怕总还有鱼肉没有消化完，须得饿他一天之后，再来听他发议论。

所以为娜拉计，钱——高雅的说罢，就是经济，是最要紧的了。自由固不是钱所能买到的，但能够为钱而卖掉。人类有一个大缺点，就是常常要饥饿。为补救这缺点起见，为准备不做傀儡起见，在目下的社会里，经济权就见得最要紧了。第一，在家应该先获得男女平均的分配；第二，在社会应该获得男女相等的势力。可惜我不知道这权柄如何取得，单知道仍然要战斗；或者也许比要求参政权更要用剧烈的战斗。

要求经济权固然是很平凡的事，然而也许比要求高尚的参政权以及博大的女子解放之类更烦难。天下事尽有小作为比大作为更烦难的。譬如现在似的冬天，我们只有这一件棉袄，然而必须救助一个将要冻死的苦人，否则便须坐在菩提树下冥想普度一切人类的方法去。普度一切人类和救活一人，大小实在相去太远了，然而倘叫我挑选，我就立刻到菩提树下去坐着，因为免得脱下唯一的棉袄来冻杀自己。所以在家里说要参政权，是不至于大遭反对的，一说到经济的平均分配，或不免面前就遇见敌人，这就当然要有剧烈的战斗。

战斗不算好事情，我们也不能责成人人都是战士，那么，平和的方法也就可贵了，这就是将来利用了亲权来解放自己的子女。中国的亲权是无上的，那时候，就可以将财产平均地分配子女们，使他们平和而没有冲突地都得到相等的经济权，此后或者去读书，或者去生发，或者为自己去享用，或者为社会去做事，或者去花完，都请便，自己负责任。这虽然也是颇远的梦，可是比黄金世界的梦近得不少了。但第一需要记性。记性不佳，是有益于己而有害于子孙的。人们因为能忘却，所以自己能渐渐地脱离了受过的苦痛，也因为能忘却，所以往往照样地再犯前人的错误。被虐待的儿媳做了婆婆，仍然虐待儿媳；嫌恶学生的官吏，每是先前痛骂官吏的学生；现在压迫子女的，有时也就是十年前的家庭革命者。这也许与年龄和地位都有关系罢，但记性不佳也是一个很大的原因。救济法就是各人去买一本 note—book 来，将自己现在的思想举动都记上，作为将来年龄和地位都改变了之后的参考。假如憎恶孩子要到公园去的时候，取来一翻，看见上面有一条道，"我想到中央公园去"，那就即刻心平气和了。别的事也一样。

　　世间有一种无赖精神，那要义就是韧性。听说秦匪乱后，天津的青皮，就是所谓无赖者很跋扈，譬如给人搬一件行李，他就要两元，对他说这行李小，他说要两元，对他说道路近，他说要两元，对他说不要搬了，他说也仍然要两元。青皮固然是不足为法的，而那韧性却大可以佩服。要求经济权也一样，有人说这事情太陈腐了，就答道要经济权；就是太卑鄙了，就答道要经济权；说是经济制度就要改变了，用不着再操心，也仍然答道要经济权。

　　其实，在现在，一个娜拉的出走，或者也许不至于感到困难的，因为这人物很特别，举动也新鲜，能得到若干人们的同情，帮助着生活。生活在人们的同情之下，已经是不自由了，然而倘有一百个娜拉出走，便连同情也减少，有一千一万个出走，就得到厌恶了，断不如自己握着经济权之为可靠。

　　在经济方面得到自由，就不是傀儡了？也还是傀儡。无非被人所牵的事可以减少，而自己能牵的傀儡可以增多罢了。因为在现在的社会里，不但女人常作男人的傀儡，就是男人和男人，女人和女人，也相互地作傀儡，男人也常作女人的傀儡，这绝不是几个女人取得经济权所能救的。但人不能饿着静候理想世界的到来，至少也得留一点残喘，正如涸辙之鲋，急谋升斗之水一样，就要这较为切近的经济权，一面再想别的法。

如果经济制度竟改革了，那上文当然完全是废话。

然而上文，是又将娜拉当做一个普通的人物而说的，假使很特别，自己情愿闯出去做牺牲，那就又另是一回事。我们无法劝诱人做牺牲，也无权去阻止人做牺牲。况且世上也尽有乐于牺牲，乐于受苦的人物。欧洲有一个传说，耶稣去钉十字架时，休息在 Ahasyar 的檐下，Ahasyan 不准他，于是被诅咒，使他永世不得休息，直到末日裁判的时候。Ahasyan 从此就歇不下，只是走，现在还在走。走是苦的，安息是乐的，他何以不安息呢？虽说背着诅咒，可是大约总该是觉得走比安息还适意，所以始终狂走的罢。

只是这牺牲的适意是属于自己的，与志士们之所谓为社会者无涉。群众——尤其是中国的——永远是戏剧的看客。牺牲上场，如果显得慷慨，他们就看了悲壮剧；如果显得觳觫，他们就看了滑稽剧。北京的羊肉铺前常有几个人张着嘴看剥羊，仿佛颇愉快，人的牺牲能给予他们的益处，也不过如此。而况事后走不几步，他们并这一点愉快也就忘却了。

对于这样的群众没有法，只好使他们无戏可看倒是疗救，正无须乎震骇一时的牺牲，不如深沉地韧性地战斗。

可惜中国太难改变了，即使搬动一张桌子，改装一个火炉，几乎也要血；而且即使有了血，也未必一定能搬动，能改装。不是很大的鞭子打在背上，中国自己是不肯动弹的。我想这鞭子总要来，好坏是另一问题，然而总要打到的。但是从那里来，怎么地来，我也是不能确切地知道。

我这讲演也就此完结了。

情境赏析

娜拉不满意于做家庭傀儡而毅然出走，是个性的觉醒。个性主义是五四精神的一种表现，因而该剧受到青年学生的喜爱是必然的。鲁迅是个性主义者，宣扬个性解放思想，但同时又是一个清醒的现实主义者，认识到娜拉如果没有经济支柱，出走之后将无法生活。而要获得经济权，就必须要战斗，而且"或者也许比要求参政权更要用剧烈的战斗"，当然也有平和的方法，"这就是将来利用了亲权来解放自己的子女"。这样，就又回到了《我们现在怎样做父亲》里所提到的问题。

但无论采取什么战斗方法，在中国，妇女要取得经济权绝非易事。因而呼唤一种韧性的战斗精神，因为中国的群众愿作看客，"对于这样的群众没有法，只好使他们无戏可看倒是疗效，正无须乎震骇一时的牺牲，不如深沉的韧性的战斗"。文章到这里便已超越了妇女解放的范围，而开始对中国的改革作出了深层的思考。

名家点评

精神导师鲁迅先生在1923年做的那个著名的演讲《娜拉走后怎样》，以及那个著名的论断"……不是堕落，就是回来"。这个诊断与当时弥漫整个社会浓厚而激烈的叛逆情绪相对照是如此的不合时宜，然而我们今天却不得不服膺于先生的深刻与厚重。我们不能用简单的对和错来衡量这个论断，在中国现代文学史上，确实有女性冲破了藩篱，而且既没有回来，亦没有堕落，但是她们付出的，往往是生命的代价，或者便依据了比自身力量要强大得多的外部因素——革命。鲁迅先生的论断源于他独特的悲观——对"极乐之地"的悲观，对通往"极乐之地"的路的悲观。

——王颖

再论雷峰塔的倒掉

我们在课本中曾接触过《论雷峰塔的倒掉》，此后鲁迅又继写下此文，从另一个角度论述了打破旧轨道的必要性。

从崇轩先生的通信（二月份《京报副刊》）里，知道他在轮船上听到两个旅客谈话，说是杭州雷峰塔之所以倒掉，是因为乡下人迷信那塔砖放在自己的家中，凡事都必平安，如意，逢凶化吉，于是这个也挖，那个也挖，挖之久久，便倒了。一个旅客并且再三叹息道：西湖十景这可缺了呵！

这消息，可又使我有点畅快了，虽然明知道幸灾乐祸，不像一个绅士，但本来不是绅士的，也没有法子来装潢。

我们中国的许多人，——我在此特别郑重声明：并不包括四万万同胞全部！——大抵患有一种"十景病"，至少是"八景病"，沉重起来的时候大概在清朝。凡看一部县志，这一县往往有十景或八景，如"远村明月""萧寺清钟""古池好水"之类。而且，"十"字形的病菌，似乎已经侵入血管，流布全身，其势力早不在"！"形惊叹亡国病菌之下了。点心有十样锦，菜有十碗，音乐有十番，阎罗有十殿，药有十全大补，猜拳有全福手福手全，连人的劣迹或罪状，宣布起来也大抵是十条，仿佛犯了九条的时候总不肯歇手。现在西湖

幸灾乐祸：别人遭到灾祸时心里高兴。

流布：传布。

十景可缺了呵！"凡为天下国家有九经"，九经固古已有之，而九景却颇不习见，所以正是对于十景病的一个针砭，至少也可以使患者感到一种不平常，知道自己的可爱的老病，忽而跑掉了十分之一了。

但仍有悲哀在里面。

其实，这一种势所必至的破坏，也还是徒然的。畅快不过是无聊的自欺。雅人和信士和传统大家，定要苦心孤诣巧语花言地再来补足了十景而后已。

无破坏即无新建设，大致是的；但有破坏却未必即有新建设。卢梭，斯谛纳尔，尼采，托尔斯泰，伊孛生等辈，若用勃兰兑斯的话来说，乃是"轨道破坏者"。其实他们不单是破坏，而且是扫除，是大呼猛进，将碍脚的旧轨道不论整条或碎片，一扫而空，并非想挖一块废铁古砖挟回家去，预备卖给旧货店。中国很少这一类人，即使有之，也会被大众的唾沫淹死。孔丘先生确是伟大，生在巫鬼势力如此旺盛的时代，偏不肯随俗谈鬼神；但可惜太聪明了，"祭如在祭神如神在"，只用他修《春秋》的照例手段以两个"如"字略寓"俏皮刻薄"之意，使人一时莫名其妙，看不出他肚皮里的反对来。他肯对子路赌咒，却不肯对鬼神宣战，因为一宣战就不和平，易犯骂人——虽然不过骂鬼——之罪，即不免有《衡论》（见一月份《晨报副镌》）作家 TY 先生似的好人，会替鬼神来奚落他道：为名乎？骂人不能得名。为利乎？骂人不能得利。想引诱女人乎？又不能将蚩尤的脸子印在文章上。何乐而为之也欤？

孔丘先生是深通世故的老先生，大约除脸子付印问题以外，还有深心，犯不上来做明目张胆的破坏者，所以只是不谈，而决不骂，于是乎俨然成为中国的圣人，道大，无所不包故也。否则，现在供在圣庙里的，也许不姓孔。

<small>这种对孔子处世态度的分析，可谓深刻至极。孔子之所以不肯随俗谈鬼神，是不想受到世俗攻击。</small>

不过在戏台上罢了，悲剧将人生的有价值的东西毁灭给人看，喜剧将那无价值的撕破给人看。讥讽又不过是喜剧的变简的一支流。但悲壮滑稽，却都是十景病的仇敌，因为都有破坏性，虽然所破坏的方面各不同。中国如十景病尚存，则不但卢梭他们似的疯子决不产生，并且也决不产生一个悲剧作家或喜剧作家或讽刺诗人。所有的，只是喜剧底人物或非喜剧非悲剧底人物，在互相模造的十景中生存，一面各各带了十景病。

> 这又何止是戏剧？这句名言因其深刻性被后世的文学理论者反复引用。

然而十全停滞的生活，世界上是很不多见的事，于是破坏者到了，但并非自己的先觉的破坏者，却是狂暴的强盗，或外来的蛮夷。獯狁早到过中原，五胡来过了，蒙古也来过了；同胞张献忠杀人如草，而满洲兵的一箭，就钻进树丛中死掉了。有人论中国说，倘使没有带着新鲜的血液的野蛮的侵入，真不知自身会腐败到如何！这当然是极刻毒的恶谑，但我们一翻历史，怕不免要有汗流浃背的时候罢。外寇来了，暂一震动，终于请他作主子，在他的刀斧下修补老例；内寇来了，也暂一震动，终于请他做主子，或者别拜一个主子，在自己的瓦砾中修补老例。再来翻县志，就看见每一次兵燹之后，所添上的是许多烈妇烈女的氏名。看近来的兵祸，怕又要大举表扬节烈了罢。许多男人们都哪里去了？

> 獯狁：同"猃狁"。指我国古代北方的一个民族。

> 汗流浃（jiā）背：汗水湿透了背上的衣服，形容汗出得很多。

凡这一种寇盗式的破坏，结果只能留下一片瓦砾，与建设无关。

但当太平时候，就是正在修补老例，并无寇盗时候，即国中暂时没有破坏吗？也不然的，其时有奴才式的破坏作用常年活动着。

雷峰塔砖的挖去，不过是极近的一条小小的例。龙门的石佛，大半肢体不全，图书馆中的书籍，插图须谨防撕去，凡公物或无主的东西，倘难于移动，能够完全的即很不多。

但其毁坏的原因，则非如革除者的志在扫除，也非如寇盗的志在掠夺或单是破坏，仅因目前极小的自利，也肯对于完整的大物暗暗地加一个创伤。人数既多，创伤自然极大，而倒败之后，却难于知道加害的究竟是谁。正如雷峰塔倒掉以后，我们单知道由于乡下人的迷信。共有的塔失去了，乡下人的所得，却不过一块砖，这砖，将来又将为别一自利者所藏，终究至于灭尽。倘在民康物阜时候，因为十景病的发作，新的雷峰塔也会再造的罢。但将来的命运，不也就可以推想而知吗？如果乡下人还是这样的乡下人，老例还是这样的老例。

这一种奴才式的破坏，结果也只能留下一片瓦砾，与建设无关。

岂但乡下人之于雷峰塔，日日偷挖中华民国的柱石的奴才们，现在正不知有多少！

瓦砾场上还不足悲，在瓦砾场上修补老例是可悲的。我们要革新的破坏者，因为他内心有理想的光。我们应该知道他和寇盗奴才的分别；应该留心自己堕入后两种。这区别并不烦难，只要观人，省己，凡言动中，思想中，含有借此据为己有的征兆者是寇盗，含有借此占些目前的小便宜的征兆者是奴才，无论在前面打着的是怎样鲜明好看的旗子。

一九二五年二月六日。

> 民康物阜(fù)：人民平安，物产丰富。形容社会安定，经济繁荣的景象。阜：多。

情境赏析

鲁迅开篇就提出"十景病"的问题，这种社会心态很值得人注意，它说明人们追求的是一种十全停滞的生活。

但是破坏是避免不了的，而中国的破坏多是寇盗式的破坏和奴才式的破坏，意在占小便宜，并没有新理想、新建设，因此他们只能在大破坏之后请个新主子，在瓦砾堆里修补老例，这样中国社会就永远不能前进。

论"他妈的！"

举目所见，举耳所闻，这一骂语无时不在。鲁迅将它作为论述对象，用意何在呢？

  无论是谁，只要在中国过活，便总得常听到"他妈的"或其相类的口头禅。我想：这话的分布，大概就跟着中国人足迹之所至罢；使用的遍数，怕也未必比客气的"您好呀"会更少。假使依或人所说，牡丹是中国的"国花"，那么，这就可以算是中国的"国骂"了。

  我生长于浙江之东，就是西滢先生之所谓"某籍"。那地方通行的"国骂"却颇简单：专一以"妈"为限，决不牵涉余人。后来稍游各地，才始惊异于国骂之博大而精微：上溯祖宗，旁连姊妹，下递子孙，普及同性，真是"犹河汉而无极也"。而且，不特用于人，也以施之兽。前年，曾见一辆煤车的只轮陷入很深的辙迹里，车夫便愤然跳下，出死力打那拉车的骡子道："你姐姐的！你姐姐的！"

  别的国度里怎样，我不知道。单知道诺威人 Hamsun 有一本小说叫《饥饿》，粗野的口吻是很多的，但我并不见这一类话。Gorky 所写的小说中多无赖汉，就我所看过的而言，也没有这骂法。唯独 Artzybashev 在《工人绥惠略夫》里，却使无抵抗主义者亚拉借夫骂了一句"你妈的"。但其时他已经决计为爱而牺牲了，使我们也失却笑他自相矛盾的勇气。这骂的翻译，在中国原极容易的，别国却似乎为难，德文译本作"我使用过你的妈"，日文译本作"你的妈是我的母狗"。这实在太费解，——由我的眼光看起来。

那么，俄国也有这类骂法的了，但因为究竟没有中国似的精博，所以光荣还得归到这边来。好在这究竟又并非什么大光荣，所以他们大约未必抗议；也不如"赤化"之可怕，中国的阔人，名人，高人，也不至于骇死的。但是，虽在中国，说的也独有所谓"下等人"，例如"车夫"之类，至于有身份的上等人，例如"士大夫"之类，则决不出之于口，更何况笔之于书。"予生也晚"，赶不上周朝，未为大夫，也没有做士，本可以放笔直干的，然而终于改头换面，从"国骂"上削去一个动词和一个名词，又改对称为第三人称者，恐怕还因为到底未曾拉车，因而也就不免"有点贵族气味"之故。那用途，既然只限于一部分，似乎又有些不能算作"国骂"了；但也不然，阔人所赏识的牡丹，下等人又何尝以为"花之富贵者也"？

这"他妈的"的由来以及始于何代，我也不明白。经史上所见骂人的话，无非是"役夫"，"奴"，"死公"；较厉害的，有"老狗"，"貉子"；更厉害，涉及先代的，也不外乎"而母婢也"，"赘阉遗丑"罢了！还没见过什么"妈的"怎样，虽然也许是士大夫讳而不录。但《广弘明集》（七）记北魏邢子才"以为妇人不可保。谓元景曰，'卿何必姓王？'元景变色。子才曰，'我亦何必姓邢；能保五世耶？'"则颇有可以推见消息的地方。

晋朝已经是大重门第，重到过度了；华胄世业，子弟便易于得官；即使是一个酒囊饭袋，也还是不失为清品。北方疆土虽失于拓跋氏，士人却更其发狂似的讲究阀阅，区别等，守护极严。庶民中纵有俊才，也不能和大姓比并。至于大姓，实不过承祖宗余荫，以旧业骄人，空腹高心，当然使人不耐。但士流既然用祖宗做护符，被压迫的庶民自然也就将他们的祖宗当做仇敌。邢子才的话虽然说不定是否出于愤激，但对于躲在门第下的男女，却确是一个致命的重伤。势位声气，本来仅靠了"祖宗"这唯一的护符而存，"祖宗"倘一被毁，便什么都倒败了。这是倚赖"余荫"的必得的果报。

同一的意思，但没有邢子才的文才，而直出于"下等人"之口的，就是："他妈的！"

要攻击高门大族的坚固的旧堡垒，却去瞄准他的血统，在战略上，真可谓奇诡的了。最先发明这一句"他妈的"的人物，确要算一个天才，——然而是一个卑劣的天才。

唐以后，自夸族望的风气渐渐消除；到了金元，已奉夷狄为帝王，自不妨拜屠沽作卿士，"等"的上下本该从此有些难定了，但偏还有人想辛辛苦苦地爬进"上等"去。刘时中的曲子里说："堪笑这没见识街市匹夫，好打那好顽劣。江湖伴侣，旋将表德官名相体呼，声音多厮称，字样不寻俗。听我一个个细数：粜米的唤子良；卖肉的呼仲甫……开张卖饭的呼君宝；磨面登罗底叫德夫：何足云乎?!"（《乐府新编阳春白雪》三）这就是那时的暴发户的丑态。

"下等人"还未暴发之先，自然大抵有许多"他妈的"在嘴上，但一遇机会，偶窃一位，略识几字，便即文雅起来：雅号也有了；身份也高了；家谱也修了，还要寻一个始祖，不是名儒便是名臣。从此化为"上等人"，也如上等前辈一样，言行都很温文尔雅。然而愚民究竟也有聪明的，早已看穿了这鬼把戏，所以又有俗谚，说："口上仁义礼智，心里男盗女娼!"他们是很明白的。

于是他们反抗了，曰："他妈的!"

但人们不能蔑弃扫荡人我的余泽和旧荫，而硬要去做别人的祖宗，无论如何，总是卑劣的事。有时，也或加暴力于所谓"他妈的"的生命上，但大概是乘机，而不是造运会，所以无论如何，也还是卑劣的事。

中国人至今还有无数"等"，还是依赖门第，还是倚仗祖宗。倘不改造，即永远有无声的或有声的"国骂"。就是"他妈的"，围绕在上下和四旁，而且这还须在太平的时候。

但偶尔也有例外的用法：或表惊异，或表感服。我曾在家乡看见乡农父子一同午饭，儿子指一碗菜向他父亲说："这不坏，妈的你尝尝看!"那父亲回答道："我不要吃。妈的你吃去罢!"则简直已经醇化为现在时行的"我的亲爱的"的意思了。

一九二五年七月十九日。

▎情境赏析▎

"他妈的"作为一种"国骂",在中国普遍之极。鲁迅把它拿出来专门论述并追本溯源地考察它的出处,就这种考证精神也是值得学习的。

但本文意义绝不仅限于此,还体现出对封建门阀制度的反对思想。由于中国长期处于封建社会,宗族观念、门阀制度一向很重,汉晋时代尤甚。"华胄世业,子弟便易于得官;即使是一个酒囊饭袋,也还不失为清品。"这种"血统论"、"唯成分论"都是门阀制度的产物。只有打破这种观念,实现真正的平等,才能把中国的事情办好。

▎名家点评▎

我们研究骂人话,并非提倡骂人。国家语委语言文字应用研究所于根元先生指出:"研究骂人话是社会语言学的任务之一,洋人已经研究许久了。"于根元先生还说:"骂人话在口语里、书面语里都很多,它又有许多特点,研究它又有许多用处,偏偏我们极少有人研究,你说怪也不怪?"

——尹继群

论睁了眼睛

> 1925年发生了震动全国的"五卅"惨案,激起了全国人民反帝运动的高涨,上海和北京有数十万工人参加了轰轰烈烈的罢工运动,但不幸的是这个运动后被买办资产阶级所叛卖。在此背景下,鲁迅希望人们尤其是文人,能正视现实,不再自欺欺人,不再有瞒和骗的文艺。

虚生先生所做的时事短评中,曾有一个这样的题目:《我们应该有正眼看各方面的勇气》(《猛进》十九期)。诚然,必须敢于正视,这才可望敢想,敢说,敢作,敢当。倘使并正视而不敢,此外还能成什么气候。然而,不幸这一种勇气,是我们中国人最所缺乏的。

但现在我所想到的是别一方面——

中国的文人,对于人生——至少是对于社会现象,向来就多没有正视的勇气。我们的圣贤,本来早已教人"非礼勿视"的了;而这"礼"又非常之严,不但"正视",连"平视""斜视"也不许。现在青年的精神未可知,在体质,却大半还是弯腰曲背,低眉顺眼,表示着老牌的老成的子弟,驯良的百姓——至于说对外却有大力量,乃是近一月来的新说,还不知道究竟是如何。

再回到"正视"问题去:先既不敢,后便不能,再后,就自然不视,不见了。一辆汽车坏了,停在马路上,一群人围着呆看,所得的结果是一团乌油油的东西。然而由本身的矛盾或社会的缺陷所生的苦痛,虽不正视,却要身受的。文人究竟是敏感人物,从他们的作品上看来,有些人确也早已感到不满,可是一到快要显露缺陷的危机一发之际,他们总即刻连说"并无其事",同时便闭上了眼睛。这闭着的眼睛便看见一切圆满,当前的苦痛不过是"天之将降大任于斯人也，必先苦其心志，劳其筋骨，饿其体肤，空乏其身，行拂乱其所为"。于是无问题，无缺陷，无不平，也就无解决，无改革，无反抗。因为凡事总要"团圆"，正无须我们焦躁；放心喝茶，睡觉大吉。再说废话，就有"不合时宜"之咎，免不了要受大学教授的纠正了。呸！

我并未实验过，但有时候想：倘将一位久蛰洞房的老太爷抛在夏天正午的烈日底下，或将不出闺门的千金小姐拖到旷野的黑夜里，大概只好闭了眼睛，暂续他们残存的旧梦，总算并没有遇到暗或光，虽然已经是绝不相同的现实。中国的文人也一样，万事闭眼睛，聊以自欺，而且欺人，那方法是：瞒和骗。

中国婚姻方法的缺陷，才子佳人小说作家早就感到了，他于是使一个才子在壁上题诗，一个佳人便来和，由倾慕——现在就得称恋爱——而至于有"终身之约"。但约定之后，也就有了难关。我们都知道，"私订终身"在诗和戏曲或小说上尚不失为美谈（自然只以与终于中状元的男人私订为限），实际却不容于天下的，仍然免不了要离异。明末的作家便闭上眼睛，并这一层也加以补救了，说是：才子及第，奉旨成婚。"父母之命媒妁之言"经这大帽子来一压，便成了半个铅钱也不值，问题也一点没有了。假使有之，也只在才子的能否中状元，而决不在婚姻制度的良否。

（近来有人以为新诗人的做诗发表，是在出风头，引异性；且迁怒于报章杂志之滥登。殊不知即使无报，墙壁实"古已有之"，早做过发表机关了；据《封神演义》，纣王已曾在女娲庙壁上题诗，那起源实在非常之早。报章可以不取白话，或排斥小诗，墙壁却拆不完，管不及的；倘一律刷成黑色，也还有破磁可划，粉笔可书，真是穷于应付。做诗不刻木板，去藏之名山，却要随时发表，虽然很有流弊，但大概是难以杜绝的罢。）

《红楼梦》中的小悲剧，是社会上常有的事，作者又是比较的敢于实写的，而那结果也并不坏。无论贾氏家业再振，兰桂齐芳，即宝玉自己，也成了个披大红猩猩毡斗篷的和尚。和尚多矣，但披这样阔斗篷的能有几个，已经是"入圣超凡"无疑了。至于别的人们，则早在册子里一一注定，末路不过是一个归结：是问题的结束，不是问题的开头。读者即小有不安，也终于奈何不得。然而后来或续或改，非借尸还魂，即冥中另配，必令"生旦当场团圆"，才肯放手者，乃是自欺欺人的瘾太大，所以看了小小骗局，还不甘心，定须闭眼胡说一通而后快。赫克尔（E. Haeckel）说过：人和人之差，有时比类人猿和原人之差还远。我们将《红楼梦》的续作者和原作者一比较，就会承认这话大概是确实的。

"作善降祥"的古训，六朝人本已有些怀疑了，他们作墓志，竟会说"积善不报，终自欺人"的话。但后来的昏人，却又瞒起来。元刘信将三岁痴儿抛入醮纸火盆，妄希福祐，是见于《元典章》的；剧本《小张屠焚儿救母》却道是为母延命，命得延，儿亦不死了。一女愿侍痼疾之夫，《醒世恒言》中还说终于一同自杀的；后来改作的却道是有蛇坠入药罐里，丈夫服后便痊愈了。凡有缺陷，一经作者粉饰，后半便大抵改观，使读者落诬妄中，以为世间委实尽够光明，谁有不幸，便是自作，自受。

有时遇到彰明的史实，瞒不下，如关羽岳飞的被杀，便只好别设骗局了。一是前世已造夙因，如岳飞；一是死后使他成神，如关羽。定命不可逃，成神的善报更满人意，所以杀人者不足责，被杀者也不足悲，冥冥中自有安排，使他们各得其所，正不必别人来费力了。

中国人的不敢正视各方面，用瞒和骗，造出奇妙的逃路来，而自以为正路。在这路上，就证明着国民性的怯弱，懒惰，而又圆滑。一天一天地满足着，即一天一天地堕落着，但却又觉得日见其光荣。在事实上，亡国一次，即添加几个殉难的忠臣，后来每不想光复旧物，而只去赞美那几个忠臣；遭劫一次，即造成一群不辱的烈女，事过之后，也每每不思惩凶，自卫，却只顾歌咏那一群烈女。仿佛亡国遭劫的事，反而给中国人发挥"两间正气"的机会，增高价值，即在此一举，应该一任其至，不足忧悲似的。自然，此上也无可为，因为我们已经借死人获得最上的光荣了。沪汉烈士的追悼会中，活的人们在一块很可景仰的高大的木柱下互相打骂，也就是和我们的先辈走着同一的路。

文艺是国民精神所发的火光，同时也是引导国民精神的前途的灯火。这是互为因果的，正如麻油从芝麻榨出，但以浸芝麻，就使它更油。倘以油为上，就不必说；否则，当掺入别的东西，或水或碱去。中国人向来因为不敢正视人生，只好瞒和骗，由此也生出瞒和骗的文艺来，由这文艺，更令中国人更深地陷入瞒和骗的大泽中，甚而至于已经自己不觉得。世界日日改变，我们的作家取下假面，真诚地、深入地、大胆地看待人生并且写出他的血和肉来的时候早到了；早就应该有一片崭新的文场，早就应该有几个凶猛的闯将！

现在，气象似乎一变，到处听不见歌吟花月的声音了，代之而起的是铁和血的赞颂。然而倘以欺瞒的心，用欺瞒的嘴，则无论说 A 和 O，或 Y 和 Z，一样是虚假的；只可以吓哑了先前鄙薄花月的所谓批评家的嘴，满足地以为中国就要中兴。可怜他在"爱国"的大帽子底下又闭上了眼睛了——或者本来就闭着。

没有冲破一切传统思想和手法的闯将，中国是不会有真的新文艺的。

一九二五年七月二十二日。

情境赏析

"睁了眼看"即"敢于正视"，"敢想，敢说，敢做，敢当"。而旧中国的文人"至少是对于社会现象，向来就多没有正视的勇气"，会想出种种逃路，如"瞒和骗"。这是相当可怕的。"文艺是国民精神所发的火光，同时也是引导国民精神的前途的灯火。"如果文人创作的出发点不对，就会陷入恶性循环的怪圈。因此鲁迅要求作家们"取下假面，真诚地、深入地、大胆地看待人生并且写出他的血和肉"，这才正是五四文学一直强调的现实传统。如果一味地歌咏花月、赞颂铁血，中国就不会有新的文艺、新的民众。鲁迅当年的这种疾呼至今听来仍感亲切。

名家点评

瞿秋白在《〈鲁迅杂感选集〉序言》中称鲁迅精神的第一个特色是"最清醒的现实主义",所据主要是《论睁了眼看》。他是从思想的角度考察的。我们从文论的角度考察,鲁迅这篇文章也并非全面地论述现实主义文学问题,他只是针对"瞒和骗"的文学提出作家应该"取下假面","真诚地、深入地、大胆地看待人生并且写出他的血和肉来"的论断。然而这个论断却是经典性的,它对现实主义文学的根本精神作出了最集中的科学概括,内涵极为丰富。

——敖忠

写在《坟》后面

> 本文写于1926年鲁迅世界观转变的前夕，他深刻剖析了自己，对自己所写的文章和所负的历史使命做了恰如其分的估价。

在听到我的杂文已经印成一半的消息的时候，我曾经写了几行题记，寄往北京去。当时想到便写，写完便寄，到现在还不满二十天，早已记不清说了些什么了。今夜周围是这么寂静，屋后面的山脚下腾起野烧的微光；南普陀寺还在做牵丝傀儡戏，时时传来锣鼓声，每一间隔中，就更加显得寂静。电灯自然是辉煌着，但不知怎地忽有淡淡的哀愁来袭击我的心，我似乎有些后悔印行我的杂文了。我很奇怪我的后悔；这在我是不大遇到的，到如今，我还没有深知道所谓悔者究竟是怎么一回事。但这心情也随即逝去，杂文当然仍在印行，只为想驱逐自己目下的哀愁，我还要说几句话。

记得先已说过：这不过是我的生活中的一点陈迹。如果我的过往，也可以算作生活，那么，也就可以说，我也曾工作过了。但我并无喷泉一般的思想，伟大华美的文章，既没有主义要宣传，也不想发起一种什么运动。不过我曾经尝得，失望无论大小，是一种苦味，所以几年以来，有人希望我动动笔的，只要意见不很相反，我的力量能够支撑，就总要勉

牵丝傀儡戏：即木偶戏。

力写几句东西,给来者一些极微末的欢喜。人生多苦辛,而人们有时却极容易得到安慰,又何必惜一点笔墨,给多尝些孤独的悲哀呢?于是除小说杂感之外,逐渐又有了长长短短的杂文十多篇。其间自然也有为卖钱而作的,这回就都混在一处。我的生命的一部分,就这样地用去了,也就是做了这样的工作。然而我至今终于不明白我一向是在做什么。比方做土工的罢,做着做着,而不明白是在筑台呢还在掘坑。所知道的是即使是筑台,也无非要将自己从那上面跌下来或者显示老死;倘是掘坑,那就当然不过是埋掉自己。总之:逝去,逝去,一切一切,和光阴一同早逝去,在逝去,要逝去了。——不过如此,但也为我所十分甘愿的。

然而这大约也不过是一句话。当呼吸还在时,只要是自己的,我有时却也喜欢将陈迹收存起来,明知不值一文,总不能绝无眷恋,集杂文而名之曰《坟》,究竟还是一种取巧的掩饰。刘伶喝得酒气熏天,使人荷锸跟在后面,道:死便埋我。虽然自以为放达,其实是只能骗骗极端老实人的。

所以这书的印行,在自己就是这么一回事。至于对别人,记得在先也已说过,还有愿使偏爱我的文字的主顾得到一点喜欢;憎恶我的文字的东西得到一点呕吐,——我自己知道,我并不大度,那些东西因我的文字而呕吐,我也很高兴的。别的就什么意思也没有了。倘若硬要说出好处来,那么,其中所介绍的几个诗人的事,或者还不妨一看;最末的论"费厄泼赖"这一篇,也许可供参考罢,因为这虽然不是我的血所写,却是见了我的同辈和比我年幼的青年们的血而写的。

偏爱我的作品的读者,有时批评说,我的文字是说真话的。这其实是过誉,那原因就因为他偏爱。我自然不想太欺骗人,但也未尝将心里的话照样说尽,大约只要看得可以交卷就算完。我的确时时解剖别人,然而更多的是更无情面地

微末:极小,微不足道。

荷锸:扛着铁锹。锸:铁锹。

解剖我自己，发表一点，酷爱温暖的人物已经觉得冷酷了，如果全露出我的血肉来，末路正不知要到怎样。我有时也想就此驱除旁人，到那时还不唾弃我的，即使是枭蛇鬼怪，也是我的朋友，这才真是我的朋友。倘使并这个也没有，则就是我一个人也行。但现在我并不。因为，我还没有这样勇敢，那原因就是我还想生活，在这社会里。还有一种小缘故，先前也曾屡次声明，就是偏要使所谓正人君子也者之流多不舒服几天，所以自己便特地留几片铁甲在身上，站着，给他们的世界上多有一点缺陷，到我自己厌倦了，要脱掉了的时候为止。

倘说为别人引路，那就更不容易了，因为连我自己还不明白应当怎么走。中国大概很有些青年的"前辈"和"导师"罢，但那不是我，我也不相信他们。我只很确切地知道一个终点，就是：坟。然而这是大家都知道的，无须谁指引。问题是在从此到那的道路。那当然不只一条，我可正不知那一条好，虽然至今有时也还在寻求。在寻求中，我就怕我未熟的果实偏偏毒死了偏爱我的果实的人，而憎恨我的东西如所谓正人君子也者偏偏都矍铄，所以我说话常不免含糊，中止，心里想：对于偏爱我的读者的赠献，或者最好倒不如是一个"无所有"。我的译著的印本，最初，印一次是一千，后来加五百，近时是二千至四千，每一增加，我自然是愿意的，因为能赚钱，但也伴着哀愁，怕于读者有害，因此作文就时常更谨慎，更踌躇。有人以为我信笔写来，直抒胸臆，其实是不尽然的，我的顾忌并不少。我自己早知道毕竟不是什么战士了，而且也不能算前驱，就有这么多的顾忌和回忆。还记得三四年前，有一个学生来买我的书，从衣袋里掏出钱来放在我手里，那钱上还带着体温。这体温便烙印了我的心，至今要写文字时，还常使我怕毒害了这类的青年，迟疑不敢下

枭：一种凶猛的鸟，常在夜间飞行，扑食小动物。

矍铄(juéshuò)：形容老年人很有精神的样子。

笔。我毫无顾忌地说话的日子，恐怕要未必有了罢。但也偶尔想，其实倒还是毫无顾忌地说话，对得起这样的青年。但至今也还没有决心这样做。

今天所要说的话也不过是这些，然而比较的却可以算得真实。此外，还有一点余文。

记得初提倡白话的时候，是得到各方面剧烈的攻击的。后来白话渐渐通行了，势不可遏，有些人便一转而引为自己之功，美其名曰"新文化运动"。又有些人便主张白话不妨作通俗之用；又有些人却道白话要做得好，仍须看古书。前一类早已二次转舵，又反过来嘲骂"新文化"了；后二类是不得已的调和派，只希图多留几天僵尸，到现在还不少。我曾在杂感上掊击过的。

新近看见一种上海出版的期刊，也说起要做好白话须读好古文，而举例为证的人名中，其一却是我。这实在使我打了一个寒噤。别人我不论，若是自己，则曾经看过许多旧书，是的确的，为了教书，至今也还在看。因此耳濡目染，影响到所做的白话上，常不免流露出它的字句，体格来。但自己却正苦于背了这些古老的鬼魂，摆脱不开，时常感到一种使人气闷的沉重。就是思想上，也何尝不中些庄周韩非的毒，时而很随便，时而很峻急。孔孟的书我读得最早，最熟，然而倒似乎和我不相干。大半也因为懒惰罢，往往自己宽解，以为一切事物，在转变中，是总有多少中间物的。动植之间，无脊椎和脊椎动物之间，都有中间物；或者简直可以说，在进化的链子上，一切都是中间物。当开首改革文章的时候，有几个不三不四的作者，是当然的，只能这样，也需要这样。他的任务，是在有些警觉之后，喊出一种新声；又因为从旧垒中来，情形看得较为分明，反戈一击，易制强敌的死命。但仍应该和光阴偕逝，逐渐消亡，至多不过是桥梁中的一木

掊（pǒu）击：书面语，抨击。

一石，并非什么前途的目标，范本。跟着起来便该不同了，倘非天纵之圣。积习当然也不能顿然荡除，但总得更有新气象。以文字论，就不必更在旧书里讨生活，却将活人的唇舌作为源泉，使文章更加接近语言，更加有生气。至于对于现在人民的语言的穷乏欠缺，如何救济，使他丰富起来，那也是一个很大的问题，或者也须在旧文中取得若干资料，以供使役，但这并不在我现在所要说的范围以内，姑且不论。

> 天纵之圣：指天生的圣人

我以为我倘十分努力，大概也还能够博采口语，来改革我的文章。但因为懒而且忙，至今没有做。我常疑心这和读了古书很有些关系，因为我觉得古人写在书上的可恶思想，我的心里也常有，能否忽而奋勉，是毫无把握的。我常常诅咒我的这思想，也希望不再见于后来的青年。去年我主张青年少读，或者简直不读中国书，乃是用许多苦痛换来的真话，绝不是聊且快意，或什么玩笑，愤激之辞。古人说，不读书便成愚人，那自然也不错。然而世界却正由愚人造成，聪明人决不能支持世界，尤其是中国的聪明人。现在呢，思想上且不说，便是文辞，许多青年作者又在古文，诗词中摘些好看而难懂的字面，作为变戏法的手巾，来装潢自己的作品了。我不知这和劝读古文说可有相关，但正在复古，也就是新文艺的试行自杀，是显而易见的。

不幸我的古文和白话合成的杂集，又恰在此时出版了，也许又要给读者若干毒害。只是在自己，却还不能毅然决然将他毁灭，还想借此暂时看看逝去的生活的余痕。唯愿偏爱我的作品的读者也不过将这当做一种纪念，知道这小小的丘陇中，无非埋着曾经活过的躯壳。待再经若干岁月，又当化为烟埃，并纪念也从人间消去，而我的事也就完毕了。上午也正在看古文，记起了几句陆士衡的吊曹孟德文便拉来给我的这一篇作结——

> 毅然：坚决地；毫不犹疑地。

既睎古以遗累，信简礼而薄葬。
彼裘绂于何有，贻尘谤于后王。
嗟大恋之所存，故虽哲而不忘。
览遗借以慷慨，献兹文而凄伤！

一九二六，一一，一一，夜。鲁迅。

情境赏析

鲁迅的作品，以对社会和人心的深刻剖析见长。但他说，"我的确时时解剖别人，然而更多的是更无情面地解剖我自己"。本文就自始至终贯串着一种自我批评的精神，使我们看到鲁迅真实的心路历程。

本文一开头就记叙了写这篇后记时的心情及为什么要写它。鲁迅说自己原来的写作动机，是希望"给来者一些极微末的欢喜"，但世事的变幻使他感到"至今终于不明白我一向是在做什么"。这当然是愤激之谈。他以做工为比喻，说不明白过去的工作是在"筑台"还是"掘坑"。无论如何，鲁迅认为逝去的生命已不值得留恋，因此将自己的文集取名曰《坟》。

鲁迅并不以大师自居，认为自己的文章"至多不过是桥梁中的一木一石，并非什么前途的目标，范本"，认为这些文章之所以能制强敌的死命，只是因为从旧垒中来，情形看得较为分明的缘故。但积习不能顿然荡除，无论在思想上和文字上都难免留有旧的影响。故他希望后来者能写出更有生气的文章，不要倒退复古。这是历史进化的要求，也是前驱者殷切的期望。可结合胡适的《四十自述》、徐志摩的《自剖》比较阅读。

名家点评

在我自己，本以为现在是已经并非一个迫切而不能已于言的人了，但或者也还未能忘怀于当日自己的寂寞的悲哀罢，所以有时候仍不免呐喊几声，聊以慰藉那在寂寞里奔驰的猛士，使他不惮于前驱。至于我的喊声是勇猛或是悲哀，是可憎或是可笑，那倒是不暇顾及的；但既然是呐喊，则当然须听将令的了,所以我往往不恤用了曲笔,在《药》的瑜儿的坟上凭空添上一个花环,在《明天》里也不叙单四嫂子竟没有做到看见儿子的梦,因为那时的主将是不主张消极的。至于自己,却也并不愿将自以为苦的寂寞,再来传染给也如我那年轻时候似的正做着好梦的青年。

这样说来,我的小说和艺术的距离之远,也就可想而知了,然而到今日还能蒙着小说的名,甚而至于且有成集的机会,无论如何总不能不说是一件侥幸的事,但侥幸虽使我不安于心,而悬揣人间暂时还有读者,则究竟也仍然是高兴的。

所以我竟将我的短篇小说结集起来,而且付印了,又因为上面所说的缘由,便称之为《呐喊》。

——鲁迅

《而已集》

　　《而已集》是鲁迅1927年所作杂文的结集，收作品29篇，作于广州和上海。原发表于广州中山大学《政治训育》、《莽原》、广州黄埔军校《黄埔生活》、广州国际社会问题研究社出版的《国际劳动问题》、《语丝》、广州《民国日报·现代青年》、上海《北新》、上海《民众旬刊》、上海《时事新报·青光》等报刊。1928年10月由上海北新书局初版。

　　这一时期，鲁迅经历了"四一二"反革命政变，目睹了国民党政府对中国共产党人和革命群众进行迫害、屠杀的血的事实，思想上受到很大震动。他在《三闲集·序言》中说："我是在二七年被血吓得目瞪口呆，离开广州的，那些吞吞吐吐；没有胆子直说的话，都载在《而已集》里。"关于书名，一如《题辞》中说：

这半年我又看见了许多血和许多泪，
然而我只有杂感而已。

泪揩了，血消了；
屠伯们逍遥复逍遥，
用钢刀的，用软刀的。
然而我只有"杂感"而已。

连"杂感"也被"放进了应该去的地方"时，
我于是只有"而已"而已！

　　这其中包含着鲁迅对国民政府的指斥和抗议。
　　本书收录了《略论中国人的脸》、《忧"天乳"》、《魏晋风度及文章与药及酒之关系》、《小杂感》四篇文章。

略论中国人的脸

看到题目就有一种阅读的兴趣,好像在给中华民族看面相。论脸其实是在论心,论得那么心平气和,从容不迫,有一种沉潜于心的智慧。

> 首先以对比中国人与西洋人开篇。

大约人们一遇到不大看惯的东西,总不免以为他古怪。我还记得初看见西洋人的时候,就觉得他脸太白,头发太黄,眼珠太淡,鼻梁太高。虽然不能明明白白地说出理由来,但总而言之:相貌不应该如此。至于对于中国人的脸,是毫无异议;即使有好丑之别,然而都不错的。

我们的古人,倒似乎并不放松自己中国人的相貌。周的孟轲就用眸子来判胸中的正不正,汉朝还有《相人》二十四卷。后来闹这玩意儿的尤其多;分起来,可以说有两派罢:一是从脸上看出他的智愚贤不肖;一是从脸上看出他过去,现在和将来的荣枯。于是天下纷纷,从此多事,许多人就都战战兢兢地研究自己的脸。我想,镜子的发明,恐怕这些人和小姐们是大有功劳的。不过近来前一派已经不大有人讲究,在北京上海这些地方捣鬼的都只是后一派了。

> 战战兢(jīng)兢:①形容因害怕而微微发抖的样子。②形容小心谨慎的样子。

我一向只留心西洋人。留心的结果,又觉得他们的皮肤未免太粗;毫毛有白色的,也不好。皮上常有红点,即因为颜色太白之故,倒不如我们之黄。尤其不好的是红鼻子,有时简直像是将要熔化的蜡烛油,仿佛就要滴下来,使人看得栗栗危惧，也不及黄色人种的较为隐晦，也见得较为安全。总而言之：相貌还是不应该如此的。

后来，我看见西洋人所画的中国人，才知道他们对于我们的相貌也很不敬。那似乎是《天方夜谭》或者《安兑生童话》中的插画，现在不很记得清楚了。头上戴着拖花翎的红缨帽，一条辫子在空中飞扬，朝靴的粉底非常之厚。但这些都是满洲人连累我们的。独有两眼歪斜，张嘴露齿，却是我们自己本来的相貌。不过我那时想，其实并不尽然，外国人特地要奚落我们，所以格外形容得过度了。

但此后对于中国一部分人们的相貌，我也逐渐感到一种不满，就是他们每看见不常见的事件或华丽的女人，听到有些醉心的说话的时候，下巴总要慢慢挂下，将嘴张了开来。这实在不大雅观；仿佛精神上缺少着一样什么机件。据研究人体的学者们说，一头附着在上颚骨上，那一头附着在下颚骨上的"咬筋"，力量是非常之大的。我们幼小时候想吃核桃，必须放在门缝里将它的壳夹碎。但在成人，只要牙齿好，那咬筋一收缩，便能咬碎一个核桃。有着这么大的力量的筋，有时竟不能收住一个并不沉重的自己的下巴，虽然正在看得出神的时候，倒也情有可原，但我总以为究竟不是十分体面的事。

日本的长谷川如是闲是善于做讽刺文字的。去年我见过他的一本随笔集，叫做《猫·狗·人》；其中有一篇就说到中国人的脸。大意是初见中国人，即令人感到较之日本人或西洋人，脸上总欠缺着一点什么。久而久之，看惯了，便觉得这样已经尽够，并不缺少东西；倒是看得西洋人之流的脸上，多余着一点什么。这多余着的东西，他就给它一个不大高妙的名目：兽性。中国人的脸上没有这个，是人，则加上多余的东西，即成了下列的算式：

人＋兽性＝西洋人

他借了称赞中国人，贬斥西洋人，来讥刺日本人的目的，这样就达到了，自然不必再说这兽性的不见于中国人的脸上，是本来没有的呢，还是现在已经消除。如果是后来消除的，那么，是渐渐净尽而只剩了人性的呢，还是不过渐渐成了驯顺。野牛成为家牛，野猪成为猪，狼成为狗，野性是消失了，但只足使牧人喜欢，于本身并无好处。人不过是人，不再夹杂着别的东西，当然再好没有了。倘不得已，我以为还不如带些兽性，如果合于下列的算式倒是不很有趣的：

人＋家畜性＝某一种人

中国人的脸上真可有兽性的记号的疑案，暂且中止讨论罢。我只要说近来却在中国人所理想的古今人的脸上，看见了两种多余。一到广州，我觉得比我所从来的厦门丰富得多的，是电影，而且大半是"国片"，有古装的，有时装的。因为电影是"艺术"，所以电影艺术家便将这两种多余加上去了。

古装的电影也可以说是好看，那好看不下于看戏；至少，决不至于有大锣大鼓将人的耳朵震聋。在"银幕"上，则有身穿不知何时何代的衣服的人物，缓慢地动作；脸正如古人一般死，因为要显得活，便只好加上些旧式戏子的昏庸。

时装人物的脸，只要见过清朝光绪年间上海的吴友如的《画报》的，便会觉得神态非常相像。《画报》所画的大抵不是流氓拆梢，便是妓女吃醋，所以脸相都狡猾。这精神似乎至今不变，国产影片中的人物，虽是作者以为善人杰士者，眉宇间也总带些上海洋场式的狡猾。可见不如此，是连善人杰士也做不成的。

听说，国产影片之所以多，是因为华侨欢迎，能够获利，每一新片到，老的便带了孩子去指点给他们看道："看哪，我们的祖国的人们是这样的。"在广州似乎也受欢迎，日夜四场，我常见看客坐得满满。

广州现在也如上海一样，正在这样地修养他们的趣味。

昏庸(yōng)：糊涂而愚蠢。

拆梢：上海方言，指流氓制造事端诈取财物的行为。

可惜电影一开演，电灯一定熄灭，我不能看见人们的下巴。

四月六日。

情境赏析

相士们愿从面相推断人们的现在和未来，说得神秘莫测；也许是"形于外"的面相能在一定程度上反映出"诚于中"的东西吧。鲁迅从面相来研究国民心理，也可以说是作家的职业特点使然。他在文中多次提到那些张开嘴、挂着下巴、凝视醉心事物的国民的尊容，后又在电影中看到旧戏子式的昏庸和上海洋场式的狡猾，这些恰恰是海外华人指点孩子去了解中国人的根据，而中国人却以此"修养他们的趣味"，这不能不说是一种悲哀。

名家点评

中国人的脸型和西方人的不一样，比较宽和平。西方人的脸是用立体的块，垒起来，凸凹鲜明。而东方人，尤其是那种蒙古脸型的，就是线勾出的轮廓。所以，中国人的脸其实是很忌讳化妆的。脂粉很容易地就抹平了脸上细微的起伏对比，看上去面目划一，都很像月份牌上的美人。多少是有些像一副面具，是个木美人。事实上，中国人的脸是十分敏感的，在沉静的表面之下，有着千丝万缕种表情。这些灵敏的神经大部分集中在鼻翼上方，眼睑以下，以至颧骨之间的部位。这一个区域是较为西方人宽阔的，西方人几乎是不存在有这个平面的区域，他们的面部从鼻梁很迅速地过渡到颧骨，他们的表情是由这些大的肌肉与骨骼的块垒运动而体现的。所以，他们的表情就比较夸张、强烈和戏剧化。而中国人的表情区域则是在鼻翼处到颧骨之间的平面，可以说，绝大部分的微妙的差异都是来自这里的。然而，似乎所有的化妆技术都是热心地将这一片泥墙似的抹平，抹光滑，于是，一切表情都被掩埋了。这个部分是有着细腻的凸凹，肉眼几乎看不见，但这却构成了一种情调。一旦消失，脸就木了。

——王安忆

忧"天乳"

本文从禁止女子剪发之事谈起，论述了女子个性解放和自由在中国实现的艰难。

《顺天时报》载北京辟才胡同女附中主任欧阳晓澜女士不许剪发之女生报考，致此等人多有望洋兴叹之概云云。是的，情形总要到如此，她不能别的了。但天足的女生尚可投考，我以为还有光明。不过也太嫌"新"一点。

男男女女，要吃这前世冤家的头发的苦，是只要看明末以来的陈迹便知道的。我在清末因为没有辫子，曾吃了许多苦，所以我不赞成女子剪发。北京的辫子，是奉了袁世凯的命令而剪的，但并非单纯的命令，后面大约还有刀。否则，恐怕现在满城还拖着。女子剪发也一样，总得有一个皇帝（或者别的名称也可以），下令大家都剪才行。自然，虽然如此，有许多还是不高兴的，但不敢不剪。一年半载，也就忘其所以了；两年以后，便可以到大家以为女人不该有长头发的世界。这时长发女生，即有"望洋兴叹"之忧。倘只一部分人说些理由，想改变一点，那是历来没有成功过。

但现在的有力者，也有主张女子剪发的，可惜据地不坚。同是一处地方，甲来乙走，丙来甲走，甲要短，丙要长，长者剪，短了杀。这几年似乎是青年遭劫时期，尤其是女性。

> 指清朝统治者强迫人民剃发垂辫。明、清两代由于民族、地域等关系，头型并不相同，清代为加强其统治，强制人民与其发式保持一致。此事曾引起各地人们的广泛反抗，很多人因此被杀。

报载有一处是鼓吹剪发的,后来别一军攻入了,遇到剪发女子,即慢慢拔去头发,还割去两乳……这一种刑罚,可以证明男子短发,已为全国所公认。只是女人不准学。去其两乳,即所以使其更像男子而警其妄学男子也。以此例之,欧阳晓澜女士盖尚非甚严欤?

今年广州在禁女学生束胸,违者罚洋五十元。报章称之曰"天乳运动"。有人以不得樊增祥作命令为憾。公文上不见"鸡头肉"等字样,盖殊不足以餍文人学士之心。此外是报上的俏皮文章,滑稽议论。我想,如此而已,而已终古。

我曾经也有过"杞天之虑",以为将来中国的学生出身的女性,恐怕要失去哺乳的能力,家家须雇乳娘。但仅只攻击束胸是无效的。第一,要改良社会思想,对于乳房较为大方;第二,要改良衣装,将上衣系进裙里去。旗袍和中国的短衣,都不适于乳的解放,因为其时即胸部以下掀起,不便,也不好看的。

还有一个大问题,是会不会乳大忽而算作犯罪,无处投考?我们中国的中华民国未成立以前,是只有"不齿于四民之列"者,才不准考试的。据理而言,女子断发既以失男女之别,有罪,则天乳更以加男女之别,当有功。但天下有许多事情,是全不能以口舌争的。总要上谕,或者指挥刀。

否则,已经有了"短发犯"了,此外还要增加"天乳犯",或者也许还有"天足犯"。呜呼,女性身上的花样也特别多,而人生亦从此多苦矣。

我们如果不谈什么革新,进化之类,而专为安全着想,我以为女学生的身体最好是长发,束胸,半放脚(缠过而又放之,一名文明脚)。因为我从北而南,所经过的地方,招牌旗帜,尽管不同,而对于这样的女人,却从不闻有一处仇视她的。

九月四日。

杞(qǐ)天之虑:比喻不必要的或缺乏根据的忧虑和担心。同杞人忧天。亦省作"杞虑"。

上谕(yù):诏书,是皇帝的命令和指示。也指清代皇帝用来发布命令的一种官文书。

魏晋风度及文章与药及酒之关系

> 这是一篇讲演,又似乎是一篇纯学术论文,但其细心与微妙的阐发,却往往别有会意。是一种对特殊环境下对时代关切的曲折表露,也是后人研究文人与时代关系的重要参考资料。

我今天所讲的,就是黑板上写着的这样一个题目。

中国文学史,研究起来,可真不容易,研究古的,恨材料太少,研究今的,材料又太多,所以到现在,中国较完全的文学史尚未出现。今天讲的题目是文学史上的一部分,也是材料太少,研究起来很有困难的地方。因为我们想研究某一时代的文学,至少要知道作者的环境,经历和著作。

汉末魏初这个时代是很重要的时代,在文学方面起一个重大的变化,因当时正在黄巾和董卓大乱之后,而且又是党锢的纠纷之后,这时曹操出来了。——不过我们讲到曹操,很容易就联想起《三国演义》,更而想起戏台上那一位花面的奸臣,但这不是观察曹操的真正方法。现在我们再看历史,在历史上的记载和论断有时也是极靠不住的,不能相信的地方很多,因为通常我们晓得,某朝的年代长一点,其中必定好人多;某朝的年代短一点,其中差不多没有好人。为什么呢?因为年代长了,做史的是本朝人,当然恭维本朝的人物,年代短了,做史的是别朝人,便很自由地贬斥其异朝的人物,所以在秦朝,差不多在史的记载上半个好人也没有。曹操在史上年代也是颇短的,自然也逃不了被后一朝人说坏话的公例。其实,曹操是一个很有本事的人,至少是一个英雄,我虽不是曹操一党,但无论如何,总是非常佩服他。

研究那时的文学,现在较为容易了,因为已经有人做过工作:在文集一方面有清严可均辑的《全上古三代秦汉三国晋南北朝文》。其中于此有用的,是《全汉文》,《全三国文》,《全晋文》。

在诗一方面有丁福保辑的《全汉三国晋南北朝诗》。——丁福保是做医生的,现在还在。

辑录关于这时代的文学评论有刘师培编的《中国中古文学史》。这本书是北大的讲义,刘先生已死,此书由北大出版。

上面三种书对于我们的研究有很大的帮助。能使我们看出这时代的文学的确有点异彩。

我今天所讲,倘若刘先生的书里已详的,我就略一点;反之,刘先生所略的,我就较详一点。

董卓之后,曹操专权。在他的统治之下,第一个特色便是尚刑名。他的立法是很严的,因为当大乱之后,大家都想做皇帝,大家都想叛乱,故曹操不能不如此。曹操曾自己说过:"倘无我,不知有多少人称王称帝!"这句话他倒并没有说谎。因此之故,影响到文章方面,成了清峻的风格。——就是文章要简约严明的意思。

此外还有一个特点,就是尚通脱。他为什么要尚通脱呢?自然也与当时的风气有莫大的关系。因为在党锢之祸以前,凡党中人都自命清流,不过讲"清"讲得太过,便成固执,所以在汉末,清流的举动有时便非常可笑了。

比方有一个有名的人,普通的人去拜访他,先要说几句话,倘这几句话说得不对,往往会遭倨傲的待遇,叫他坐到屋外去,甚而至于拒绝不见。

又如有一个人,他和他的姊夫是不对的,有一回他到姐姐那里去吃饭之后,便要将饭钱算回给姐姐。她不肯要,他就于出门之后,把那些钱扔在街上,算是付过了。

个人这样闹闹脾气还不要紧,若治国平天下也这样闹起执拗的脾气来,那还成什么话?所以深知此弊的曹操要起来反对这种习气,力倡通脱。通脱即随便之意。此种提倡影响到文坛，便产生多量想说什么便说什么的文章。

更因思想通脱之后，废除固执，遂能充分容纳异端和外来的思想，故孔教以外的思想源源引入。

总括起来，我们可以说汉末魏初的文章是清峻，通脱。在曹操本身，也是一个改造文章的祖师，可惜他的文章传的很少。他胆子很大，文章从通脱得力不少，做文章时又没有顾忌，想写的便写出来。

所以曹操征求人才时也是这样说，不忠不孝不要紧，只要有才便可以。这又是别人所不敢说的。曹操做诗，竟说是"郑康成行酒伏地气绝"，他引出离当时不久的事实，这也是别人所不敢用的。还有一样，比方人死时，常常写点遗令，这是名人的一件极时髦的事。当时的遗令本有一定的格式，且多言身后当葬于何处何处，或葬于某某名人的墓旁；操独不然，他的遗令不但没有依着格式，内容竟讲到遗下的衣服和伎女怎样处置等问题。

陆机虽然评曰"贻尘谤于后王"，然而我想他无论如何是一个精明人，他自己能做文章，又有手段，把天下的方士文士统统搜罗起来，省得他们跑在外面给他捣乱。所以他帷幄里面，方士文士就特别地多。

孝文帝曹丕，以长子而承父业，篡汉而即帝位。他也是喜欢文章的。其弟曹植，还有明帝曹叡，都是喜欢文章的。不过到那个时候，于通脱之外，更加上华丽。丕著有《典论》，现已失散无全本，那里面说："诗赋欲丽"，"文以气为主"。《典论》的零零碎碎，在唐宋类书中；一篇整的《论文》，在《文选》中可以看见。

后来有一般人很不以他的见解为然。他说诗赋不必寓教训，反对当时那些寓训勉于诗赋的见解，用近代的文学眼光看来，曹丕的一个时代可说是"文学的自觉时代"，或如近代所说是为艺术而艺术（Art for Art's Sake）的一派。所以曹丕做的诗赋很好，更因他以"气"为主，故于华丽以外，加上壮大。归纳起来，汉末，魏初的文章，可说是："清峻，通脱，华丽，壮大。"在文学的意见上，曹丕和曹植表面上似乎是不同的。曹丕说文章事可以留名声于千载；但子建却说文章小道，不足论的。据我的意见，子建大概是违心之论。这里有两个原因，第一，子建的文章做得好，一个人大概总是不满意自己所做而羡慕他人所为的,他的文章已经做得好,于是他便敢说文章是小道;第二,子建活动的目标在于政治方面,政治方面不甚得志,遂说文章是无用了。

曹操曹丕以外,还有下面的七个人:孔融,陈琳,王粲,徐幹,阮瑀,应玚,刘桢,都很能做文章,后来称为"建安七子"。七人的文章很少流传,现在我们很难判断;但,大概都不外是"慷慨","华丽"罢。华丽即曹丕所主张,慷慨就因当天下大乱之际,亲戚朋友死于乱者特多,于是为文就不免带着悲凉,激昂和"慷慨"了。

七子之中,特别的是孔融,他专喜和曹操捣乱。曹丕《典论》里有论孔融的,因此他也被拉进"建安七子"一块儿去。其实不对,很两样的。不过在当时,他的名声可非常之大。孔融作文,喜用讥嘲的笔调,曹丕很不满意他。孔融的文章现在传的也很少,就他所有的看起来,我们可以瞧出他并不大对别人讥讽,只对曹操。比方操破袁氏兄弟,曹丕把袁熙的妻甄氏拿来,归了自己,孔融就写信给曹操,说当初武王伐纣,将妲己给了周公了。操问他的出典,他说,以今例古,大概那时也是这样的。又比方曹操要禁酒,说酒可以亡国,非禁不可,孔融又反对他,说也有以女人亡国的,何以不禁婚姻?

其实曹操也是喝酒的。我们看他的"何以解忧?唯有杜康"的诗句,就可以知道。为什么他的行为会和议论矛盾呢?此无他,因曹操是个办事人,所以不得不这样做;孔融是旁观的人,所以容易说些自由话。曹操见他屡屡反对自己,后来借故把他杀了。他杀孔融的罪状大概是不孝。因为孔融有下列的两个主张:

第一,孔融主张母亲和儿子的关系是如瓶之盛物一样,只要在瓶内把东西倒了出来,母亲和儿子的关系便算完了。第二,假使有天下饥荒的一个时候,有点食物,给父亲不给呢?孔融的答案是:倘若父亲是不好的,宁可给别人。——曹操想杀他,便不惜以这种主张为他不忠不孝的根据,把他杀了。倘若曹操在世,我们可以问他,当初求才时就说不忠不孝也不要紧,为何又以不孝之名杀人呢?然而事实上纵使曹操再生,也没人敢问他，我们倘若去问他，恐怕他把我们也杀了！

与孔融一同反对曹操的尚有一个祢衡，后来给黄祖杀掉的。祢衡的文章也不错，而且他和孔融早是"以气为主"来写文章的了。故在此我们又可知道，汉文慢慢壮大起来，是时代使然，非专靠曹操父子之功的。但华丽好看，却是曹丕提倡的功劳。

这样下去一直到明帝的时候，文章上起了个重大的变化，因为出了一个何晏。

何晏的名声很大，位置也很高，他喜欢研究《老子》和《易经》。至于他是怎样的一个人呢？那真相现在可很难知道，很难调查。因为他是曹氏一派的人，司马氏很讨厌他，所以他们的记载对何晏大不满。因此产生许多传说，有人说何晏的脸上是搽粉的，又有人说他本来生得白，不是搽粉的。但究竟何晏搽粉不搽粉呢？我也不知道。

但何晏有两件事我们是知道的。第一，他喜欢空谈，是空谈的祖师；第二，他喜欢吃药，是吃药的祖师。

此外，他也喜欢谈名理。他身子不好，因此不能不服药。他吃的不是寻常的药，是一种名叫"五石散"的药。

"五石散"是一种毒药，是何晏吃开头的。汉时，大家还不敢吃，何晏或者将药方略加改变，便吃开头了。五石散的基本，大概是五样药：石钟乳，石硫黄，白石英，紫石英，赤石脂；另外怕还配点别样的药。但现在也不必细细研究它，我想各位都是不想吃它的。

从书上看起来，这种药是很好的，人吃了能转弱为强。因此之故，何晏有钱，他吃起来了，大家也跟着吃。那时五石散的流毒就同清末的鸦片的流毒差不多，看吃药与否以分阔气与否的。现在由隋巢元方做的《诸病源候论》的里面可以看到一些。据此书，可知吃这药是非常麻烦的，穷人不能吃，假使吃了之后，一不小心，就会毒死。先吃下去的时候，倒不怎样的，后来药的效验既显，名曰"散发"。倘若没有"散发"，就有弊而无利。因此吃了之后不能休息，非走路不可，因走路才能"散发"，所以走路名曰"行散"。比方我们看六朝人的诗，有云："至城东行散"，就是此意。

后来做诗的人不知其故，以为"行散"即步行之意，所以不服药也以"行散"二字入诗，这是很笑话的。

走了之后，全身发烧，发烧之后又发冷。普通发冷宜多穿衣，吃热的东西。但吃药后的发冷刚刚要相反：衣少，冷食，以冷水浇身。倘穿衣多而食热物，那就非死不可。因此五石散一名寒食散。只有一样不必冷吃的，就是酒。

吃了散之后，衣服要脱掉，用冷水浇身；吃冷东西；饮热酒。这样看起来，五石散吃的人多，穿厚衣的人就少；比方在广东提倡，一年以后，穿西装的人就没有了。因为皮肉发烧之故，不能穿窄衣。为预防皮肤被衣服擦伤，就非穿宽大的衣服不可。现在有许多人以为晋人轻裘缓带，宽衣，在当时是人们高逸的表现，其实不知他们是吃药的缘故。一班名人都吃药，穿的衣都宽大，于是不吃药的也跟着名人，把衣服宽大起来了！

还有，吃药之后，因皮肤易于磨破，穿鞋也不方便，故不穿鞋袜而穿屐。所以我们看晋人的画像或那时的文章，见他衣服宽大，不鞋而屐，以为他一定是很舒服，很飘逸的了，其实他心里都是很苦的。

更因皮肤易破，不能穿新的而宜于穿旧的，衣服便不能常洗。因不洗，便多虱。所以在文章上，虱子的地位很高，"扪虱而谈"，当时竟传为美事。比方我今天在这里演讲的时候，扪起虱来，那是不大好的。但在那时不要紧，因为习惯不同之故。这正如清朝是提倡抽大烟的，我们看见两肩高耸的人，不觉得奇怪。现在就不行了，倘若多数学生，他的肩成为一字样，我们就觉得很奇怪了。

此外可见服散的情形及其他种种的书，还有葛洪的《抱朴子》。

到东晋以后，作假的人就很多，在街旁睡倒，说是"散发"以示阔气。就像清时尊读书，就有人以墨涂唇，表示他是刚才写了许多字的样子。故我想，衣大，穿屐，散髪等，后来效之，不吃也学起来，与理论的提倡实在是无关的。

又因"散发"之时，不能肚饿，所以吃冷物，而且要赶快吃，不论时候，一日数次也不可定。因此影响到晋时"居丧无礼"——本来魏晋时，对于父母之礼是很繁多的。比方想去访一个人，那么，在未访之前，必先打听他父母及其祖父母的名字，以便避讳。否则，嘴上一说出这个字音，假如他的父母是死了的，主人便会大哭起来——他记得父母了——给你一个大大的没趣。晋礼居丧之时，也要瘦，不多吃饭，不准喝酒。但在吃药之后，为生命计，不能管得许多，只好大嚼，所以就变成"居丧无礼"了。

居丧之际，饮酒食肉，由阔人名流倡之，万民皆从之，因为这个缘故，社会上遂尊称这样的人叫做名士派。

吃散发源于何晏，和他同志的，有王弼和夏侯玄两个人，与晏同为服药的祖师。有他三人提倡，有多人跟着走。他们三人多是会做文章，除了夏侯玄的作品流传不多外，王何二人现在我们尚能看到他们的文章。他们都是生于正始的，所以又名曰"正始名士"。但这种习惯的末流，是只会吃药，或竟假装吃药，而不会做文章。

东晋以后，不做文章而流为清谈，由《世说新语》一书里可以看到。此中空论多而文章少，比较他们三个差得远了。三人中王弼二十余岁便死了，夏侯何二人皆为司马懿所杀。因为他二人同曹操有关系，非死不可，犹曹操之杀孔融，也是借不孝做罪名的。

二人死后，论者多因其与魏有关而骂他，其实何晏值得骂的就是因为他是吃药的发起人。这种服散的风气，魏，晋，直到隋，唐，还存在着，因为唐时还有"解散方"，即解五石散的药方，可以证明还有人吃，不过少点罢了。唐以后就没有人吃，其原因尚未详，大概因其弊多利少，和鸦片一样罢？

晋名人皇甫谧作一书曰《高士传》，我们以为他很高超。但他是服散的，曾有一篇文章，自说吃散之苦。因为药性一发，稍不留心，即会丧命，至少也会受非常的苦痛，或要发狂；本来聪明的人，因此也会变成痴呆。所以非深知药性，会解救，而且家里的人多深知药性不可。晋朝人多是脾气很坏，高傲，发狂，性暴如火的，大约便是服药的缘故。比方有苍蝇扰他，竟至拔剑追赶；就是说话，也要糊糊涂涂地才好，有时简直是近于发疯。但在晋朝更有以痴为好的，这大概也是服药的缘故。

魏末，何晏他们以外，又有一个团体新起，叫做"竹林名士"，也是七个，所以又称"竹林七贤"。正始名士服药，竹林名士饮酒。竹林的代表是嵇康和阮籍。但究竟竹林名士不纯粹是喝酒的，嵇康也兼服药，而阮籍则是专喝酒的代表。但嵇康也饮酒，刘伶也是这里面的一个。他们七人中差不多都是反抗旧礼教的。

这七人中，脾气各有不同。嵇阮二人的脾气都很大；阮籍老年时改得很好，嵇康就始终都是极坏的。

阮年青时，对于访他的人有加以青眼和白眼的分别。白眼大概是全然看不见眸子的，恐怕要练习很久才能够。青眼我会装，白眼我却装不好。

后来阮籍竟做到"口不臧否人物"的地步，嵇康却全不改变。结果阮得终其天年，而嵇竟丧于司马氏之手，与孔融何晏等一样，遭了不幸的杀害。这大概是因为吃药和吃酒之分的缘故：吃药可以成仙，仙是可以骄视俗人的；饮酒不会成仙，所以敷衍了事。

他们的态度，大抵是饮酒时衣服不穿，帽也不带。若在平时，有这种状态，我们就说无礼，但他们就不同。居丧时不一定按例哭泣；子之于父，是不能捉父的名，但在竹林名士一流人中，不都会叫父的名号。旧传下来的礼教，竹林名士是不承认的。即如刘伶——他曾做过一篇《酒德颂》，谁都知道——他是不承认世界上从前规定的道理的，曾经有这样的事，有一次有客见他，他不穿衣服。人责问他；他答人说，天地是我的房屋，房屋就是我的衣服，你们为什么进我的裤子中来？至于阮籍，就更甚了，他连上下古今也不承认，在《大人先生传》里有说："天地解兮六合开，星辰陨兮日月颓，我腾而上将何怀？"他的意思是天地神仙，都是无意义，一切都不要，所以他觉得世上的道理不必争，神仙也不足信，既然一切都是虚无，所以他便沉湎于酒了。然而他还有一个原因，就是他的饮酒不独由于他的思想，大半倒在环境。其时司马氏已想篡位，而阮籍名声很大，所以他讲话就极难，只好多饮酒，少讲话，而且即使讲话讲错了，也可以借醉得到人的原谅。只要看有一次司马懿求和阮籍结亲，而阮籍一醉就是两个月，没有提出的机会，就可以知道了。

阮籍作文章和诗都很好，他的诗文虽然也慷慨激昂，但许多意思都是隐而不显的。宋的颜延之已经说不大能懂，我们现在自然更很难看得懂他的诗了。他诗里也说神仙，但他其实是不相信的。嵇康的论文，比阮籍更好，思想新颖，往往与古时旧说反对。孔子说："学而时习之，不亦说乎？"嵇康做的《难自然好学论》，却道，人是并不好学的，假如一个人可以不做事而又有饭吃，就随便闲游不喜欢读书了，所以现在人之好学，是由于习惯和不得已。还有管叔蔡叔，是疑心周公，率殷民叛，因而被诛，一向公认为坏人的。而嵇康做的《管蔡论》，就也反对历代传下来的意思，说这两个人是忠臣，他们的怀疑周公，是因为地方相距太远，消息不灵通。

但最引起许多人的注意，而且于生命有危险的，是《与山巨源绝交书》中的"非汤武而薄周孔"。司马懿因这篇文章，就将嵇康杀了。非薄了汤武周孔，在现时代是不要紧的，但在当时却关系非小。汤武是以武定天下的；周公是辅成王的；孔子是祖述尧舜，而尧舜是禅让天下的。嵇康都说不好，那么，教司马懿篡位的时候，怎么办才是好呢？没有办法。在这一点上，嵇康于司马氏的办事上有了直接的影响，因此就非死不可了。嵇康的见杀，是因为他的朋友吕安不孝，连及嵇康，罪案和曹操的杀孔融差不多。魏晋，是以孝治天下的，不孝，故不能不杀。为什么要以孝治天下呢？因为天位从禅让，即巧取豪夺而来，若主张以忠治天下，他们的立脚点便不稳，办事便棘手，立论也难了，所以一定要以孝治天下。但倘只是实行不孝，其实那时倒不很要紧的，嵇康的害处是在发议论；阮籍不同，不大说关于伦理上的话，所以结局也不同。

但魏晋也不全是这样的情形，宽袍大袖，大家饮酒。反对的也很多。在文章上我们还可以看见裴𬱟的《崇有论》，孙盛的《老子非大贤论》，这些都是反对王何们的。在史实上，则何曾劝司马懿杀阮籍有好几回，司马懿不听他的话，这是因为阮籍的饮酒，与时局的关系少些的缘故。

然而后人就将嵇康阮籍骂起来，人云亦云，一直到现在，一千六百多年。季札说："中国之君子，明于礼义而陋于知人心。"这是确的，大凡明于礼义，就一定要陋于知人心的，所以古代有许多人受了很大的冤枉。例如嵇阮的罪名，一向说他们毁坏礼教。但据我个人的意见，这判断是错的。魏晋时代，崇奉礼教的看来似乎很不错，而实在是毁坏礼教，不信礼教的。

表面上毁坏礼教者，实则倒是承认礼教，太相信礼教。因为魏晋时所谓崇奉礼教，是用以自利，那崇奉也不过偶然崇奉，如曹操杀孔融，司马懿杀嵇康，都是因为他们和不孝有关，但实在曹操司马懿何尝是著名的孝子，不过将这个名义，加罪于反对自己的人罢了。于是老实人以为如此利用，亵渎了礼教，不平之极，无计可施，激而变成不谈礼教，不信礼教，甚至于反对礼教。——但其实不过是态度，至于他们的本心，恐怕倒是相信礼教，当做宝贝，比曹操司马懿们要迂执得多。现在说一个容易明白的比喻罢，譬如有一个军阀，在北方——在广东的人所谓北方和我常说的北方的界限有些不同，我常称山东山西直隶河南之类为北方——那军阀从前是压迫民党的，后来北伐军势力一大，他便挂起了青天白日旗，说自己已经信仰三民主义了，是总理的信徒。这样还不够，他还要做总理的纪念周。这时候，真的三民主义的信徒，去呢，不去呢？不去，他那里就可以说你反对三民主义，定罪，杀人。但既然在他的势力之下，没有别法，真的总理的信徒，倒会不谈三民主义，或者听人假惺惺的谈起来就皱眉，好像反对三民主义模样。所以我想，魏晋时所谓反对礼教的人，有许多大约也如此。他们倒是迂夫子，将礼教当做宝贝看待的。

　　还有一个实证，凡人们的言论，思想，行为，倘若自己以为不错的，就愿意天下的别人，自己的朋友都这样做。但嵇康阮籍不这样，不愿意别人来模仿他。竹林七贤中有阮咸，是阮籍的侄子，一样的饮酒。阮籍的儿子阮浑也愿加入时，阮籍却道不必加入，吾家已有阿咸在，够了。假若阮籍自以为行为是对的，就不当拒绝他的儿子，而阮籍却拒绝自己的儿子，可知阮籍并不以他自己的办法为然。至于嵇康，一看他的《绝交书》，就知道他的态度很骄傲的：有一次，他在家打铁——他的性情是很喜欢打铁的——钟会来看他了，他只打铁，不理钟会。钟会没有意味，只得走了。其时嵇康就问他："何所闻而来，何所见而去？"钟会答道："闻所闻而来，见所见而去。"这也是嵇康杀身的一条祸根。但我看他做给他的儿子看的《家诫》——当嵇康被杀时，其子方十岁，算来当他做这篇文章的时候，他的儿子是未满十岁的——就觉得宛然是两个人。他在《家诫》中教他的儿子做人要小心,还有一条一条的教训。有一条是说长官处不可常去,亦不可住宿;官长送人们出来时,你不要在后面,因为恐怕将来官长惩办坏人时,你有暗中密告的嫌疑。又有一条是说宴饮时候有人争论,你可立刻走开,免得在旁批评,因为两者之间必有对与不对,不批评则不像样,一批评就总要是甲非乙,不免受一方见怪。还有人要你饮酒,即使不愿饮也不要坚决地推辞,必须和和气气的拿着杯子。我们就此看来,实在觉得很稀奇:嵇康是那样高傲的人,而他教子就要他这样庸碌。因此我们知道,嵇康自己对于他自己的举动也是不满足的。所以批评一个人的言行实在难,社会上对于儿子不像父亲,称为"不肖",以为是坏事,殊不知世上正有不愿意他的儿子像自己的父亲哩。试看阮籍嵇康,就是如此。这是,因为他们生于乱世,不得已,才有这样的行为,并非他们的本态。但又于此可见魏晋的破坏礼教者,实在是相信礼教到固执之极的。

不过何晏王弼阮籍嵇康之流,因为他们的名位大,一般的人们就学起来,而所学的无非是表面,他们实在的内心,却不知道。因为只学他们的皮毛,于是社会上便很多了没意思的空谈和饮酒。许多人只会无端的空谈和饮酒,无力办事,也就影响到政治上,弄得玩"空城计",毫无实际了。在文学上也这样,嵇康阮籍的纵酒,是也能做文章的,后来到东晋,空谈和饮酒的遗风还在,而万言的大文如嵇阮之作,却没有了。刘勰说:"嵇康师心以遣论,阮籍使气以命诗。"这"师心"和"使气",便是魏末晋初的文章的特色。正始名士和竹林名士的精神灭后,敢于师心使气的作家也没有了。

到东晋,风气变了。社会思想平静得多,各处都加入了佛教的思想。再至晋末,乱也看惯了,篡也看惯了,文章便更和平。代表平和的文章的人有陶潜。他的态度是随便饮酒,乞食,高兴的时候就谈论和作文章,无忧无怨。所以现在有人称他为"田园诗人",是个非常和平的田园诗人。他的态度是不容易学的,他非常之穷,而心里很平静。家常无米,就去向人家门口求乞。他穷到有客来见,连鞋也没有,那客人从家丁取鞋给他,他便伸了足穿上了。虽然如此,他却毫不为意,还是"采菊东篱下,悠然见南山"。这样的自然状态,实在不易模仿。他穷到衣服也破烂不堪,而还在东篱下采菊,偶然抬起头来,悠然的见了南山,这是何等自然。现在有钱的人住在租界里,雇花匠种数十盆菊花,便做诗,叫做"秋日赏菊效陶彭泽体",自以为合于渊明的高致,我觉得不大像。

陶潜之在晋末,是和孔融于汉末与嵇康于魏末略同,又是将近易代的时候。但他没有什么慷慨激昂的表示,于是便博得"田园诗人"的名称。但《陶集》里有《述酒》一篇,是说当时政治的。这样看来,可见他于世事也并没有遗忘和冷淡,不过他的态度比嵇康阮籍自然得多,不至于招人注意罢了。还有一个原因,先已说过,是习惯。因为当时饮酒的风气相沿下来,人见了也不觉得奇怪,而且汉魏晋相沿,时代不远,变迁极多,既经见惯,就没有人感触,陶潜之比孔融嵇康和平,是当然的。例如看北朝的墓志,官位升进,往往详细写着,再仔细一看,他是已经经历过两三个朝代了,但当时似乎并不为奇。

据我的意思,即使是从前的人,那诗文完全超于政治的所谓"田园诗人","山林诗人",是没有的。完全超出于人间世的,也是没有的。既然是超出于世,则当然连诗文也没有。诗文也是人事,既有诗,就可以知道于世事未能忘情。譬如墨子兼爱,杨子为我。墨子当然要著书;杨子就一定不著,这才是"为我"。因为若做出书来给别人看,便变成"为人"了。

由此可知陶潜总不能超于尘世,而且,于朝政还是留心,也不能忘掉"死",这是他诗文中时时提起的。用另一种看法研究起来,恐怕也会成一个和旧说不同的人物罢。

自汉末至晋末文章的一部分的变化与药及酒之关系,据我所知的大概是这样。但我学识太少,没有详细的研究,在这样的热天和雨天费去了诸位这许多时光,是很抱歉的。现在这个题目总算是讲完了。

▎情境赏析▎

4月15日广州大屠杀之后鲁迅为了表示对国民党反动派屠杀共产党及进步学生的抗议,坚决辞去了中山大学的一切教务。当时他在广州的处境十分危险，国民党对他进行了严密监视，并不断派人对其"访问"，还散布种种谣言，企图对他进行陷害。鲁迅当时哪也不去，就坐在白云楼寓所里整理旧作，使有关他的谣言不攻自破了，但仍需十分小心。广州市教育局请他到夏期学术演讲也是窥测他的态度，针对这样的情况，鲁迅借魏晋文人的命运对国民党进行了旁敲侧击的讽刺。

鲁迅对中国文学史每一个历史阶段都有很深的研究和精到的见解，之所以选择魏晋，因为当时文人多不幸，很多有名的文人如孔融、祢衡、杨修、丁仪、何晏、夏侯玄、嵇康、陆机、陆云、潘岳、刘琨、郭璞等都先后在朝廷内部斗争中遭到杀戮，造成了一个极端恐怖的政治局面。幸免者只能或沉湎于酒；或"口不臧否人物"，用沉默表示反抗；或佯狂而为空谈；或放浪于山水之间，鲁迅用这样一个充满恐怖氛围的社会环境和文人习气来抨击国民党的残暴。

名家点评

魏晋时期，就是酒的年代。魏晋人愿意把酒与人生联系起来：曹操最有名的一首诗就跟酒和人生有关——对酒当歌，人生几何；譬如朝露，去日苦多！——一个战乱的年代，人或者为生存颠沛流离，或者为功业闯荡天下，生活的忙碌，使人们越发感觉到生命的短暂和不可确定；这种感觉在平时是无法宣泄出来的，只有在酒酣之后，才会在高歌中流露。所以说，酒，实际是开启人心灵之门的一把钥匙，这在千古都是一样的。LITTLE BAR 中的独饮者，与千年以前的曹操，实际是有着同样的心情，只不过现代人更沉闷一些，不能像曹操一样挥洒着对人生的感慨罢了。"慨当以慷，忧思难忘；何以解忧，唯有杜康！"有限的人生，无限的忙碌，也难怪人要躲到酒中去解脱那不可解脱的"忧"了。

……

——茅盾

小杂感

> 每一段小杂感都是一把小匕首，锐利无比，深刻至极。这是鲁迅丰富人生经验的产物，至今听来犹让人警醒。

蜜蜂的刺，一用即丧失了它自己的生命；犬儒的刺，一用则苟延了他自己的生命。

他们就是如此不同。

约翰穆勒说：专制使人们变成冷嘲。

而他竟不知道共和使人们变成沉默。

要上战场，莫如做军医；要革命，莫如走后方；要杀人，莫如做刽子手。既英雄，又稳当。

> 语词如此深刻，可见鲁迅对世情的洞察之深。

与名流学者谈，对于他之所讲，当装作偶有不懂之处。太不懂被看轻，太懂了被厌恶。偶有不懂之处，彼此最为合宜。

世间大抵只知道指挥刀可以指挥武士，而不想到也可以指挥文人。

又是演讲录，又是演讲录。

但可惜都没有讲明他何以和先前大两样了；也没有讲明他演讲时，自己是否真相信自己的话。

阔的聪明人种种譬如昨日死。

不阔的傻子种种实在昨日死。

曾经阔气的要复古，正在阔气的要保持现状，未曾阔气的要革新。

大抵如是。大抵！

他们之所谓复古，是回到他们所记得的若干年前，并非虞夏商周。

女人的天性中有母性，有女儿性；无妻性。

妻性是逼成的，只是母性和女儿性的混合。

防被欺。自称盗贼的无须防，得其反倒是好人；自称正人君子的必须防，得其反则是盗贼。

楼下一个男人病得要死，那间壁的一家唱着留声机；对面是弄孩子。楼上有两人狂笑；还有打牌声。河中的船上有女人哭着她死去的母亲。

人类的悲欢并不相通，我只觉得他们吵闹。

每一个破衣服人走过，叭儿狗就叫起来，其实并非都是狗主人的意旨或使嗾。

叭儿狗往往比它的主人更严厉。

恐怕有一天总要不准穿破布衫，否则便是共产党。

这是针对蒋介石一伙狡诈善变而发的议论。蒋介石、汪精卫、吴稚晖、戴陶季等为了投机革命，在北伐前后曾在各地演讲，并出过一些演讲集，但内容和他们在"四一二"政变后判若两人。这种残酷的现实使鲁迅概括出一条沉痛的教训："防被欺"。

革命，反革命，不革命。

革命的被杀于反革命的。反革命的被杀于革命的。不革命的或当做革命的而被杀于反革命的，或当做反革命的而被杀于革命的，或并不当做什么而被杀于革命的或反革命的。

革命，革革命，革革革命，革革……。

人感到寂寞时，会创作；一感到干净时，即无创作，他已经一无所爱。

创作总根于爱。

杨朱无书。

创作虽说抒写自己的心，但总愿意有人看。

创作是有社会性的。

但有时只要有一个人看便满足：好友，爱人。

人往往憎和尚，憎尼姑，憎回教徒，憎耶教徒，而不憎道士。懂得此理者，懂得中国大半。

> 这种看法与中国人缺乏坚定的信念有关，无论是佛教、回教还是耶教，都有严格的教规戒律，独有道士，什么事都无可无不可，最适合中国人的脾性。正是所谓的"欲加之罪，何患无辞"。

要自杀的人，也会怕大海的汪洋，怕夏天死尸的易烂。

但遇到澄静的清池，凉爽的秋夜，他往往也自杀了。

凡为当局所"诛"者皆有"罪"。

刘邦除秦苛暴，"与父老约，法三章耳。"

而后来仍有族诛，仍禁挟书，还是秦法。

法三章者，话一句耳。

一见短袖子，立刻想到白臂膊，立刻想到全裸体，立刻想到生殖器，立刻想到性交，立刻想到杂交，立刻想到私生子。

中国人的想象唯在这一层能够如此跃进。

九月二十四日。

情境赏析

关于"女人的天性中有母性,有女儿性;无妻性"的赏析。

所谓母性,指母亲对女子的慈爱情怀。所谓女儿性,主要指女儿对父母亲具有依赖性的特征。所谓妻性,是相对妻子的身份而言的。妻和夫是一对对等的概念,"妻,齐也,与夫齐体也。"从妻在家庭内外人际的名分看来,应是与夫身份地位对等的。据此,女人一旦成为人妻,就应该具备同自己的丈夫平等的身份地位,应该意识到自己和丈夫是完全平等的主体。夫妻感情也是在此基础上建立的。这才是真正意义上的妻性。很显然,鲁迅这段话中,母性、女儿性和妻性三个概念的性质并不是同一层面的,其中母性和女儿性就女性的"天性"即自然性而言,妻性则特指封建社会女性作为妻子的人生角色的属性。正是在这个意义上,鲁迅说,"女人的天性中""无妻性"。因为,封建社会中的女子作为妻子被丈夫接纳时,她的第一个宗旨便是服从,所谓"妇者服也"。妻子没有独立的人格可言,她所当恪守的准则,即所谓三从四德。妻子的全部人生内容便是侍奉和服从丈夫,侍奉和服从公婆。此外,也是最重要的,便是生儿育女。作为妻者齐也之妻,和丈夫是平等的主体云云,是无从谈起的。唯一能改变妻子的家庭地位的就是生儿育女。女人只有当了母亲,她的家庭地位才有可能得到巩固或发生变化。母爱作为一种天性,本无功利目的,然而"母凭子贵",这就使得母亲和子女的亲情附丽着一种畸形的利害关系的因素。从而,以家庭为中心的妇女们一旦做了母亲,她那本来即便有也是非常淡薄的自我意识就完全消失而融化在这种忘我的"母爱"当中了。因此,封建时代的女性身上的母性都是特别强烈的。然而至此,女人仍然没有自己的独立的人格,无论是妻子,抑或成了母亲。所以鲁迅说,"妻性……只是母性与女儿性的混合",实质上"妻性"的构成中并没有真正的妻性的成分。这里的女儿性,指女性像女儿依赖父母一样的对丈夫的依附性。

名家点评

　　杂感虽小，却以最短的形式赋予了最大的思想容量。要了解其含义，需知道相关的历史背景，有的更需要丰富的人生经历才能真正理解。

　　这些杂感有的是对虚伪的揭露，如关于"演讲"、"革命"、"欺骗"，有的是对人生哲理的思考，如关于"创作"、"自杀"、"妻性"，还有的运用史笔，寓讥刺于客观记述之中。多是因情立体，形式多样。二十一段都极富变化，或如格言，或如警句，或如史笔，或如诗篇，或作隐喻，或铭哲理，格局虽小，天地却大。

——何芬芳

《三 闲 集》

　　《三闲集》是鲁迅先生的杂文集。该集子收录作者 1927 年至 1929 年所作杂文 34 篇，末附作于 1932 年的《鲁迅译著书目》1 篇。

　　除《序言》、《辞顾颉刚教授令"候审"》、《鲁迅译著书目》未另行发表外，其余各篇曾在《莽原》、《语丝》、《未名》、《春潮月刊》、《朝花旬刊》、《萌芽月刊》、《中央日报》副刊等报刊上发表。除《述香港恭祝圣诞》署名华约瑟外，其余署名均为鲁迅。1932 年 9 月由上海北新书局初版。

　　关于书名，鲁迅在序言中做了说明。鲁迅为省青年的翻检之劳，曾将自己编《中国小说史略》的材料，印为《小说旧闻钞》，而成仿吾却将此讥为"闲暇"，说"鲁迅先生坐在华盖之下正在抄他的小说旧闻"，是一种"以趣味为中心的文艺"，"后面必有一种以趣味为中心的生活基调"；并说："这种以趣味为中心的生活基调，它所暗示着的是一种在小天地中自己骗自己的自足，它所矜持着的是闲暇，闲暇，第三个闲暇"。鲁迅先生针对成仿吾这种以无产阶级之名，指责自己为"有闲"，而且"有闲"还至于有三个的诬蔑，进行驳斥，认为"无产阶级是不会有这样锻炼归纳法的，他们没有学过'刀笔'"。鲁迅在编自己的杂文后，名之曰《三闲集》，并在《序言》中明注上"以射仿吾也"的字样。从中我们可以看到先生明确的批判立场和针锋相对的批判作风。

　　本书收录了《无声的中国》、《"醉眼"中的朦胧》、《革命咖啡店》、《柔石作〈二月〉小引》、《流氓的变迁》五篇文章。

无声的中国

> 这篇杂文写于1925年11月，正是北伐战争的前夜。当时，孙中山提出了"联俄、联共、扶助农工"三大政策，国共合作出现新局面。但北京的段祺瑞军阀政府为维护其统治，除加紧镇压工农革命运动外，还在思想文化方面搬出孔子，鼓吹"读经救国"，掀起了"尊孔读经"的复古思潮。为此，鲁迅写下了这篇抨击"尊孔读经"的杂文。

以我这样没有什么可听的无聊的讲演，又在这样大雨的时候，竟还有这许多来听的诸君，我首先应当声明我的郑重的感谢。

我现在所讲的题目是：《无声的中国》。

现在，浙江，陕西，都在打仗，那里的人民哭着呢还是笑着呢，我们不知道。香港似乎很太平，住在这里的中国人，舒服呢还是不很舒服呢，别人也不知道。

发表自己的思想，感情给大家知道的是要用文章的，然而拿文章来达意，现在一般的中国人还做不到。这也怪不得我们；因为那文字，先就是我们的祖先留传给我们的可怕的遗产。人们费了多年的工夫，还是难于运用。因为难，许多人便不理它了，甚至于连自己的姓也写不清是张还是章，或者简直不会写，或者说道：Chang。虽然能说话，而只有几个人听到，远处的人们便不知道，结果也等于无声。又因为难，有些人便当做宝贝，像玩把戏似的，之乎者也，只有几个人懂——其实是不知道可真懂，而大多数的人们却不懂得，结果也等于无声。

> 达意：表达心意，表达意愿。

> 藉(jiè)：同借，凭借。

　　文明人和野蛮人的分别，其一，是文明人有文字，能够把他们的思想、感情，藉此传给大众，传给将来。中国虽然有文字，现在却已经和大家不相干，用的是难懂的古文，讲的是陈旧的古意思，所有的声音，都是过去的，都就是只等于零的。所以，大家不能互相了解，正像一大盘散沙。

　　将文章当做古董，以不能使人认识，使人懂得为好，也许是有趣的事罢。但是，结果怎样呢？是我们已经不能将我们想说的话说出来。我们受了损害，受了侮辱，总是不能说出些应说的话。拿最近的事情来说，如中日战争，拳匪事件，民元革命这些大事件，一直到现在，我们可有一部像样的著作？民国以来，也还是谁也不作声。反而在外国，倒常有说起中国的，但那都不是中国人自己的声音，是别人的声音。

　　这不能说话的毛病，在明朝是还没有这样厉害的；他们还比较地能够说些要说的话。待到满洲人以异族侵入中国，讲历史的，尤其是讲宋末的事情的人被杀害了，讲时事的自然也被杀害了。所以，到乾隆年间，人民大家便更不敢用文章来说话了。所谓读书人，便只好躲起来读经，校刊古书，做些古时的文章，和当时毫无关系的文章。有些新意，也还是不行的；不是学韩，便是学苏。韩愈苏轼他们，用他们自己的文章来说当时要说的话，那当然可以的。我们却并非唐宋时人，怎么做和我们毫无关系的时候的文章呢。即使做得像，也是唐宋时代的声音，韩愈苏轼的声音，而不是我们现代的声音。然而直到现在，中国人却还耍着这样的旧戏法。人是有的，没有声音，寂寞得很。——人会没有声音的么？没有，可以说：是死了。倘要说得客气一点，那就是：已经哑了。

> 这是指清朝皇帝康熙、雍正和乾隆曾制造多起文字狱，很多人遭到迫害和屠杀。

> 指出了当时社会万马齐喑的状态。

　　要恢复这多年无声的中国，是不容易的，正如命令一个死掉的人道："你活过来！"我虽然并不懂得宗教，但我以为正如想出现一个宗教上之所谓"奇迹"一样。

首先来尝试这工作的是"五四运动"前一年，胡适之先生所提倡的"文学革命"。"革命"这两个字，在这里不知道可害怕，有些地方是一听到就害怕的。但这和文学两字连起来的"革命"，却没有法国革命的"革命"那么可怕，不过是革新，改换一个字，就很平和了，我们就称为"文学革新"罢，中国文字上，这样的花样是很多的。那大意也并不可怕，不过说：我们不必再去费尽心机，学说古代的死人的话，要说现代的活人的话；不要将文章看做古董，要做容易懂得的的白话的文章。然而，单是文学革新是不够的，因为腐败思想，能用古文做，也能用白话做。所以后来就有人提倡思想革新。思想革新的结果，是发生社会革新运动。这运动一发生，自然一面就发生反动，于是便酿成战斗……

> 费尽心机：挖空心思，想尽办法。心机：计谋。

　　但是，在中国，刚刚提起文学革新，就有反动了。不过白话文却渐渐风行起来，不大受阻碍。这是怎么一回事呢？就因为当时又有钱玄同先生提倡废止汉字，用罗马字母来替代。这本也不过是一种文字革新，很平常的，但被不喜欢改革的中国人听见，就大不得了了，于是便放过了比较的平和的文学革命，而竭力来骂钱玄同。白话乘了这一个机会，居然减去了许多敌人，反而没有阻碍，能够流行了。

　　中国人的性情是总喜欢调和，折中的。譬如你说，这屋子太暗，须在这里开一个窗，大家一定不允许的。但如果你主张拆掉屋顶，他们就会来调和，愿意开窗了。没有更激烈的主张，他们总连平和的改革也不肯行。那时白话文之得以通行，就因为有废掉中国字而用罗马字母的议论的缘故。

> 这种概括可谓精辟。

　　其实，文言和白话的优劣的讨论，本该早已过去了，但中国是总不肯早早解决的，到现在还有许多无谓的议论。例如，有的说：古文各省人都能懂，白话就各处不同，反而不能互相了解了。殊不知这只要教育普及和交通发达就好，那时就人人都能懂较为易解的白话文；至于古文，何尝各省人都能懂，便是一省里，也没有许多人懂得的。有的说：如果都用白话文，人们便不能看古书，中国的文化就灭亡了。其实呢，现在的人们大可以不必看古书，即使古书里真有好东西，也可以用白话来译出的，用不着那么心惊胆战。他们又有人说，外国尚且译中国书，足见其好，我们自己倒不看吗？殊不知埃及的古书，外国人也译，非洲黑人的神话，外国人也译，他们别有用意，即使译出，也算不了怎样光荣的事的。

近来还有一种说法，是思想革新紧要，文字改革倒在其次，所以不如用浅显的文言来作新思想的文章，可以少招一重反对。这话似乎也有理。然而我们知道，连他长指甲都不肯剪去的人，是决不肯剪去他的辫子的。

因为我们说着古代的话，说着大家不明白，不听见的话，已经弄得像一盘散沙，痛痒不相关了。我们要活过来，首先就须由青年们不再说孔子孟子和韩愈柳宗元们的话。时代不同，情形也两样，孔子时代的香港不这样，孔子口调的"香港论"是无从做起的，"吁嗟阔哉香港也"，不过是笑话。

我们要说现代的，自己的话；用活着的白话，将自己的思想，感情直白地说出来。但是，这也要受前辈先生非笑的。他们说白话文卑鄙，没有价值；他们说年轻人作品幼稚，贻笑大方。我们中国能做文言的有多少呢，其余的都只能说白话，难道这许多中国人，就都是卑鄙，没有价值的么？至于幼稚，尤其没有什么可羞，正如孩子对于老人，毫没有什么可羞一样。幼稚是会生长，会成熟的，只不要衰老，腐败，就好。倘说待到纯熟了才可以动手，那是虽是村妇也不至于这样蠢。她的孩子学走路，即使跌倒了，她决不至于叫孩子从此躺在床上，待到学会了走法再下地面来的。

青年们先可以将中国变成一个有声的中国。大胆地说话，

心惊胆战：形容十分害怕。战：发抖。

贻(yí)笑大方：贻：遗留；贻笑：让人笑话。大方：原指懂得大道理的人，后泛指见识广博或有专长的人。指让内行人笑话，含贬义。

勇敢地进行，忘掉了一切利害，推开了古人，将自己的真心的话发表出来。——真，自然是不容易的。譬如态度，就不容易真，讲演时候就不是我的真态度，因为我对朋友，孩子说话时候的态度是不这样的。——但总可以说些较真的话，发些较真的声音。只有真的声音，才能感动中国的人和世界的人；必须有了真的声音，才能和世界的人同在世界上生活。

> 鲁迅在此阐述了"真的声音"的重要意义。

我们试想现在没有声音的民族是那几种民族。我们可听到埃及人的声音？可听到安南，朝鲜的声音？印度除了泰戈尔，别的声音可还有？

我们此后实在只有两条路：一是抱着古文而死掉，一是舍掉古文而生存。

情境赏析

鲁迅认为，一个国家、一个时代要有自己的声音，而现代中国却没有自己的声音，那是因为我们还是用古文做文章，而实际上大多数人都不懂古文的缘故。因此，只有青年人能"大胆地说话，勇敢地进行，忘掉了一切利害，推开了古人，将自己的真心话发表出来"，中国才能变成一个有声的中国。

名家点评

1905年科举制度的废除，是中国知识分子人生道路选择的重大转折……是两千余年来中国知识分子从业选择的第一次大动荡、大分化，第一次从人身依附中解放出来。这是一次"深刻的身份革命"。这一"革命"为知识分子的人生重建提供了令人鼓舞的可能，使知识分子的精神空间骤然洞开，一个"无声的中国"变成了一个"有声的中国"，"大胆地说话，勇敢地进行，忘掉了一切利害，推开了古人，将自己的真心话发表出来。"正是现代知识分子心态转变的真实写照。

——孟繁华

"醉眼"中的朦胧

> 这是一篇论战文章，此处收入意在使同学们多方面了解鲁迅的杂文的特点，及当时的论战情况。

旧历和新历的今年似乎于上海的文艺家们特别有着刺激力，接连的两个新正一过，期刊便纷纷而出了。他们大抵将全力用尽在伟大或尊严的名目上，不惜将内容压杀。连产生了不止一年的刊物，也显出拼命的挣扎和突变来。作者呢，有几个是初见的名字，有许多却还是看熟的，虽然有时觉得有些生疏，但那是因为停笔了一年半载的缘故。他们先前在做什么，为什么今年一齐动笔了？说起来怕话长。要而言之，就因为先前可以不动笔，现在却只好来动笔，仍如旧日的无聊的文人，文人的无聊一模一样。这是有意识或无意识地，大家都有些自觉的，所以总要向读者声明"将来"：不是"出国"，"进研究室"，便是"取得民众"。功业不在目前，一旦回国，出室，得民之后，那可是非同小可了。自然，倘有远识的人，小心的人，怕事的人，投机的人，最好是此刻豫致"革命的敬礼"。一到将来，就要"悔之晚矣"了。

然而各种刊物，无论措辞怎样不同，都有一个共通之点，就是：有些朦胧。这朦胧的发祥地，由我看来——虽然是冯乃超的所谓"醉眼陶然"——也还在那有人爱，也有人憎的官僚和军阀，和他们已有瓜葛，或想有瓜葛的，笔下便往往笑眯眯，向大家表示和气，然而有远见，梦中又害怕铁锤和镰刀，因此也不敢分明恭维现在的主子，于是在这里留着一点朦胧。和他们瓜葛已断，或则并无瓜葛，走向大众去的，本可以毫无顾忌地说话了，但笔下即使雄赳赳，对大家显英雄，会忘却了他们的指挥刀的傻子是究竟不多的，这里也就留着一点朦胧。于是想要朦胧而终于透漏色彩的，想显色彩而终于不免朦胧的，便都在同地同时出现了。

其实朦胧也不关怎样紧要。便在最革命的国度里，文艺方面也何尝不带些朦胧。然而革命者决不怕批判自己，他知道得很清楚，他们敢于明言。唯有中国特别，知道跟着人称托尔斯泰为"卑汙的说教人"了，而对于中国"目前的情状"，却只觉得在"事实上，社会各方面亦正受着乌云密布的势力的支配"，连他的"剥去政府的暴力，裁判行政的喜剧的假面"的勇气的几分之一也没有；知道人道主义不彻底了，但当"杀人如草不闻声"的时候，连人道主义式的抗争也没有。剥去和抗争，也不过是"咬文嚼字"，并非"直接行动"。我并不希望做文章的人去直接行动，我知道做文章的人是大概只能做文章的。

可惜略迟了一点，创造社前年招股本，去年请律师，今年才揭起"革命文学"的旗子，复活的批评家成仿吾总算离开守护"艺术之宫"的职掌，要去"获得大众"，并且给革命文学家"保障最后的胜利"了。这飞跃也可以说是必然的。弄文艺的人们大抵敏感，时时也感到，而且防着自己的没落，如漂浮在大海里一般，拼命向各处抓攫。二十世纪以来的表现主义，踏踏主义，什么什么主义的此兴彼衰，便是这透露的消息。现在则已是大时代，动摇的时代，转换的时代，中国以外，阶级的对立大抵已经十分锐利化，农工大众日日显得着重，倘要将自己从没落救出，当然应该向他们去了。何况"呜呼！小资产阶级原有两个灵魂……"虽然也可以向资产阶级去，但也能够向无产阶级去的呢。

这类事情，中国还在萌芽，所以见得新奇，须做《从文学革命到革命文学》那样的大题目，但在工业发达，贫富悬隔的国度里，却已是平常的事情。或者因为看准了将来的天下，是劳动者的天下，跑过去了；或者因为倘帮强者，宁帮弱者，跑过去了；或者两样都有，错综地作用着，跑过去了。也可以说，或者因为恐怖，或者因为良心。成仿吾教人克服小资产阶级根性，拉"大众"来作"给予"和"维持"的材料，文章完了，却正留下一个不小的问题：

倘若难于"保障最后的胜利"，你去不去呢？

这实在还不如在成仿吾的祝贺之下，也从今年产生的《文化批判》上的李初梨的文章，索性主张无产阶级文学，但无须无产者自己来写；无论出身是什么阶级，无论所处是什么环境，只要"以无产阶级的意识，产生出来的一种的斗争的文学"就是，直截爽快得多了。但他一看见"以趣味为中心"的可恶的"语丝派"的人名就不免曲折，仍旧"要问甘人君，鲁迅是第几阶级的人？"

我的阶级已由成仿吾判定："他们所矜持的是'闲暇，闲暇，第三个闲暇'；他们是代表着有闲的资产阶级，或者睡在鼓里的小资产阶级……如果北京的乌烟瘴气不用十万两无烟火药炸开的时候，他们也许永远这样过活的罢。"

我们的批判者才将创造社的功业写出，加以"否定的否定"，要去"获得大众"的时候，便已梦想"十万两无烟火药"，并且似乎要将我挤进"资产阶级"去（因为"有闲就是有钱"云），我倒颇也觉得危险了。后来看见李初梨说："我以为一个作家，不管他是第一第二……第百第千阶级的人，他都可以参加无产阶级文学运动；不过我们先要审察他们的动机……"这才有些放心，但可虑的是对于我仍然要问阶级。"有闲便是有钱"；倘使无钱，该是第四阶级，可以"参加无产阶级文学运动"了罢，但我知道那时又要问"动机"。总之，最要紧是"获得无产阶级的阶级意识"——这回可不能只是"获得大众"便算完事了。横竖缠不清，最好还是让李初梨去"由艺术的武器到武器的艺术"，让成仿吾去坐在半租界里积蓄"十万两无烟火药"，我自己是照旧讲"趣味"。

那成仿吾的"闲暇，闲暇，第三个闲暇"的切齿之声，在我是觉得有趣的。因为我记得曾有人批评我的小说，说是"第一个是冷静，第二个是冷静，第三个还是冷静"，"冷静"并不算好批判，但不知怎地竟像一板斧劈着了这位革命的批评家的记忆中枢似的,从此"闲暇"也有三个了。倘有四个,连《小说旧闻钞》也不写,或者只有两个,见得比较地忙,也许可以不至于被"奥伏赫变"("除掉"的意思,Aufheben 的创造派的译音,但我不解何以要译得这么难写,在第四阶级,一定比照描一个原文难)罢,所可惜的是偏偏是三个。但先前所定的不"努力表现自己"之罪,大约总该也和成仿吾的"否定的否定",一同勾销了。

创造派"为革命而文学",所以仍旧要文学,文学是现在最紧要的一点,因为将"由艺术的武器,到武器的艺术",一到"武器的艺术"的时候,便正如"由批判的武器,到用武器的批判"的时候一般,世界上有先例,"徘徊者变成同意者,反对者变成徘徊者"了。

但即刻又有一点不小的问题:为什么不就到"武器的艺术"呢?,

这也很像"有产者差来的苏秦的游说"但当现在"无产者未曾从有产者意识解放以前",这问题是总须起来的,不尽是资产阶级的退兵或反攻的毒计。因为这极彻底而勇猛的主张,同时即含有可疑的萌芽了。那解答只好是这样:

因为那边正有"武器的艺术",所以这边只能"艺术的武器"。

这艺术的武器,实在不过是不得已,是从无抵抗的幻影脱出,坠入纸战斗的新梦里去了。但革命的艺术家,也只能以此维持自己的勇气,他只能这样。倘他牺牲了他的艺术,去使理论成为事实,就要怕不成其为革命的艺术家。因此必然的应该坐在无产阶级的阵营中,等待"武器的铁和火"出现。这出现之际,同时拿出"武器的艺术"来。倘那时铁和火的革命者已有一个"闲暇",能静听他们自叙的功勋,那也就成为一样的战士了。最后的胜利。然而文艺是还是批判不清的,因为社会有许多层,有先进国的史实在;要取目前的例,则《文化批判》已经拖住 Upton Sinclair,《创造月刊》也背了 Viguy 在"开步走"了。

倘使那时不说"不革命便是反革命",革命的迟滞是"语丝派"之所为,给人家扫地也还可以得到半块面包吃,我便将于八时间工作之暇,坐在黑房里,续钞我的《小说旧闻钞》,有几国的文艺也还是要谈的,因为我喜欢。所怕的只是成仿吾们真像符拉特弥尔·伊力支一般，居然"获得大众"；那么，他们大约更要飞跃又飞跃，连我也会升到贵族或皇帝阶级里，至少也总得充军到北极圈内去了。译著的书都禁止，自然不待言。

不远总有一个大时代要到来。现在创造派的革命文学家和无产阶级作家虽然不得已而玩着"艺术的武器"，而有着"武器的艺术"的非革命文学家也玩起这玩意儿来了，有几种笑眯眯的期刊便是这。他们自己也不大相信手里的"武器的艺术"了罢。那么，这一种最高的艺术——"武器的艺术"现在究竟落在谁的手里了呢？只要寻得到，便知道中国的最近的将来。

二月二十三日，上海。

情境赏析

本文常引对手的文句，语多反讽，如不了解论战背景，怕不易于明白其中含意。故对来龙去脉，需略作介绍。鲁迅于1927年10月抵达上海，不再教书，专事写作，原拟联合创造社，向旧的社会势力展开进攻，而且于12月间与郭沫若、蒋光慈、冯乃超等共同发表了《创造周刊》复刊广告，以示协作之意。但不久，创造社吸收了一些新进分子，宣布转向，声称他们"获得大众"，提倡"无产阶级的革命文学"。与他们共同从事这项新的文学运动的是蒋光慈、钱杏邨等人新成立的太阳社。创造社早期主张表现自我的艺术，而鄙薄反映现实的作品，他们的批评家成仿吾曾以庸俗的罪名否定了鲁迅的大部分小说创作；现在他们又将主要矛头对准鲁迅，说他是有闲阶级——即小资产阶级和资产阶级的代表，而且因为鲁迅生长于酒乡绍兴，还说他"是常从幽暗的酒家的楼头，醉眼陶然地眺望窗外的人生"。鲁迅起而应战，遂形成了1928年的"革命文学"论争。本文的题目，即从对方"醉眼陶然"的批评而来。与"醉眼蒙眬"的成语反一调，而是说在"醉眼"中看见了朦胧。而且认为，这朦胧的发祥地，"也还在那有人爱,也有人憎的官僚和军阀。"这就是说,那些文学家们无论说得如何好听,其实是既不敢得罪现在的权力者——他们鄙薄托尔斯泰式的人道主义,但在"杀人如草不闻声"的时候,连人道主义式的抗议也没有;但也不愿得罪将来可能获得权力的工农大众,所以笔下都留着些朦胧。而且,鲁迅还将创造社对"革命文学"的提倡,看得和20世纪以来此兴彼衰的各类主义的出现一样,认为都是文艺家们为"防着自己的没落,如漂浮在大海里一般,拼命向各处抓攫"的结果。所以他对于这种"革命文学"理论,是不大相信的,在此后的一些论战文章里,多有所驳难。

革命咖啡店

这是鲁迅对当时评论对他指责的回应。后来"革命咖啡店"成为文学中出现的一个常见场景。

革命咖啡店的革命底广告式文字,昨天在报章上看到了,仗着第四个"有闲",先抄一段在下面:

"……但是读者们,我却发现了这样一家我们所理想的乐园,我一共去了两次,我在那里遇见了我们今日文艺界上的名人,龚冰庐、鲁迅、郁达夫等。并且认识了孟超、潘汉年、叶灵凤等,他们有的在那里高谈着他们的主张,有的在那里默默沉思,我在那里领会到不少教益呢……"

遥想洋楼高耸,前临阔街,门口是晶光闪烁的玻璃招牌,楼上是"我们今日文艺界上的名人",或则高谈,或则沉思,面前是一大杯热气蒸腾的无产阶级咖啡,远处是许许多多"龌龊的农工大众",他们喝着,想着,谈着,指导着,获得着,那是,倒也实在是"理想的乐园"。

何况既喝咖啡,又领"教益"呢?上海滩上,一举两得的买卖本来多。大如弄几本杂志,便算革命;小如买多少钱书籍,即赠送真丝光袜或请吃冰淇淋——虽然我至今还猜不透那些惠顾的人们,究竟是意在看书呢,还是要穿丝光袜。至于咖啡店,先前只听说不过可以兼看舞女、使女,"以饱眼福"罢了。谁料这回竟是"名人",给人"教益",还演"高谈""沉思"种种好玩的把戏,那简直是现实的乐园了。

但我又有几句声明——

就是：这样的咖啡店里，我没有上去过，那一位作者所"遇见"的，又是别一人。因为：一、我是不喝咖啡的，我总觉得这是洋大人所喝的东西（但这也许是我的"时代错误"），不喜欢，还是绿茶好。二、我要抄"小说旧闻"之类，无暇享受这样乐园的清福。三、这样的乐园，我是不敢上去的，革命文学家，要年轻貌美，齿白唇红，如潘汉年叶灵凤辈，这才是天生的文豪，乐园的材料；如我者，在《战线》上就宣布过一条"满口黄牙"的罪状，到那里去高谈，岂不亵渎了"无产阶级文学"吗？还有四，则即使我要上去，也怕走不到，至多，只能在店后门远处彷徨彷徨，嗅嗅咖啡渣的气息罢了。你看这里面不很有些在前线的文豪么，我却是"落伍者"，决不会坐在一屋子里的。

以上都是真话。叶灵凤革命艺术家曾经画过我的像，说是躲在酒坛的后面。这事的然否我不谈。现在所要声明的，只是这乐园中我没有去，也不想去，并非躲在咖啡杯后面在骗人。

杭州另外有一个鲁迅时，我登了一篇启事，"革命文学家"就挖苦了。但现在仍要自己出手来做一回，一者因为我不是咖啡，不愿意在革命店里做装点；二是我没有创造社那么阔，有一点事就一个律师，两个律师。

八月十日。

柔石作《二月》小引

鲁迅早年信奉进化论，认为将来必胜于过去，青年人必胜于老年人，因此对青年人一直尊重提携，柔石就是其中被提携的青年之一。

冲锋的战士，天真的孤儿，年轻的寡妇，热情的女人，各有主义的新式公子们，死气沉沉而交头接耳的旧社会，倒也并非如蜘蛛张网，专一在待飞翔的游人，但在寻求安静的青年的眼中，却化为不安的大苦痛。这大苦痛，便是社会的可怜的椒盐，和战士孤儿等辈一同，给无聊的社会一些味道，使他们无聊地持续下去。

浊浪在拍岸，站在山冈上者和飞沫不相干，弄潮儿则于涛头且不在意，唯有衣履尚整，徘徊海滨的人，一溅水花，便觉得有所沾湿，狼狈起来。这从上述的两类人们看来，是都觉得诧异的。但我们书中的青年萧君，便正落在这境遇里。他极想有为，怀着热爱，而有所顾惜，过于矜持，终于连安住几年之处，也不可得。他其实并不能成为一小齿轮，跟着大齿轮转动，他仅是外来的一粒石子，所以轧了几下，发几声响，便被挤到女佛山——上海去了。

他幸而还坚硬，没有变成润泽齿轮的油。

但是，瞿昙（释迦牟尼）从夜半醒来，目睹宫女们睡态之丑，于是慨然出家，而霍善斯坦因以为是醉饱后的呕吐。那么，萧君的决心遁走，恐怕是胃弱而禁食的了，虽然我还无从明白其前因，是由于气质的本然，还是战后的暂时的劳顿。

我从作者用了工妙的技术所写成的草稿上，看见了近代青年中这样的一种典型，周遭的人物，也都生动，便写下一些印象，算是序文。大概明敏的读者，所得必当更多于我，而且由读时所生的诧异或同感，照见自己的姿态的罢？那实在是很有意义的。

一九二九年八月二十日，鲁迅记于上海。

情境赏析

　　鲁迅肯定柔石的《二月》，是因为它如实地描写出现实生活的一个方面，使他"看见了近代青年中这样的一个典型"。这与他早先在《论睁了眼看》里对新文艺所提的要求是一致的。

名家点评

　　《二月》是柔石对中国知识分子道路思考的结晶，从"五四"退潮下来的萧涧秋在芙蓉镇的短短经历，证明了在强大的中国封建主义习惯势力面前，个人奋斗、人道主义理想的碰壁。

——钱理群、温儒敏、吴福辉

流氓的变迁

> 文章从一个独特的角度切入历史，对古代流氓的揭露批判是手段，对现代流氓的揭露批判才是目的。见解独到而深刻。

孔墨都不满于现状，要加以改革，但那第一步，是在说动人主，而那用以压服人主的家伙，则都是"天孔子之徒为儒，墨子之徒为侠。"儒者，柔也"，当然不会危险的。唯侠老实，所以墨者的末流，至于以"死"为终极的目的。到后来，真老实的逐渐死完，只留下取巧的侠，汉的大侠，就已和公侯权贵相馈赠，以备危急时来作护符之用了。

司马迁说："儒以文乱法，而侠以武犯禁"，"乱"之和"犯"，绝不是"叛"，不过闹点小乱子而已，而况有权贵如"五侯"者在。

"侠"字渐消，强盗起了，但也是侠之流，他们的旗帜是"替天行道"。他们所反对的是奸臣，不是天子，他们所打劫的是平民，不是将相。李逵劫法场时，抡起板斧来排头砍去，而所砍的是看客。一部《水浒》，说得很分明：因为不反对天子，所以大军一到，便受招安，替国家打别的强盗——不"替天行道"的强盗去了。终于是奴才。

满洲入关，中国渐被压服了，连有"侠气"的人，也不敢再起盗心，不敢指斥奸臣，不敢直接为天子效力，于是跟一个好官员或钦差大臣，给他保镖，替他捕盗，一部《施公案》，也说得很分明，还有《彭公案》、《七侠五义》之流，至今没有穷尽。他们出身清白，连先前也并无坏处，虽在钦差之下，究居平民之上，对一方面固然必须听命，对别方面还是大可逞雄，安全之度增多了，奴性也跟着加足。

然而为盗要被官兵所打，捕盗也要被强盗所打，要十分安全的侠客，是觉得都不妥当的，于是有流氓。和尚喝酒他来打，男女通奸他来捉，私娼私贩他来凌辱，为的是维持风化；乡下人不懂租界章程他来欺侮，为的是看不起无知；剪发女人他来嘲骂，社会改革者他来憎恶，为的是宝爱秩序。但后面是传统的靠山，对手又都非浩荡的强敌，他就在其间横行过去。现在的小说，还没有写出这一种典型的书，唯《九尾龟》中的章秋谷，以为他给妓女吃苦，是因为她要敲人们竹杠，所以给以惩罚之类的叙述，约略近之。

由现状再降下去，大概这一流人将成为文艺书中的主角了，我在等候"革命文学家"张资平"氏"的近作。

▎情境赏析▎

各色人等的产生，都离不开相应的社会条件，侠、盗、保镖、流氓的出现，也总有一定的社会根源。鲁迅在短短的文章中指出了"侠"的文化传统在不同社会的演变形存，直至后来走向反面。这种历史分析的方法可以让我们透过抽象词语，看到事物的本质。比如《水浒传》，人们看到的是"替天行道"的旗号和"侠义行为"的标榜，而大加赞赏，鲁迅则从这些文字背后，看到他们只反贪官不反皇帝，打劫平民滥杀看客，最后"受招安，替国家打别的强盗"了。再如对侠义公案小说的分析，虽是点到为止，但对那里"大侠"、"义士"的嘲讽至今对人们仍有其参考作用。由侠变为流氓，变化的角度虽大，但细寻其中的线索，便可了解内在的原委。

▎名家点评▎

我一直忘不掉的文章之一，是鲁迅写于1930年年初、题为《流氓的变迁》的杂文。专家们大概会告诉我们，那是讽刺新月派或是别的帮闲的文字。不过，我记得这篇文章却不仅为此。鲁迅的这篇不足千字的短文概述的是中国的流氓变迁的历史。在这篇文章中，鲁迅将中国的文人归结为"儒"与"侠"，用司马迁的话说，"儒以文乱法，而侠以武犯禁"，而在鲁迅看来，这两者都不过是"乱"与"犯"，绝不是"叛"，不过是闹点小乱子而已。更可怕的是，真正的侠者已死，留下的不过是些取巧的"侠"，鲁迅评论《水浒传》、《施公案》、《彭公案》、《七侠五义》的要害，也都在这些"侠"们悄悄地靠近权势，却"对别方面还是大可逞雄，安全之度增多了，奴性也跟着十足。"他们维持风化，教育无知，宝爱秩序，因此而成为正人君子、圣哲贤人，一派宁静而慈祥。说透了，却不过是得了便宜卖乖罢了——这就是鲁迅所说的帮忙与帮闲。

——汪晖

《二心集》

  《二心集》是鲁迅1930年至1931年所作杂文的结集。收杂文37篇,末附《现代电影与有产阶级》译文1篇,并1932年4月30日编讫时所作《序言》1篇。除《序言》和《做古文和做好人的秘诀》、《黑暗中国的文艺界的现状》、《〈野草〉英文译本序》之外,其余各篇曾在《萌芽》、《中学生》、《前哨》、《文艺新闻》、《文学导报》、《十字街头》、《北斗》等报刊上发表,1932年10月由上海合作书店出版。出版不久被国民党政府禁止。

  本书所收,主要是反对国民党反动派文化"围剿",以及批判法西斯主义的"民族主义文学"派和梁实秋等人的文艺理论的杂文。还有一些杂文,是关于革命文学运动和批评左翼、文艺运动中错误倾向的。鲁迅对这本杂文集比较满意,在给友人的信里多次提及。

  在《二心集·序言》中,鲁迅曾对书名做过说明,1930年5月7日,《民国日报》刊载了《文坛王的贰臣传》一文,文中描绘了鲁迅既受反动文人的攻击,又受"左联"内部宗派主义者指责的处境,对鲁迅先生进行了恶毒的讽刺和攻击。对此,鲁迅先生进行了有力的回击,并反其意而为之,干脆把自己编成的文集命名为《二心集》,表明了自己对反对统治者怀有"二心",与他们势不两立的决心和勇气。

  本文收集了《对于左翼作家联盟的意见》、《宣传与做戏》、《柔石小传》、《中华民国的新"堂吉诃德"们》、《以脚报国》五篇文章。

对于左翼作家联盟的意见

> 这是鲁迅在上海"左联"成立大会上的讲话，也是一篇很重要的反左文章，理论性很强。他抓住了左翼作家的缺点，指出了今后工作应该注意的问题，深刻而富于警醒力。

有许多事情，有人在先已经讲得很详细了，我不必再说。我以为在现在，"左翼"作家是很容易成为"右翼"作家的。为什么呢？第一，倘若不和实际的社会斗争接触，单关在玻璃窗内做文章，研究问题，那是无论怎样的激烈，"左"，都是容易办到的；然而一碰到实际，便即刻要撞碎了。关在房子里，最容易高谈彻底的主义，然而也最容易"右倾"。西洋的叫做"Salon 的社会主义者"，便是指这而言。"Salon"是客厅的意思，坐在客厅里谈谈社会主义，高雅得很，漂亮得很，然而并不想到实行的。这种社会主义者，毫不足靠。并且在现在，不带点广义的社会主义的思想的作家或艺术家，就是说工农大众应该做奴隶，应该被虐杀，被剥削的这样的作家或艺术家，是差不多没有了，除非墨索里尼，但墨索里尼并没有写过文艺作品。（当然，这样的作家，也还不能说完全没有，例如中国的新月派诸文学家，以及所说的墨索里尼所宠爱的邓南遮便是。）

第二，倘不明白革命的实际情形，也容易变成"右翼"。革命是痛苦，其中也必然混有污秽和血，绝不是如诗人所想

> Salon：英语，音译为沙龙，原意是客厅。17世纪，法国的文人、学者多聚集于贵族、资产阶级的客厅谈论文学和时事。后来，沙龙就演变成贵族及资产阶级文人、绅士高谈阔论的俱乐部。

象的那般有趣，那般完美；革命尤其是现实的事，需要各种卑贱的，麻烦的工作，决不如诗人所想象的那般浪漫；革命当然有破坏，然而更需要建设，破坏是痛快的，但建设却是麻烦的事。所以对于革命抱着浪漫谛克的幻想的人，一和革命接近，一到革命进行，便容易失望。听说俄国的诗人叶遂宁，当初也非常欢迎十月革命，当时他叫道，"万岁，天上和地上的革命！"又说"我是一个布尔塞维克了！"。然而一到革命后，实际上的情形，完全不是他所想像的那么一回事，终于失望，颓废。叶遂宁后来是自杀了的，听说这失望是他的自杀的原因之一。又如毕力涅克和爱伦堡，也都是例子。在我们辛亥革命时也有同样的例，那时有许多文人，例如属于"南社"的人们，开初大抵是很革命的，但他们抱着一种幻想，以为只要将满洲人赶出去，便一切都恢复了"汉宫威仪"，人们都穿大袖的衣服，峨冠博带，大步地在街上走。谁知赶走满清皇帝以后，民国成立，情形却全不同，所以他们便失望，以后有些人甚至成为新的运动的反动者。但是，我们如果不明白革命的实际情形，也容易和他们一样的。

还有，以为诗人或文学家高于一切人，他的工作比一切工作都高贵，也是不正确的观念。举例说，从前海涅以为诗人最高贵，而上帝最公平，诗人在死后，便到上帝那里去，围着上帝坐着，上帝请他吃糖果。在现在，上帝请吃糖果的事，是当然无人相信的了，但以为诗人或文学家，现在为劳动大众革命，将来革命成功，劳动阶级一定从丰报酬，特别优待，请他坐特等车，吃特等饭，或者劳动者捧着牛油面包来献他，说，"我们的诗人，请用吧！"这也是不正确的；因为实际上决不会有这种事，恐怕那时比现在还要苦，不但没有牛油面包，连黑面包都没有也说不定，俄国革命后一二年的情形便是例子。如果不明白这情形，也容易变成"右翼"。

> 在这方面，鲁迅是言行一致的，他那种"俯首甘为孺子牛"的精神，给人留下了难忘的印象。

事实上，劳动者大众，只要不是梁实秋所说"有出息"者，也决不会特别看重知识阶级者的，如我所译的《溃灭》中的美谛克（知识阶级出身），反而常被矿工等所嘲笑。不待说，知识阶级有知识阶级的事要做，不应特别看轻，然而劳动阶级决无特别例外地优待诗人或文学家的义务。

现在，我说一说我们今后应注意的几点。

第一，对于旧社会和旧势力的斗争，必须坚决，持久不断，而且注重实力。旧社会的根柢原是非常坚固的，新运动非有更大的力不能动摇它什么。并且旧社会还有它使新势力妥协的好办法，但它自己是决不妥协的。在中国也有过许多新的运动了，却每次都是新的敌不过旧的，那原因大抵是在新的一面没有坚决的广大的目的，要求很小，容易满足。譬如白话文运动，当初旧社会是死力抵抗的，但不久便容许白话文底存在，给它一点可怜地位，在报纸的角头等地方可以看见用白话写的文章了，这是因为在旧社会看来，新的东西并没有什么，并不可怕，所以就让它存在，而新的一面也就满足，以为白话文已得到存在权了。又如一二年来的无产文学运动，也差不多一样，旧社会也容许无产文学，因为无产文学并不厉害，反而他们也来弄无产文学，拿去做装饰，仿佛在客厅里放着许多古董磁器以外，放一个工人用的粗碗，也很别致；而无产文学者呢，他已经在文坛上有个小地位，稿子已经卖得出去了，不必再斗争，批评家也唱着凯旋歌："无产文学胜利！"但除了个人的胜利，即以无产文学而论，究竟胜利了多少？况且无产文学，是无产阶级解放斗争底一翼，它跟着无产阶级的社会的势力的成长而成长，在无产阶级的社会地位很低的时候，无产文学的文坛地位反而很高，这只是证明无产文学者离开了无产阶级，回到旧社会去罢了。

第二，我以为战线应该扩大。在前年和去年，文学上的

根柢(dǐ)：①草木的根。②比喻事物的根基，基础。

磁器：即瓷器。

战争是有的,但那范围实在太小,一切旧文学旧思想都不为新派的人所注意,反而弄成了在一角里新文学者和新文学者的斗争,旧派的人倒能够闲舒地在旁边观战。

　　第三,我们应当造出大群的新的战士。因为现在人手实在太少了,譬如我们有好几种杂志,单行本的书也出版得不少,但做文章的总同是这几个人,所以内容就不能不单薄。一个人做事不专,这样弄一点,那样弄一点,既要翻译,又要做小说,还要做批评,并且也要做诗,这怎么弄得好呢?这都因为人太少的缘故,如果人多了,则翻译的可以专翻译,创作的可以专创作,批评的专批评;对敌人应战,也军势雄厚,容易克服。关于这点,我可带便地说一件事。前年创造社和太阳社向我进攻的时候,那力量实在单薄,到后来连我都觉得有点无聊,没有意思反攻了,因为我后来看出了敌军在演"空城计"。那时候我的敌军是专事于吹擂,不务于招兵练将的;攻击我的文章当然很多,然而一看就知道都是化名,骂来骂去都是同样的几句话。我那时就等待有一个能操马克斯主义批评的枪法的人来狙击我的,然而他终于没有出现。在我倒是一向就注意新的青年战士底养成的,曾经弄过好几个文学团体,不过效果也很小。但我们今后却必须注意这点。

　　我们急于要造出大群的新的战士,但同时,在文学战线上的人还要"韧"。所谓韧,就是不要像前清做八股文的"敲门砖"似的办法。前清的八股文,原是"进学"做官的工具,只要能做"起承转合",借以进了"秀才举人",便可丢掉八股文,一生中再也用不到它了,所以叫做"敲门砖",犹之用一块砖敲门,门一敲进,砖就可抛弃了,不必再将它带在身边。这种办法,直到现在,也还有许多人在使用,我们常常看见有些人出了一二本诗集或小说集以后,他们便永远不见了,到那里去了呢?是因为出了一本或二本书,有了一点小

马克斯主义:即马克思主义。

进学:按明、清科举制度,童生经过县考初试,府考复试再参加由学政主持的院试,考取的列名府、县学,叫"进学",也就成为"秀才"。

> 功成名遂：功绩建立了，名声也有了。遂：成就。

名或大名，得到了教授或别的什么位置，功成名遂，不必再写诗写小说了，所以永远不见了。这样，所以在中国无论文学或科学都没有东西，然而在我们是要有东西的，因为这于我们有用。（卢那卡尔斯基是甚至主张保存俄国的农民美术，因为可以造出来卖给外国人，在经济上有帮助。我以为如果我们文学或科学上有东西拿得出去给别人，则甚至于脱离帝国主义的压迫的政治运动上也有帮助。）但要在文化上有成绩，则非韧不可。

最后，我以为联合战线是以有共同目的为必要条件的。我记得好像曾听到过这样一句话："反动派且已经有联合战线了，而我们还没有团结起来！"其实他们也并未有有意的联合战线，只因为他们的目的相同，所以行动就一致，在我们看来就好像联合战线。而我们战线不能统一，就证明我们的目的不能一致，或者只为了小团体，或者还其实只为了个人，如果目的都在工农大众，那当然战线也就统一了。

情境赏析

毛泽东曾说，"一篇文章或一篇演讲，如果是重要的带指导性质的，总得提出一个什么问题，接着加以分析，然后综合起来，指明问题的性质，给以解决的方法。"鲁迅这篇演讲便是提出问题、分析问题和解决问题的范例。他首先提出了"左翼"作家很容易成为"右翼"作家，接着加以分析原因，之后又从历史事实印证现实发展的趋势，令人信服地说明了自己提出的命题，这些曾经的历史问题的分析至今仍有着积极的警醒作用。

名家点评

鲁迅的《对于左翼作家联盟的意见》和瞿秋白的《〈鲁迅杂感选集〉序言》是当时两篇重要的理论批评论文。前者结合国际革命文学的经验教训，分析中国革命文学队伍的状况和不足，强调作家必须参加实际斗争，对于革命文学运动的实践具有深远的意义。后者联系近代中国文化思想界的变迁，论述鲁迅世界观的发展和他对于革命文化运动的贡献，突出了作为思想家的鲁迅和他的杂文的地位和意义，开拓了鲁迅研究的领域。

——田汉

宣传与做戏

中国一向缺少务实精神，宣传上也以夸张说谎为手段，也就是所谓的"做戏"，鲁迅对此进行了深刻的论述。

就是那刚刚说过的日本人，他们做文章论及中国的国民性的时候，内中往往有一条叫做"善于宣传"。看他的说明，这"宣传"两字却又不像是平常的"Propaganda"，而是"对外说谎"的意思。

这宗话，影子是有一点的。譬如罢，教育经费用光了，却还要开几个学堂，装装门面；全国的人们十之九不识字，然而总得请几位博士，使他对西洋人去讲中国的精神文明；至今还是随便拷问，随便杀头，一面却总支撑维持着几个洋式的"模范监狱"，给外国人看看。还有，离前敌很远的将军，他偏要大打电报，说要"为国捐躯"。连体操班也不愿意上的学生少爷，他偏要穿上军装，说是"灭此朝食"。

不过，这些究竟还有一点影子；究竟还有几个学堂，几个博士，几个模范监狱，几个通电，几套军装。所以说是"说谎"，是不对的。这就是我之所谓"做戏"。

但这普遍的做戏，却比真的做戏还要坏。真的做戏，是只有一时；戏子做完戏，也就恢复为平常状态的。杨小楼做《单刀赴会》，梅兰芳做《黛玉葬花》，只有在戏台上的时候是关云长，是林黛玉，下台就成了普通人，所以并没有大弊。倘使他们扮演一回之后，就永远提着青龙偃月刀或锄头，以关老爷，林妹妹自命，怪声怪气，唱来唱去，那就实在只好算是发热昏了。

不幸因为是"天地大戏场"，可以普遍的做戏者，就很难有下台的时候，例如杨缦华女士用自己的天足，踢破小国比利时女人的"中国女人缠足说"，为面子起见，用权术来解围，这还可以说是很该原谅的。但我以为应该这样就拉倒。现在回到寓里，做成文章，这就是进了后台还不肯放下青龙偃月刀；而且又将那文章送到中国的《申报》上来发表，则简直是提着青龙偃月刀一路唱回自己的家里来了。难道作者真已忘记了中国女人曾经缠脚，至今也还有正在缠脚的么？还是以为中国人都已经自己催眠，觉得全国女人都已穿了高跟皮鞋了呢？

这不过是一个例子罢了，相像的还多得很，但恐怕不久天也就要亮了。

柔石小传

1928年柔石由朋友引领认识了鲁迅先生,此后柔石生命便发生了重大转折。鲁迅给予了柔石无私的关怀和指导,并与其合办《朝花》杂志,出版《近代木刻选集》等,感情亲如家人。1931年,柔石等人被国民党杀害,鲁迅闻知柔石牺牲,彻夜不眠,悲愤写下了那首"惯于长夜过春时"的著名的诗,之后又为柔石写下此篇小传。

柔石,原名平复,姓赵,以一九〇一年生于浙江省台州宁海县的市门头。前几代都是读书的,到他的父亲,家景已不能支,只好去营小小的商业,所以他直到十岁,这才能入小学。一九一七年赴杭州,入第一师范学校;一面为杭州晨光社之一员,从事新文学运动。毕业后,在慈溪等处为小学教师,且从事创作,有短篇小说集《疯人》一本,即在宁波出版,是为柔石作品印行之始。一九二三年赴北京,为北京大学旁听生。

回乡后,于一九二五年春,为镇海中学校务主任,抵抗北洋军阀的压迫甚力。秋,咯血,但仍力助宁海青年,创办宁海中学,至次年,竟得募集款项,造成校舍;一面又任教育局局长,改革全县的教育。

一九二八年四月,乡村发生暴动。失败后,到处反动,较新的全被摧毁,宁海中学既遭解散,柔石也单身出走,寓居上海,研究文艺。十二月为《语丝》编辑,又与友人设立朝华社,于创作之外,并致力于介绍外国文艺,尤其是北欧,东欧的文学与版画,出版的有《朝华》周刊二十期,旬刊十二期,及《艺苑朝华》五本。后因代售者不付书价,力不能支,遂中止。

一九三〇年春,自由运动大同盟发动,柔石为发起人之一;不久,左翼作家联盟成立，他也为基本构成员之一，尽力于普罗文学运动。先被选为执行委员，次任常务委员编辑部主任；五月间，以左联代表的资格，参加全国苏维埃区域代表大会，毕后，作《一个伟大的印象》一篇。

一九三一年一月十七日被捕，由巡捕房经特别法庭移交龙华警备司令部，二月七日晚，被秘密枪决，身中十弹。

柔石有子二人，女一人，皆幼。文学上的成绩，创作有诗剧《人间的喜剧》，未印，小说《旧时代之死》、《三姊妹》、《二月》、《希望》，翻译有卢那卡尔斯基的《浮士德与城》，戈理基的《阿尔泰莫诺夫氏之事业》及《丹麦短篇小说集》等。

中华民国的新"堂吉诃德"们

> "堂吉诃德"是活在自己幻想中的人物，直到最后才觉悟到自己是个普通人。而所谓中华民国的新的堂吉诃德们，则是在做戏，但可悲的是，还得到了舆论的普遍赞扬。

十六世纪末尾的时候，西班牙的文人西万提斯做了一大部小说叫做《堂吉诃德》，说这位吉先生，看武侠小说看呆了，硬要去学古代的游侠，穿一身破甲，骑一匹瘦马，带一个跟丁，游来游去，想斩妖服怪，除暴安良。谁知当时已不是那么古气盎然的时候了，因此只落得闹了许多笑话，吃了许多苦头，终于上个大当，受了重伤，狼狈回来，死在家里，临死才知道自己不过一个平常人，并不是什么大侠客。

这一个古典，去年在中国曾经很被引用了一回，受到这个谥法的名人，似乎还有点很不高兴的样子。其实是，这种书呆子，乃是西班牙书呆子，向来爱讲"中庸"的中国，是不会有的。西班牙人讲恋爱，就天天到女人窗下去唱歌，信旧教，就烧杀异端，一革命，就捣烂教堂，踢出皇帝。然而我们中国的文人学子，不是总说女人先来引诱他，诸教同源，保存庙产，宣统在革命之后，还许他许多年在宫里做皇帝吗？

记得先前的报章上，发表过几个店家的小伙计，看剑侠小说入了迷，忽然要到武当山去学道的事，这倒很和"堂吉诃德"相像的。但此后便看不见一点后文，不知道是也做出了许多奇迹，还是不久就又回到家里去了？以"中庸"的老例推测起来，大约以回了家为合式。

这以后的中国式的"堂吉诃德"的出现，是"青年援马团"。不是兵，他们偏要上战场；政府要诉诸国联，他们偏要自己动手；政府不准去，他们偏要去；中国现在总算有一点铁路了，他们偏要一步一步的走过去；北方是冷的，他们偏只穿件夹袄；打仗的时候，兵器是顶要紧的，他们偏只着重精神。这一切等等，确是十分"堂吉诃德"的了。然而究竟是中国的"堂吉诃德"，所以他只一个，他们是一团；送他的是嘲笑，送他们的是欢呼；迎他的是诧异，而迎他们的也是欢呼；他驻扎在深山中，他们驻扎在真茹镇；他在磨坊里打风磨，他们在常州玩梳篦，又见美女，何幸如之（见十二月《申报》《自由谈》）。其苦乐之不同，有如此者，呜呼！

不错，中外古今的小说太多了，里面有"舆榇"，有"截指"，有"哭秦庭"，有"对天立誓"。耳濡目染，诚然也不免来抬棺材，砍指头，哭孙陵，宣誓出发的。然而五四运动时胡适之博士讲文学革命的时候，就已经要"不用古典"，现在在行为上，似乎更可以不用了。

讲二十世纪战事的小说，旧一点的有雷马克的《西线无战事》，棱的《战争》，新一点的有绥拉菲摩维支的《铁流》，法捷耶夫的《毁灭》，里面都没有这样的"青年团"，所以他们都实在打了仗。

以脚报国

> 不肯承认本国的缺点，千方百计地用种种假话去糊弄别人，自以为保住了面子，维护了国威，实则是自欺欺人。本文借报上所登的一篇《游欧杂感》所提供的事例，剖析出对外交往中自欺欺人的通病，值得注意。

今年八月三十一日《申报》的《自由谈》里，又看见了署名"寄萍"的《杨缦华女士游欧杂感》，其中的一段，我觉得很有趣，就照抄在下面：

"……有一天我们到比利时一个乡村里去。许多女人争着来看我的脚。我伸起脚来给伊们看。才平服伊们好奇的疑窦。一位女人说。'我们也向来不曾见过中国人。但从小就听说中国人是有尾巴的（即辫发）。都要讨姨太太的。女人都是小脚。跑起路来一摇一摆的。如今才明白这话不确实。请原谅我们的错念。'还有一人自以为熟悉东亚情形的。带着讥笑的态度说。'中国的军阀如何专横。到处闹的是兵匪。人民过着地狱的生活。'这种似是而非的话。说了一大堆。我说'此种传说。全无根据。'同行的某君，也报以很滑稽的话：'我看你们那里会知道立国数千年的大中华民国。等我们革命成功之后。简直要把显微镜来照你们比利时呢。'就此一笑而散。"

我们的杨女士虽然用她的尊脚征服了比利时女人，为国增光，但也有两点"错念"。其一，是我们中国人的确有过尾巴（即辫发）的，缠过小脚的，讨过姨太太的，虽现在也在讨。其二，是杨女士的脚不能代表一切中国女人的脚，正如留学的女生不能代表一切中国的女性一般。留学生大多数是家里有钱，或由政府派遣，为的是将来给家族或国家增光，贫穷和受不到教育的女人怎么能同日而语。所以，虽在现在，其实是缠着小脚，"跑起路来一摇一摆的"女人还不少。

至于困苦，那是用不着多谈，只要看同一的《申报》上，记载着多少"呼吁和平"的文电，多少募集急赈的广告，多少兵变和绑票的记事，留学外国的少爷小姐们虽然相隔太远，可以说不知道，但既然能想到用显微镜，难道就不能想到用望远镜吗？况且又何必用望远镜呢，同一的《杨缦华女士游欧杂感》里就又说：

"……据说使领馆的穷困。不自今日始。不过近几年来。有每况愈下之势。譬如逢到我国国庆或是重大纪念日。照例须招待外宾。举行盛典。意思是庆祝国运方兴。兼之联络各友邦的感情。以前使领馆必备盛宴。款待上宾。到了去年。为馆费支绌。改行茶会。以目前的形势推测。将后恐怕连茶会都开不成呢。在国际上最讲究体面的。要算日本国。他们政府行政费的预算。宁可特别节省。唯独于驻外使领馆的经费。十分充足。单就这一点来比较。我们已相形见绌了。"

使馆和领事馆是代表本国，如杨女士所说，要"庆祝国运方兴"的，而竟有"每况愈下之势"，孟子曰，"百姓不足，君孰与足？"则人民的过着什么生活，也就可想而知了。然而小国比利时的女人们究竟是单纯的，终于请了原谅，假使她们真"知道立国数千年的大中华民国"的国民，往往有自欺欺人的不治之症，那可真是没有面子了。

假如这样，又怎么办呢？我想，也还是"就此一笑而散"罢。

《伪自由书》

　　《伪自由书》是鲁迅先生1933年1月至5月所作杂文的集子，共收文43篇，1933年10月由上海北新书局以"青光书局"的名义出版。1936年11月曾由上海联华书局改名为《不三不四集》印行一版。此后印行版本与初版相同。

　　书中《王道诗话》、《伸冤》、《曲的解放》、《迎头经》、《出卖灵魂的秘诀》、《最艺术的国家》、《内外》、《透底》、《大观园的人才》诸篇，为瞿秋白所作，其中有的是根据鲁迅的意见或与鲁迅交换意见后写成的。鲁迅对这些文章曾做过字句上的改动，有的改换了题目，请人誊抄后，以自己使用的笔名寄给《申报·自由谈》等报刊发表，后又将其收入本杂文集。

　　对于这本杂文集，鲁迅在《前记》里说："这些短评，有的由于个人的感触，有的则出于时事的刺激，但意思都极平常，说话也往往很晦涩，我知道《自由谈》并非同人杂志，'自由'更当然不过是一句反话，我决不想在这上面去驰骋的。"由此，我们可以看出《伪自由书》的由来，这是对国民党钳制人民言论自由的嘲讽。由于当时文网森严，笔墨自不免趋向隐晦，文笔虽曲折但仍不失其犀利。

　　本文收录了《观斗》、《逃的辩护》、《从幽默到正经》、《最艺术的国家》、《现代史》、《中国人的生命圈》、《文章与题目》七篇文章。

> 中国人总喜欢说自己爱好和平，但鲁迅却从生活的事实中看出，中国人其实是好斗的。而且中国还有很多鲁迅所谓的"看客"捧场。从这种对好斗性格的剖析中，我们是否可以找出一点斗争哲学的国民性根源？

观 斗

我们中国人总喜欢说自己爱和平，但其实，是爱斗争的，爱看别的东西斗争，也爱看自己们斗争。

最普通的是斗鸡，斗蟋蟀，南方有斗黄头鸟，斗画眉鸟，北方有斗鹌鹑，一群闲人们围着呆看，还因此赌输赢。古时候有斗鱼，现在变把戏的会使跳蚤打架。看今年的《东方杂志》，才知道金华又有斗牛，不过和西班牙却两样的，西班牙是人和牛斗，我们是使牛和牛斗。

任他们斗争着，自己不与斗，只是看。

军阀们只管自己斗争着，人民不与闻，只是看。

然而军阀们也不是自己亲身在斗争，是使兵士们相斗争，所以频年恶战，而头儿个个终于是好好的，忽而误会消释了，忽而杯酒言欢了，忽而共同御侮了，忽而立誓报国了，忽而……不消说，忽而自然不免又打起来了。

然而人民一任他们玩把戏，只是看。

但我们的斗士，只有对于外敌却是两样的：近的，是"不抵抗"，远的，是"负弩前驱"云。

"不抵抗"在字面上已经说得明明白白。"负弩前驱"呢，弩机的制度早已失传了,必须待考古学家研究出来,制造起来,然后能够负,然后能够前驱。

还是留着国产的兵士和现买的军火,自己斗争下去罢。中国的人口多得很,暂时总有一些孑遗在看着的。但自然,倘要这样,则对于外敌,就一定非"爱和平"不可。

一月二十四日。

逃的辩护

> 这是一篇为学生辩护的文章，同时也是对国民政府的揭露。对比论证的运用，使讽刺尤为深刻。

古时候，做女人大晦气，一举一动，都是错的，这个也骂，那个也骂。现在这晦气落在学生头上了，进也挨骂，退也挨骂。

我们还记得，自前年冬天以来，学生是怎么闹的，有的要南来，有的要北上，南来北上，都不给开车。待到得首都，顿首请愿，却不料"为反动派所利用"，许多头都恰巧"碰"在刺刀和枪柄上，有的竟"自行失足落水"而死了。

验尸之后，报告书上说道："身上五色。"我实在不懂。

谁发一句质问，谁提一句抗议呢？有些人还笑骂他们。

还要开除，还要告诉家长，还要劝进研究室。一年以来，好了，总算安静了。但不料榆关失了守，上海还远，北平却不行了，因为连研究室也有了危险。住在上海的人们想必记得的，去年二月的暨南大学，劳动大学，同济大学……研究室里还坐得住么？

北平的大学生是知道的，并且有记性，这回不再用头来"碰"刺刀和枪柄了，也不再想"自行失足落水"，弄得"身上五色"了，却发明了一种新方法，是：大家走散，各自回家。

这正是这几年来的教育显了成效。

然而又有人来骂了。童子军还在烈士们的挽联上，说他们"遗臭万年"。

但我们想一想罢：不是连语言历史研究所里的没有性命的古董都在搬家了么？不是学生都不能每人有一架自备的飞机么？能用本国的刺刀和枪柄"碰"得瘟头瘟脑，躲进研究室里去的，倒能并不瘟头瘟脑，不被外国的飞机大炮，炸出研究室外去么？

阿弥陀佛！

一九三三年一月二十四日。

从幽默到正经

> 1932年9月，林语堂创办《论语》半月刊，提倡幽默，引起幽默的流行。但幽默是否适宜中国的国情，国人又是否能领会幽默的真正内涵呢？

"幽默"一倾于讽刺，失了它的本领且不说，最可怕的是有些人又要来"讽刺"，来陷害了，倘若堕于"说笑话"，则寿命是可以较为长远，流年也大致顺利的，但愈堕愈近于国货，终将成为洋式徐文长。当提倡国货声中，广告上已有中国的"自造舶来品"，便是一个证据。

而况我实在恐怕法律上不久也就要有规定国民必须哭丧着脸的明文了。笑笑，原也不能算"非法"的。但不幸东省沦陷，举国骚然，爱国之士竭力搜索失地的原因，结果发现了其一是在青年的爱玩乐，学跳舞。当北海上正在嘻嘻哈哈的溜冰的时候，一个大炸弹抛下来，虽然没有伤人，冰却已经炸了一个大窟窿，不能溜之大吉了。

又不幸而榆关失守，热河吃紧了，有名的文人学士，也就更加吃紧起来，做挽歌的也有，做战歌的也有，讲文德的也有，骂人固然可恶，俏皮也不文明，要大家做正经文章，装正经脸孔，以补"不抵抗主义"之不足。

但人类究竟不能这么沉静，当大敌压境之际，手无寸铁，杀不得敌人，而心里却总是愤怒的，于是他就不免寻求敌人的替代。这时候，笑嘻嘻的可就遭殃了，因为他这时便被叫做："陈叔宝全无心肝"。所以知机的人，必须也和大家一样哭丧着脸，以免于难。"聪明人不吃眼前亏"，亦古贤之遗教也，然而这时也就"幽默"归天，"正经"统一了剩下的全中国。

明白这一节，我们就知道先前为什么无论贞女与淫女，见人时都得不笑不言；现在为什么送葬的女人，无论悲哀与否，在路上定要放声大叫。

这就是"正经"。说出来么，那就是"刻毒"。

三月二日。

最艺术的国家

> 本文从戏剧中的男人扮女人谈起中国的"中庸"艺术,究竟"最艺术"在何处呢?

我们中国的最伟大最永久,而且最普遍的"艺术"是男人扮女人。这艺术的可贵,是在于两面光,或谓之"中庸"!男人看见"扮女人",女人看见"男人扮"。表面上是中性,骨子里当然还是男的。然而如果不扮,还成艺术么?譬如说,中国的固有文化是科举制度,外加捐班之类。当初说这太不像民权,不合时代潮流,于是扮成了中华民国。然而这民国年久失修,连招牌都已经剥落殆尽,仿佛花旦脸上的脂粉。同时,老实的民众真个要起政权来了,竟想革掉科甲出身和捐班出身的参政权。这对于民族是不忠,对于祖宗是不孝,实属反动之至。现在早已回到恢复固有文化的"时代潮流",那能放任这种不忠不孝。因此,更不能不重新扮过一次,草案如下:第一,谁有代表国民的资格,须由考试决定。第二,考出了举人之后,再来挑选一次,此之谓选(动词)举人;而被挑选的举人,自然是被选举人了。照文法而论,这样的国民大会的选举人,应称为"选举人者";而被选举人,应称为"被选之举人"。但是,如果不扮,还成艺术么?因此,他们得扮成宪政国家的选举的人和被选举人,虽则实质上还是秀才和举人。这草案的深意就在这里:叫民众看见是民权,而民族祖宗看见是忠孝——忠于固有科举的民族,孝于制定科举的祖宗。此外,像上海已经实现的民权,是纳税的方有权选举和被选,使偌大上海只剩四千四百六十五个大市民。这虽是捐班——有钱的为主,然而他们一定会考中举人,甚至不补考也会赐同进士出身的,因为洋大人膝下的榜样,理应遵照,何况这也并不是一面违背固有文化,一面又扮得很像宪政民权呢?此其一。

其二,一面交涉,一面抵抗:从这一方面看过去是抵抗,从那一面看过来其实是交涉。其三,一面做实业家,银行家,一面自称"小贫而已"。其四,一面日货销路复旺,一面对人说是"国货年"……诸如此类,不胜枚举,而大都是扮演得十分巧妙,两面光滑的。

呵,中国真是个最艺术的国家,最中庸的民族。

然而小百姓还要不满意,呜呼,君子之中庸,小人之反中庸也!

三月三十日。

现代史

> 提起"史",往往使人想到卷帙浩繁的史书,但鲁迅在这里仅用不足千字的文章;通过"变把戏"的比喻,揭示了现代史的实质。

从我有记忆的时候起,直到现在,凡我所曾经到过的地方,在空地上,常常看见有"变把戏"的,也叫做"变戏法"的。

这变戏法的,大概只有两种——一种,是教一个猴子戴起假面,穿上衣服,耍一通刀枪;骑了羊跑几圈。还有一匹用稀粥养活,已经瘦得皮包骨头的狗熊玩一些把戏。末后是向大众要钱。

> 首先以现实中的实例开篇。

一种,是将一块石头放在空盒子里,用手巾左盖右盖,变出一只白鸽来;还有将纸塞在嘴巴里,点上火,从嘴角鼻孔里冒出烟焰。其次是向大家要钱。要了钱之后,一个人嫌少,装腔作势的不肯变了,一个人来劝他,对大家说再五个。果然有人抛钱了,于是再四个,三个……

抛足之后,戏法就又开了场。这回是将一个孩子装进小口的坛子里面去,只见一条小辫子,要他再出来,又要钱。收足之后,不知怎么一来,大人用尖刀将孩子刺死了,盖上被单,直挺挺躺着,要他活过来,又要钱。

"在家靠父母,出家靠朋友……Huazaa!Huazaa!"变戏法的装出撒钱的手势，严肃而悲哀地说。

别的孩子，如果走近去想仔细地看，他是要骂的；再不听，他就会打。

果然有许多人 Huazaa 了。待到数目和预料的差不多，他们就检起钱来，收拾家伙，死孩子也自己爬起来，一同走掉了。

> 检：即捡。

看客们也就呆头呆脑的走散。

这空地上，暂时是沉寂了。过了些时，就又来这一套。俗语说，"戏法人人会变，各有巧妙不同。"其实是许多年间，总是这一套，也总有人看，总有人 Huazaa，不过其间必须经过沉寂的几日。

我的话说完了，意思也浅得很，不过说大家 Huazaa，Huazaa 一通之后，又要静几天了，然后再来这一套。

> 结尾一句画龙点睛。

到这里我才记得写错了题目，这真是成了"不死不活"的东西。

四月一日。

情境赏析

这篇文章写于1933年4月，距离辛亥革命已有22年了。22年来，不论是北洋军阀统治时期，还是国民党政府统治时期，军阀战争不断，政局迅变，战祸频繁。军阀和政客们忽而兵戎相见，忽而握手言和，忽而通电下野，忽而宣言上台，走马灯似的"你方唱罢我登场"，浑如演戏一般。政府的首脑虽然不停地更迭，但是他们压迫人民的反动统治本质却是一样的。结合这22年来的历史发展，从总体上对这篇杂文进行把握，不难看出原来作者是在巧妙地用旧社会生活中常见的变戏法来象征中国现代史的复杂进程。在这里，变戏法的人是用来影射统治者的，即20多年来统治着中国的各个新旧军阀和政客们。这些军阀政客在政治舞台上耍弄权术，为的是压迫人民，搜刮民脂民膏，以维持自己的统治，这正像变戏法的人，或以鞭子赶着猴子骑羊，或是嘴里喷出火焰，都为着使观众掏腰包撒钱。作者通过这种隐喻，尖锐地揭露和讽刺了现代史上匆促登台又迅速倒台的军阀政客们。使他们欺骗人民的反动本相暴露无余。

然而，如果说这篇杂文仅是把批判的笔锋指向剥削人民的军阀政客们，那还不能说是完全通晓了全文的旨意。这篇杂文的另外一层意思是借围观变戏法的看客的表现，批判国民的劣根性。这是本文又一层深刻的意蕴所在。

变戏法的人所以能够不断表演，总能捞钱，不仅由于他们花招耍得漂亮，骗人有术，也还在于观众的愚昧与健忘。变戏法的人正是利用和凭借了看客的这种文化心理特点，达到骗钱的目的。正是由于围观的看客愚昧无知，麻木不仁，或不能看穿，或不愿识破，耍把戏的才能这么一遍又一遍地重复表演着。而造成这种现象的根本原因在于观众的精神麻木与不觉悟。

这是一篇包含着双向批判的杂感杰作，既批判了新旧军阀和政客们，又批判了愚昧不觉悟的庸众，批判了民众身上残留的国民劣根性。这是建立在事实基础之上的，从某种意义上说，中国现代史既是新旧军阀和政客们耍弄技术、掠夺人民的历史，同时也是普通百姓备受欺瞒、惨遭剥削的历史。当然，文章的批判矛头，主要还是指向耍弄阴谋权术、虚伪而残暴的统治者。

鲁迅从本质上看透了反动派的统治特点，他从许多感性认识达到了本篇主题所揭示的那样的理性认识，然后选取了"变把戏"这一寓言形象地表达了他的看法，从这里可以看出鲁迅对国统区的政治现象具有高度的识别能力和形象化、典型化的概括方法。鲁迅采用这样的形式来揭露反动派的统治技术，主要因为当时处于反革命文化"围剿"中，文禁森严，因此，他用寓言的形式来揭露当时的社会现象。在风趣幽默的文字里，不仅寄托着作者自身反思历史的独特看法，而且启发着读者去思索和认识历史与当时的社会现实。

名家点评

　　从一定的意义上说，历史应该是对过去所发生的一切事的描述性再现，因此，作为真实的发生史的"历史"不同于"历史学的历史"，而折射历史的文化或文明这个复杂整体也包罗万象，其中每一种文化或风俗都是由特定的人世代相传的，如果我们只欣赏档案柜里的陈编故纸，而忘记了活生生的人，这种历史至少是不全面的。

——魏洪峰

> 由于当时新闻报道的真实性太差，鲁迅便借用"另外的看法"，从所见所闻的事实中进行逻辑推理。这个"生命圈"的提法是否让你想到阿Q临死前画的那个圆？

中国人的生命圈

"蝼蚁尚知贪生"，中国百姓向来自称"蚁民"，我为暂时保全自己的生命计，时常留心着比较安全的处所，除英雄豪杰之外，想必不至于讥笑我的罢。

不过，我对于正面的记载，是不大相信的，往往用一种另外的看法。例如罢，报上说，北平正在设备防空，我见了并不觉得可靠；但一看见载着古物的南运，却立刻感到古城的危机，并且由这古物的行踪，推测中国乐土的所在。

现在，一批一批的古物，都集中到上海来了，可见最安全的地方，到底也还是上海的租界上。

然而，房租是一定要贵起来的了。

这在"蚁民"，也是一个大打击，所以还得想想另外的地方。

想来想去，想到了一个"生命圈"。这就是说，既非"腹地"，也非"边疆"，是介乎两者之间，正如一个环子，一个圈子的所在，在这里倒或者也可以"苟延性命于×世"的。

"边疆"上是飞机抛炸弹。据日本报，说是在剿灭"兵匪"；据中国报，说是屠戮了人民，村落市廛一片瓦砾。"腹地"里也是飞机抛炸弹。据上海报，说是在剿灭"共匪"，他们被炸得一塌糊涂；"共匪"的报上怎么说呢，我们可不知道。但总而言之，边疆上是炸，炸，炸；腹地里也是炸，炸，炸。虽然一面是别人炸，一面是自己炸，炸手不同，而被炸则一。只有在这两者之间的，只要炸弹不要误行落下来，倒还有可免"血肉横飞"的希望，所以我名之曰"中国人的生命圈"。

再从外面炸进来，这"生命圈"便收缩而为"生命线"；再炸进来，大家便都逃进那炸好了的"腹地"里面去，这"生命圈"便完结而为"生命〇"。

其实，这预感是大家都有的，只要看这一年来，文章上不大见有"我中国地大物博，人口众多"的套话了，便是一个证据。而有一位先生，还在演说上自己说中国人是"弱小民族"哩。

但这一番话，阔人们是不以为然的，因为他们不但有飞机，还有他们的"外国"！

一九三三年四月十日。

文章与题目

> 本文原题为《安内与攘外》，因标题当时太过刺眼，才改为这个题目。但从文章与题目入手来论当时的"安内与攘外"问题正是鲁迅常用的曲笔，可细加体会。

一个题目，做来做去，文章是要做完的，如果再要出新花样，那就使人会觉得不是人话。然而只要一步一步的做下去，每天又有帮闲的敲边鼓，给人们听惯了，就不但做得出，而且也行得通。

譬如近来最主要的题目，是"安内与攘外"罢，做的也着实不少了。有说安内必先攘外的，有说安内同时攘外的，有说不攘外无以安内的，有说攘外即所以安内的，有说安内即所以攘外的，有说安内急于攘外的。

做到这里，文章似乎已经无可翻腾了，看起来，大约总可以算是做到了绝顶。

所以再要出新花样，就使人会觉得不是人话，用现在最流行的谥法来说，就是大有"汉奸"的嫌疑。为什么呢？就因为新花样的文章，只剩了"安内而不必攘外"，"不如迎外以安内"，"外就是内，本无可攘"这三种了。这三种意思，做起文章来，虽然实在稀奇，但事实却有的，而且不必远征晋宋，只要看看明朝就够。满洲人早在窥伺了，国内却是草菅民命，杀戮清流，做了第一种。李自成进北京了，阔人们不甘给奴

> 指1931年11月30日蒋介石在一个"训词"中提出"攘外必先安内"的反共卖国方针，一些报刊也纷纷发表谈论这个问题的文章。

> 鲁迅从广博的历史知识，拾来"古已有之"的论证，以古证今，十分贴切。

子做皇帝，索性请"大清兵"来打掉他，做了第二种。至于第三种，我没有看过《清史》，不得而知，但据老例，则应说是爱新觉罗氏之先，原是轩辕黄帝第几子之苗裔，邈于朔方，厚泽深仁，遂有天下，总而言之，咱们原是一家子云。

后来的史论家，自然是力斥其非的，就是现在的名人，也正痛恨流寇。但这是后来和现在的话，当时可不然，鹰犬塞途，干儿当道，魏忠贤不是活着就配享了孔庙么？他们那种办法，那时都有人来说得头头是道的。

前清末年，满人出死力以镇压革命，有"宁赠友邦，不给家奴"的口号，汉人一知道，更恨得切齿。其实汉人何尝不如此？吴三桂之请清兵入关，便是一想到自身的利害，即"人同此心"的实例了……

以古喻今，以揭露蒋介石的原形。

四月二十九日。

附记：
原题是《安内与攘外》。

五月五日。

情境赏析

本文是针对蒋介石"攘外必先安内"、"安内始能攘外"和帮闲们乘势在报刊上大作"安内与攘外"文章的严重局势，征引历史，映照现实加以剖析，指出其实质是"安内而不必攘外"，"不如迎外以安内"，"外就是内，本无可攘"，这同历史上的"宁赠友邦、不给家奴"的汉奸口号完全相同。

这样一篇不足千字的杂文，把"隐"和"显"处理得极好。为了不遭"文字狱"的扼杀，要"隐"；为了把国民党政府的卖国理论昭示天下，要"显"，这里"隐"的手法的作用在于剖析古事，在关节处反复点清要旨，让古事变成一面镜子，映照今世。在分析古今卖国投降理论时，重分析、重暗示，而缓下断语，让结论式的断语在事实的剖析中水到渠成。我们只要看清明末统治者所奉行的"安内不必攘外"、"不如迎外以安内"、"外就是内、本无可攘"的理论,那么蒋介石及其帮闲文人在"安内与攘外"上玩弄的几种文章总有一天会作尽,剩下最后三种,而且不只要作文,还要实行。

名家点评

毛泽东说"枪杆子里面出政权"。中华民国没有黄埔军校和北伐,只能是袁世凯等军事集团的玩偶。红色中国没有毛泽东思想就没有井冈山,也同样没有新中国。

——周恩来

《南腔北调集》

　　《南腔北调集》是鲁迅先生的杂文集，1934年2月编写，收入了作者1932年至1933年间创作的杂文51篇。书中各篇，成书前大都曾在《十字街头》、《文学月刊》、《北斗》、《现代》、《文学杂志》、《涛声》、《论语》、《申报月刊》、《文学》等报刊上发表过。1934年3月由上海同文书店出版。

　　收入本书的杂文具有鲜明的战斗色彩，是鲁迅在30年代反对国民党文化"围剿"的光辉记录，文章抨击了国民党的反动政策，同时也对"第三种人"和"论语派"进行了尖锐深刻的批判。关于书名，是因为当时上海有一署名"美字"的文人在《作家素描》一文中攻击鲁迅："鲁迅很喜欢演说，只是有些口吃，而且是'南腔北调'。"对此，鲁迅迎头反击道："我不会说绵软的苏白，不会打响亮的京腔，不入调，不入流，实在是南腔北调。"并索性将编于此年的杂文集命名为《南腔北调集》，以作为对那些无聊文人攻击的回答。

　　本书收录了《我怎么做起小说来》、《谈金圣叹》、《上海的少女》、《上海的儿童》、《小品文的危机》、《谣言世家》六篇文章。

我怎么做起小说来

> 鲁迅是一个启蒙主义者,他是从启发民智、改造国民性的愿望出发,而从事文艺工作的。本文是作者对自己小说创作各个方面的解说,对读者理解他的小说创作极有启示作用。

我怎么做起小说来?——这来由,已经在《呐喊》的序文上,约略说过了。这里还应该补叙一点的,是当我留心文学的时候,情形和现在很不同:在中国,小说不算文学,做小说的也决不能称为文学家,所以并没有人想在这一条道路上出世。我也并没有要将小说抬进"文苑"里的意思,不过想利用他的力量,来改良社会。

但也不是自己想创作,注重的倒是在绍介,在翻译,而尤其注重于短篇,特别是被压迫的民族中的作者的作品。因为那时正盛行着排满论,有些青年,都引那叫喊和反抗的作者为同调的。所以"小说作法"之类,我一部都没有看过,看短篇小说却不少,小半是自己也爱看,大半则因了搜寻绍介的材料。也看文学史和批评,这是因为想知道作者的为人和思想,以便决定应否绍介给中国。和学问之类,是绝不相干的。

因为所求的作品是叫喊和反抗,势必至于倾向了东欧,因此所看的俄国,波兰以及巴尔干诸小国作家的东西就特别多。也曾热心的搜求印度,埃及的作品,但是得不到。记得当时最爱看的作者,是俄国的果戈理(N. Gogol)和波兰的

> 点明了自己小说创作的启蒙主义目的。

显克微支（H. Sienkiewitz）。日本的，是夏目漱石和森鸥外。

回国以后，就办学校，再没有看小说的工夫了，这样的有五六年。为什么又开手了呢？——这也已经写在《呐喊》的序文里，不必说了。但我的来做小说，也并非自以为有做小说的才能，只因为那时是住在北京的会馆里的，要做论文罢，没有参考书，要翻译罢，没有底本，就只好做一点小说模样的东西塞责，这就是《狂人日记》。大约所仰仗的全在先前看过的百来篇外国作品和一点医学上的知识，此外的准备，一点也没有。

但是《新青年》的编辑者，却一回一回地来催，催几回，我就做一篇，这里我必得纪念陈独秀先生，他是催促我做小说最着力的一个。

自然，做起小说来，总不免自己有些主见的。例如，说到"为什么"做小说罢，我仍抱着十多年前的"启蒙主义"，以为必须是"为人生"，而且要改良这人生。我深恶先前的称小说为"闲书"，而且将"为艺术的艺术"，看做不过是"消闲"的新式的别号。所以我的取材，多采自病态社会的不幸的人们中，意思是在揭出病苦，引起疗救的注意。所以我力避行文的唠叨，只要觉得够将意思传给别人了，就宁可什么陪衬拖带也没有。中国旧戏上，没有背景，新年卖给孩子看的花纸上，只有主要的几个人（但现在的花纸却多有背景了），我深信对于我的目的，这方法是适宜的，所以我不去描写风月，对话也决不说到一大篇。

我做完之后，总要看两遍，自己觉得拗口的，就增删几个字，一定要它读得顺口；没有相宜的白话，宁可引古语，希望总有人会懂，只有自己懂得或连自己也不懂的生造出来的字句，是不大用的。这一节，许多批评家之中，只有一个人看出来了，但他称我为 Stylist。

<small>这正是鲁迅对自己小说创作在内容和形式上的要求，他曾塑造了华老栓、单四嫂子、闰土、阿Q等底层人民形象及许多知识分子形象，着重刻画了他们精神上的困苦，艺术表达上往往简洁明了，这些在他的小说创作上得到了充分体现。</small>

《南腔北调集》 189

　　所写的事迹，大抵有一点见过或听到过的缘由，但决不全用这事实，只是采取一端，加以改造，或生发开去，到足以几乎完全发表我的意思为止。人物的模特儿也一样，没有专用过一个人，往往嘴在浙江，脸在北京，衣服在山西，是一个拼凑起来的角色。有人说，我的那一篇是骂谁，某一篇又是骂谁，那是完全胡说的。

　　不过这样的写法，有一种困难，就是令人难以放下笔。一气写下去，这人物就逐渐活动起来，尽了他的任务。但倘有什么分心的事情来一打岔，放下许久之后再来写，性格也许就变了样，情景也会和先前所预想的不同起来。例如我做的《不周山》，原意是在描写性的发动和创造，以至衰亡的，而中途去看报章，见了一位道学的批评家攻击情诗的文章，心里很不以为然，于是小说里就有一个小人物跑到女娲的两腿之间来，不但不必有，且将结构的宏大毁坏了。但这些处所，除了自己，大概没有人会觉到的，我们的批评大家成仿吾先生，还说这一篇做得最出色。

　　我想，如果专用一个人做骨干，就可以没有这弊病的，但自己没有试验过。

弊病：缺点或毛病。

　　忘记是谁说的了，总之是，要极省俭的画出一个人的特点，最好是画他的眼睛。我以为这话是极对的，倘若画了全副的头发，即使细得逼真，也毫无意思。我常在学学这一种方法，可惜学不好。

　　可省的处所，我决不硬添，做不出的时候，我也决不硬做，但这是因为我那时别有收入，不靠卖文为活的缘故，不能作为通例的。

　　还有一层，是我每当写作，一律抹杀各种的批评。因为那时中国的创作界固然幼稚，批评界更幼稚，不是举之上天，就是按之入地，倘将这些放在眼里，就要自命不凡，或觉得

自命不凡：自以为很了不起。

非自杀不足以谢天下的。批评必须坏处说坏，好处说好，才于作者有益。

但我常看外国的批评文章，因为他于我没有恩怨嫉恨，虽然所评的是别人的作品，却很有可以借镜之处。但自然，我也同时一定留心这批评家的派别。

以上，是十年前的事了，此后并无所作，也没有长进，编辑先生要我做一点这类的文章，怎么能呢。拉杂写来，不过如此而已。

三月五日灯下。

《南腔北调集》 191

谈金圣叹

> 这是一篇以历史人物评论为形式的政论,之所以写金圣叹的文章,与《论语》派推崇金圣叹有关。《论语》派提倡幽默,金圣叹则玩世不恭,甚至在临刑时还讲笑话:"断头,至痛也。籍家,至惨也。而圣叹以不意得之,大奇!"遂被引为同调。而鲁迅认为这和幽默并无什么瓜葛,对金圣叹提出了另外一种看法。

讲起清朝的文字狱来,也有人拉上金圣叹,其实是很不合适的。他的"哭庙",用近事来比例,和前年《新月》上的引据三民主义以自辩,并无不同,但不特捞不到教授而且至于杀头,则是因为他早被官绅们认为坏货了的缘故。就事论事,倒是冤枉的。

清中叶以后的他的名声,也有些冤枉。他抬起小说传奇来,和《左传》《杜诗》并列,实不过拾了袁宏道辈的唾余;而且经他一批,原作的诚实之处,往往化为笑谈,布局行文,也都被硬拖到八股的作法上。这余荫,就使有一批人,堕入了对于《红楼梦》之类,总在寻求伏线,挑剔破绽的泥塘。

自称得到古本,乱改《西厢》字句的案子且不说罢,单是截去《水浒》的后小半,梦想有一个"嵇叔夜"来杀尽宋江们,也就昏庸得可以。虽说因为痛恨流寇的缘故,但他是究竟近于官绅的,他到底想不到小百姓的对于流寇,只痛恨着一半:不在于"寇",而在于"流"。

百姓固然怕流寇,也很怕"流官"。记得民元革命以后,我在故乡,不知怎的县知事常常掉换了。每一掉换,农民们

> 文章开篇便旗帜鲜明地亮出自己的观点,即将金圣叹列为清朝文字狱所牺牲的要角,"其实是很不合适的"。

便愁苦着相告道："怎么好呢？又换了一只空肚鸭来了！"他们虽然至今不知道"欲壑难填"的古训，却很明白"成则为王，败则为贼"的成语，贼者，流着之王，王者，不流之贼也，要说得简单一点，那就是"坐寇"。中国百姓一向自称"蚁民"，现在为便于譬喻起见，姑升为牛罢，铁骑一过，茹毛饮血，蹄骨狼藉，倘可避免，他们自然是总想避免的，但如果肯放任他们自啮野草，苟延残喘，挤出乳来将这些"坐寇"喂得饱饱的，后来能够比较的不复狼吞虎咽，则他们就以为如天之福。所区别的只在"流"与"坐"，却并不在"寇"与"王"。试翻明末的野史，就知道北京民心的不安，在李自成入京的时候，是不及他出京之际的利害的。

> 这是对中国社会非常深刻的批判。

宋江据有山寨，虽打家劫舍，而劫富济贫，金圣叹却道应该在童贯高俅辈的爪牙之前，一个个俯首受缚，他们想不懂。所以《水浒传》纵然成了断尾巴蜻蜓，乡下人却还要看《武松独手擒方腊》这些戏。

不过这还是先前的事，现在似乎又有了新的经验了。听说四川有一只民谣，大略是"贼来如梳，兵来如篦，官来如剃"的意思。汽车飞艇，价值既远过于大轿马车，租界和外国银行，也是海通以来新添的物事，不但剃尽毛发，就是刮尽筋肉，也永远填不满的。正无怪小百姓将"坐寇"之可怕，放在"流寇"之上了。

> 只有"自己的力量"觉醒了，中国才能得救。

事实既然教给了这些，仅存的路，就当然使他们想到了自己的力量。

五月三十一日。

▌情境赏析▐

　　本文以历史人物来抨击时事，斗争的锋芒直指各军阀政策，对中国社会的分析也是相当之深刻。文章善用绕笔，曲折多变，如评价金圣叹后又引出"流寇"两字，又从"流寇"谈到"流官"，从"流官"谈到"坐寇"，在曲折多变中又回顾全文。再如第四段中谈到金圣叹之评《水浒》，以及"乡下人却还要看《武松独手擒方腊》这类戏"，接着却又一个转折，另辟蹊径，"不过这还是先前的事；现在似乎又有了新的经验了"，使文章再翻波澜。因此，篇幅虽短，却百转迎环，这种文章布局耐人深思。

▌名家点评▐

　　金圣叹兼有艺术家的天赋与商人的精明，但他显然对仕途功名一向缺少常人所热衷的那种浓厚兴趣。已被学术界考定为金伪撰的那篇贯华堂所藏古本施耐庵序很好地描述了他甲申前后的思想轨迹——提倡闲适人生和嘲笑功名利禄。取材于《论语》故事的个人笔名圣叹，据金的一位资深研究者张国光先生分析，其本意也不外乎"以孔子赞叹的不愿做官的曾点自比"。当然那时除了金以外，出于各种个人因素厌恶科举，梦想通过其他途径取得人生成功的人也并不是没有，但像金那样能将艺术与商业加以如此巧妙包装的作家确实非常少见。在明末清初越来越看重金钱和物质享乐的文学界，不少人将他的成功视做经典个案，并作为自己膜拜与模仿的对象。

——柯平

上海的少女

> 昔日上海作为租界，是个繁华的大都市，形形色色的新鲜事物在这里传播。这些所谓时髦的事物的引入必然对人的精神状态产生影响，尤其对少女。

在上海生活，穿时髦衣服的比土气的便宜。如果一身旧衣服，公共电车的车掌会不照你的话停车，公园看守会格外认真的检查入门券，大宅子或大客寓的门丁会不许你走正门。所以，有些人宁可居斗室，喂臭虫，一条洋服裤子却每晚必须压在枕头下，使两面裤腿上的折痕天天有棱角。

然而更便宜的是时髦的女人。这在商店里最看得出：挑选不完，决断不下，店员也还是很能忍耐的。不过时间太长，就须有一种必要的条件，是带着一点风骚，能受几句调笑。否则，也会终于引出普通的白眼来。

惯在上海生活了的女性，早已分明地自觉着这种自己所具的光荣，同时也明白着这种光荣中所含的危险。所以凡有时髦女子所表现的神气，是在招摇，也在固守，在罗致，也在抵御，像一切异性的亲人，也像一切异性的敌人，她在喜欢，也正在恼怒。这神气也传染了未成年的少女，我们有时会看见她们在店铺里购买东西，侧着头，佯嗔薄怒，如临大敌。自然，店员们是能像对于成年的女性一样，加以调笑的，而她也早明白着这调笑的意义。总之：她们大抵早熟了。

然而我们在日报上，确也常常看见诱拐女孩，甚而至于凌辱少女的新闻。

不但是《西游记》里的魔王，吃人的时候必须童男和童女而已，在人类中的富户豪家，也一向以童女为侍奉，纵欲，鸣高，寻仙，采补的材料，恰如食品的餍足了普通的肥甘，就想乳猪芽茶一样。现在这现象并且已经见于商人和工人里面了，但这乃是人们的生活不能顺遂的结果，应该以饥民的掘食草根树皮为比例，和富户豪家的纵恣的变态是不可同日而语的。

但是，要而言之，中国是连少女也进了险境了。

这险境，更使她们早熟起来，精神已是成人，肢体却还是孩子。俄国的作家梭罗古勃曾经写过这一种类型的少女，说是还是小孩子，而眼睛却已经长大了。然而我们中国的作家是另有一种称赞的写法的：所谓"娇小玲珑"者就是。

八月十二日。

上海的儿童

文章从中外儿童生活场景的对比，谈到中国家庭对孩子的教育及中国儿童的精神状态，引人警醒。

上海越界筑路的北四川路一带，因为打仗，去年冷落了大半年，今年依然热闹了，店铺从法租界搬回，电影院早经开始，公园左近也常见携手同行的爱侣，这是去年夏天所没有的。

倘若走进住家的弄堂里去，就看见便溺器，吃食担，苍蝇成群的在飞，孩子成队的在闹，有剧烈的捣乱，有发达的骂詈，真是一个乱哄哄的小世界。但一到大路上，映进眼帘来的却只是轩昂活泼地玩着走着的外国孩子，中国的儿童几乎看不见了。但也并非没有，只因为衣裤郎当，精神委靡，被别人压得像影子一样，不能醒目了。

中国中流的家庭，教孩子大抵只有两种法。其一，是任其跋扈，一点也不管，骂人固可，打人亦无不可，在门内或门前是暴主，是霸王，但到外面，便如失了网的蜘蛛一般，立刻毫无能力。其二，是终日给以冷遇或呵斥，甚而至于打扑，使他畏葸退缩，仿佛一个奴才，一个傀儡，然而父母却美其名曰"听话"，自以为是教育的成功，待到放他到外面来，则如暂出樊笼的小禽，他决不会飞鸣，也不会跳跃。

> 上海越界筑路是指当时上海租界当局越出租界范围修筑马路。

> 骂詈(lì)：书面语，骂。

> 畏葸(xǐ)：书面语，畏惧。

现在总算中国也有印给儿童看的画本了，其中的主角自然是儿童，然而画中人物，大抵倘不是带着横暴冥顽的气味，甚而至于流氓模样的，过度的恶作剧的顽童，就是钩头耸背，低眉顺眼，一副死板板的脸相的所谓"好孩子"。这虽然由于画家本领的欠缺，但也是取儿童为范本的，而从此又以作供给儿童仿效的范本。我们试一看别国的儿童画罢，英国沉着，德国粗豪，俄国雄厚，法国漂亮，日本聪明，都没有一点中国似的衰惫的气象。观民风是不但可以由诗文，也可以由图画，而且可以由不为人们所重的儿童画的。

　　顽劣，钝滞，都足以使人没落，灭亡。童年的情形，便是将来的命运。我们的新人物，讲恋爱，讲小家庭，讲自立，讲享乐了，但很少有人为儿女提出家庭教育的问题，学校教育的问题，社会改革的问题。先前的人，只知道"为儿孙作马牛"，固然是错误的，但只顾现在，不想将来，"任儿孙作马牛"，却不能不说是一个更大的错误。

八月十二日。

小品文的危机

这是鲁迅对文化走向的关切。小品文必须是匕首、是投枪,但也要给人愉快和休息,这是鲁迅的期待,也是鲁迅实践着的。

仿佛记得一两月之前,曾在一种日报上见到记载着一个人的死去的文章,说他是收集"小摆设"的名人,临末还有依稀的感喟,以为此人一死,"小摆设"的收集者在中国怕要绝迹了。

但可惜我那时不很留心,竟忘记了那日报和那收集家的名字。

现在的新的青年恐怕也大抵不知道什么是"小摆设"了。但如果他出身旧家,先前曾有玩弄翰墨的人,则只要不很破落,未将觉得没用的东西卖给旧货担,就也许还能在尘封的废物之中,寻出一个小小的镜屏,玲珑剔透的石块,竹根刻成的人像,古玉雕出的动物,锈得发绿的铜铸的三脚癞虾蟆:这就是所谓"小摆设"。先前,它们陈列在书房里的时候,是各有其雅号的,譬如那三脚癞虾蟆,应该称为"蟾蜍砚滴"之类,最末的收集家一定都知道,现在呢,可要和它的光荣一同消失了。

那些物品,自然绝不是穷人的东西,但也不是达官富翁家的陈设,他们所要的,是珠玉扎成的盆景,五彩绘画的瓷瓶。那只是所谓士大夫的"清玩"。在外,至少必须有几十亩膏腴的田地,在家,必须有几间幽雅的书斋;就是流寓上海,也一定得生活较为安闲,在客栈里有一间长包的房子,书桌一顶,烟榻一张,瘾足心闲,摩挲赏鉴。然而这境地,现在却已经被世界的险恶的潮流冲得七颠八倒,像狂涛中的小船似的了。

然而就是在所谓"太平盛世"罢,这"小摆设"原也不是什么重要的物品。在方寸的象牙版上刻一篇《兰亭序》,至今还有"艺术品"之称,但倘将这挂在万里长城的墙头,或供在云冈的丈八佛像的足下,它就渺小得看不见了,即使热心者竭力指点,也不过令观者生一种滑稽之感。何况在风沙扑面,狼虎成群的时候,谁还有这许多闲工夫,来赏玩琥珀扇坠,翡翠戒指呢。他们即使要悦目,所要的也是耸立于风沙中的大建筑,要坚固而伟大,不必怎样精;即使要满意,所要的也是匕首和投枪,要锋利而切实,用不着什么雅。

美术上的"小摆设"的要求,这幻梦是已经破掉了,那日报上的文章的作者,就直觉地知道。然而对于文学上的"小摆设"——"小品文"的要求,却正在越加旺盛起来,要求者以为可以靠着低诉或微吟,将粗犷的人心,磨得渐渐的平滑。这就是想别人一心看着《六朝文絜》,而忘记了自己是抱在黄河决口之后,淹得仅仅露出水面的树梢头。

但这时却只用得着挣扎和战斗。

而小品文的生存,也只仗着挣扎和战斗的。晋朝的清言,早和它的朝代一同消歇了。唐末诗风衰落,而小品放了光辉。但罗隐的《谗书》,几乎全部是抗争和愤激之谈;皮日休和陆龟蒙自以为隐士,别人也称之为隐士,而看他们在《皮子文薮》和《笠泽丛书》中的小品文,并没有忘记天下,正是一塌糊涂的泥塘里的光彩和锋芒。明末的小品虽然比较的颓废,却并非全是吟风弄月,其中有不平,有讽刺,有攻击,有破坏。这种作风,也触着了满洲君臣的心病,费去许多助虐的武将的刀锋,帮闲的文臣的笔锋,直到乾隆年间,这才压制下去了。以后呢,就来了"小摆设"。

"小摆设"当然不会有大发展。到五四运动的时候,才又来了一个展开,散文小品的成功,几乎在小说戏曲和诗歌之上。这之中,自然含着挣扎和战斗,但因为常常取法于英国的随笔(Essay),所以也带一点幽默和雍容;写法也有漂亮和缜密的,这是为了对于旧文学的示威,在表示旧文学之自以为特长者,白话文学也并非做不到。以后的路,本来明明是更分明的挣扎和战斗,因为这原是萌芽于"文学革命"以至"思想革命"的。但现在的趋势，却在特别提倡那和旧文章相合之点，雍容，漂亮，缜密，就是要它成为"小摆设"，供雅人的摩挲，并且想青年摩挲了这"小摆设"，由粗暴而变为风雅了。

然而现在已经更没有书桌；鸦片虽然已经公卖，烟具是禁止的，吸起来还是十分不容易。想在战地或灾区里的人们来鉴赏罢——谁都知道是更奇怪的幻梦。这种小品，上海虽正在盛行，茶话酒谈，遍满小报的摊子上，但其实是正如烟花女子，已经不能在弄堂里拉扯她的生意，只好涂脂抹粉，在夜里蹩到马路上来了。

小品文就这样的走到了危机。但我所谓危机，也如医学上的所谓"极期"（Krisis）一般，是生死的分歧，能一直得到死亡，也能由此至于恢复。麻醉性的作品，是将与麻醉者和被麻醉者同归于尽的。生存的小品文，必须是匕首，是投枪，能和读者一同杀出一条生存的血路的东西；但自然，它也能给人愉快和休息，然而这并不是"小摆设"，更不是抚慰和麻痹，它给人的愉快和休息是休养，是劳作和战斗之前的准备。

八月二十七日。

情境赏析

20世纪30年代开始，周作人、林语堂大力提倡闲适小品文，一时影响甚大，在文坛上形成一股潮流。鲁迅不赞成这种倾向，本文即为此而作，此后还在许多文章和书信里有所论述。

他们的分歧，主要是由于对现实的不同态度引起的。周作人原是一名叛道者，但后来战斗意志消退，面对现实三缄其口，而在十字街头建造象牙之塔，在里面临他的九成宫字帖，"从叛徒到隐士"是他为自己思想历程作的准确概括。林语堂也有相似的经历，二人的思想比较合拍，都想对人生取一种超然的态度，故一起提倡闲适小品。但鲁迅主张"生存的小品文，必须是匕首，是投枪，能和读者一同杀出一条生存的血路的东西"，因为那种闲适小品在那个风沙扑面、狼虎成群的时候提倡是没有人去赏玩的。这是两种截然不同的人生态度和文学态度。

　　近年来，曾掀起新一轮的周作人热和林语堂热，他们的文学主张也受到欢迎。但由于文学具有时代性，离开了特定的时代背景去评价文学论争显然是行不通的。

名家点评

　　小品文本身只是文学上一种体裁，小品文之利弊如何，全看人们用它来装载怎样的内容。飞机可以带了炸弹去轰炸乡下人，但也可以播种，可以杀蝗虫。小品文在"高人雅士"手里是一种小玩意儿，但在"志士"手里，未始不可以成为"标枪"，为"匕首"。

　　小品文本身是不应该反对的。

　　我们以为应该提倡小品文，积极批评小品文，使得小品文发展到光明灿烂的大路。我们应该创造新的小品文，使得小品文摆脱名士气味，成为新时代的工具；我们应该把"五四"时代开始的"随感录"、"杂感"一类的文章作为新小品文的基础，继续发展下去。

——茅盾

谣言世家

> 谣言之所以能流行，是由于民众缺乏理智，容易受流行言论左右；谣言之所以能杀人，则是由于社会缺乏民主意识和法制观念，不能申辩，不能讨论。因此谣言世家便一直延续下来。

双十佳节，有一位文学家大名汤增敭先生的，在《时事新报》上给我们讲光复时候的杭州的故事。他说那时杭州杀掉许多驻防的旗人，辨别的方法，是因为旗人叫"九"为"钩"的，所以要他说"九百九十九"，一露马脚，刀就砍下去了。

这固然是颇武勇，也颇有趣的。但是，可惜是谣言。

中国人里，杭州人是比较的文弱的人。当钱大王治世的时候，人民被刮得衣裤全无，只用一片瓦掩着下部，然而还要追捐，除被打得麂一般叫之外，并无贰话。不过这出于宋人的笔记，是谣言也说不定的。但宋明的末代皇帝，带着没落的阔人，和暮气一同滔滔地逃到杭州来，却是事实，苟延残喘，要大家有刚决的气魄，难不难。到现在，西子湖边还多是摇摇摆摆的雅人；连流氓也少有浙东似的"白刀子进红刀子出"的打架。自然，倘有军阀做着后盾，那是也会格外的撒泼的，不过当时实在并无敢于杀人的风气，也没有乐于杀人的人们。我们只要看举了老成持重的汤蛰仙先生做都督，就可以知道是不会流血的了。

不过战事是有的。革命军围住旗营，开枪打进去，里面也有时打出来。然而围得并不紧，我有一个熟人，白天在外面逛，晚上却自进旗营睡觉去了。

虽然如此，驻防军也终于被击溃，旗人降服了，房屋被充公是有的，却并没有杀戮。口粮当然取消，各人自寻生计，开初倒还好，后来就遭灾。

怎么会遭灾的呢？就是发生了谣言。

杭州的旗人一向优游于西子湖边，秀气所钟，是聪明的，他们知道没有了粮，只好做生意，于是卖糕的也有，卖小菜的也有。杭州人是客气的，并不歧视，生意也还不坏，然而祖传的谣言起来了；说是旗人所卖的东西，里面都藏着毒药。这一下子就使汉人避之唯恐不远，但倒是怕旗人来毒自己，并不是自己想去害旗人。结果是他们所卖的糕饼小菜，毫无生意，只得在路边出卖那些不能下毒的家具。家具一完，途穷路绝，就一败涂地了。这是杭州驻防旗人的收场。

笑里可以有刀，自称酷爱和平的人民，也会有杀人不见血的武器，那就是造谣言。但一面害人，一面也害己，弄得彼此懵懵懂懂。古时候无须提起了，即在近五十年来，甲午战败，就说是李鸿章害的，因为他儿子是日本的驸马，骂了他小半世；庚子拳变，又说洋鬼子是挖眼睛的，因为造药水，就乱杀了一大通。下毒学说起于辛亥光复之际的杭州，而复活于近来排日的时候。我还记得每有一回谣言，就总有谁被诬为下毒的奸细，给谁平白打死了。

谣言世家的子弟，是以谣言杀人，也以谣言被杀的。

至于用数目来辨别汉满之法，我在杭州倒听说是出于湖北的荆州的，就是要他们数一二三四，数到"六"字，读作上声，便杀却。但杭州离荆州太远了，这还是一种谣言也难说。

我有时也不大能够分清那句是谣言，那句是真话了。

十月十三日。

《准风月谈》

《准风月谈》是鲁迅1933年6月至11月间所作杂文的结集，共64篇。1934年结集时又作《前记》、《后记》各1篇。除《前记》、《后记》和《关于翻译》（上）、《双十怀古》、《归厚》在编入本书前未能发表外，其余61篇均在《申报·自由谈》上发表过。发表时用了20个笔名。其中《中国文和中国人》一文系瞿秋白所作。

1934年12月由上海联华书局以"兴中书局"名义出版，1936年5月改由联华书局出版。

这些杂文，是在国民党反动文化统治下写成的，通过不断变换笔名才得以发表，所论多为社会中的种种黑暗现象和文坛丑事。鲁迅在《准风月说·后记》中说，"这六十多篇杂文，是受了压迫之后，从去年六月起，另用各种的笔名，障住了编辑先生和检查老爷的眼睛，陆续在《自由谈》上发表的"，"内容也还和先前一样，批评些社会的现象，尤其是文坛的情形。"

关于书名，鲁迅在《前记》中有所说明。当时由于受国民党反动势力的压迫和攻击，《申报》专栏《自由谈》的编者于1933年5月25日发表启事说，"这年头，说话难，摇笔杆尤难"，"吁请海内文豪，从兹多谈风月，少发牢骚，庶作者编者，两蒙其休。"鲁迅先生对于《自由谈》的这种"风月"启事极为反感，便以讽刺的口吻把自己的文集命名为《准风月谈》，并在前记中嘲弄说："有趣的是谈风云的人，风月也谈得，谈风月就谈风月罢，虽然仍旧不能正如尊意。"从而表明先生无所畏惧，不愿与世俗同流合污，决心同敌人斗争到底的勇气和决心。

本书收录了《夜颂》、《二丑艺术》、《"吃白相饭"》、《中国的奇想》、《"中国文坛的悲观"》、《我们怎样教育儿童的?》六篇文章。

夜颂

> 这是一篇散文诗式的杂文。在那个黑夜漫长的时代,黑暗是其特色,唯有黑暗才是真实的。鲁迅作《夜颂》,实则是为了求得真正的光明。

爱夜的人,也不但是孤独者,有闲者,不能战斗者,怕光明者。

人的言行,在白天和在深夜,在日下和在灯前,常常显得两样。夜是造化所织的幽玄的天衣,普覆一切人,使他们温暖,安心,不知不觉的自己渐渐脱去人造的面具和衣裳,赤条条地裹在这无边际的黑絮似的大块里。

虽然是夜,但也有明暗。有微明,有昏暗,有伸手不见掌,有漆黑一团糟。爱夜的人要有听夜的耳朵和看夜的眼睛,自在暗中,看一切暗。君子们从电灯下走入暗室中,伸开了他的懒腰;爱侣们从月光下走进树荫里,突变了他的眼色。夜的降临,抹杀了一切文人学士们当光天化日之下,写在耀眼的白纸上的超然、混然、恍然、勃然、粲然的文章,只剩下乞怜、讨好、撒谎、骗人、吹牛、捣鬼的夜气,形成一个灿烂的金色的光圈,像见于佛画上面似的,笼罩在学识不凡的头脑上。 _{可见作者的观察精到与刻画入微,富于生活气息。}

爱夜的人于是领受了夜所给予的光明。

高跟鞋的摩登女郎在马路边的电光灯下,咯咯地走得很起劲,但鼻尖也闪烁着一点油汗,在证明她是初学的时髦,假如长在明晃晃的照耀中,将使她碰着"没落"的命运。一大排关着的店铺的昏暗助她一臂之力,使她放缓开足的马力,吐一口气,这时才觉得沁人心脾的夜里的拂拂的凉风。

爱夜的人和摩登女郎,于是同时领受了夜所给予的恩惠。

一夜已尽,人们又小心翼翼的起来,出来了;便是夫妇们,面目和五六点钟之前也何其两样。从此就是热闹,喧嚣。而高墙后面,大厦中间,深闺里,黑狱里,客室里,秘密机关里,却依然弥漫着惊人的真的大黑暗。

现在的光天化日,熙来攘往,就是这黑暗的装饰,是人肉酱缸上的金盖,是鬼脸上的雪花膏。只有夜还算是诚实的。我爱夜,在夜间作《夜颂》。

六月八日。

> 最后说明了做此文的理由。

情境赏析

本篇的立意非常奇特,表现了一种被时代扭曲了的心理。爱夜,并不是爱黑暗,只是因为"夜还算是诚实的";不爱白天,并不是不爱光明,因为白天已失去了光明。当然,从自然界来说,白天并不与善相联,黑夜也并不与恶相联,但在人类社会中,见不得光天化日的黑暗事物通常在夜里出现,因此,习惯观念里就有了白天——光明,黑夜——黑暗的象征标准。作者颠倒它是因为在那样的现实中客观已被颠倒了。这种手法,可以唤起读者的警觉。

本文的修辞十分具有特色,用排比、复沓对称等形式强调思想,给人以精神上的启示和美的感受。

名家点评

　　鲁迅的生命中没有上帝,没有源于上帝的土壤、清泉和亮光。仰望夜空,他看不见永恒救赎者爱的大窗敞开,他不能由此蒙恩惠、得怜恤、得随时的帮助。他敞开自己的灵魂向一个漫漫长夜,孤苦伶仃。有饥渴,他无处得饱足;有盼望,他无处得回应;有软弱,他无处得坚固;有过犯,他无处得清洗;有试探,他无处得抵挡;有求告,他无处得垂听;有痛苦,他无处得安慰;有疑惑,他无处得启明。他不能举净洁的手向上帝祈祷,不能敞有罪的心向上帝忏悔,没有灵魂根基上完全的交托和仰望。他的灵魂行走在夜的长空,前后左右都是黑夜。他的心没有来路,没有归途。困苦焦躁的思虑是他的生命舟。只有困苦,没有喜乐。只有颠沛,没有安息。

——刘青汉

二丑艺术

> "二丑"即"二花脸"是戏剧中的一类角色。鲁迅通过对"二丑"形象的传神勾勒,活画出一类高级帮闲的丑恶嘴脸,那种生动让人忍俊不禁。

点题,说明"二丑"的特征,既是"拳师",又是"清客"。

浙东的有一处的戏班中,有一种角色叫做"二花脸",译得雅一点,那么,"二丑"就是。他和小丑的不同,是不扮横行无忌的花花公子,也不扮一味仗势的宰相家丁,他所扮演的是保护公子的拳师,或是趋奉公子的清客。总之:身份比小丑高,而性格却比小丑坏。义仆是老生扮的,先以谏诤,终以殉主;恶仆是小丑扮的,只会作恶,到底灭亡。而二丑的本领却不同,他有点上等人模样,也懂些琴棋书画,也来得行令猜谜,但倚靠的是权门,凌蔑的是百姓,有谁被压迫了,他就来冷笑几声,畅快一下,有谁被陷害了,他又去吓唬一下,吆喝几声。不过他的态度又并不常常如此的,大抵一面又回过脸来,向台下的看客指出他公子的缺点,摇着头装起鬼脸道:你看这家伙,这回可要倒楣哩!

接着将二丑与义仆、恶仆区别开来,指出二丑的本领在于他们有帮闲之才。

倒楣:即倒霉。

这最末的一手,是二丑的特色。因为他没有义仆的愚笨,也没有恶仆的简单,他是智识阶级。他明知道自己所靠的是冰山,一定不能长久,他将来还要到别家帮闲,所以当受着豢养,分着余炎的时候,也得装着和这贵公子并非一伙。

二丑们编出来的戏本上，当然没有这一种角色的，他哪里肯；小丑，即花花公子们编出来的戏本，也不会有，因为他们只看见一面，想不到的。这二花脸，乃是小百姓看透了这一种人，提出精华来，制定了的角色。

　　世间只要有权门，一定有恶势力，有恶势力，就一定有二花脸，而且有二花脸艺术。我们只要取一种刊物，看他一个星期，就会发现他忽而怨恨春天，忽而颂扬战争，忽而译萧伯纳演说，忽而讲婚姻问题；但其间一定有时要慷慨激昂的表示对于国事的不满：这就是用出末一手来了。

　　这最末的一手，一面也在遮掩他并不是帮闲，然而小百姓是明白的，早已使他的类型在戏台上出现了。

六月十五日。

情境赏析

　　杂文以议论见长，虽然也具形象性，但不以刻画人物为己任。但鲁迅的有些杂文，却能在短短的篇幅里勾勒出某种社会类型来。本篇看似仅仅描写二丑这类典型及他们的伎俩，但实质上蕴涵着一个深刻的主题，即对依附于国民党又装得超然的一些文人作了无情的鞭挞和深刻的讽刺。

　　抓住典型，巧设比喻，是鲁迅杂文艺术的一种独特的创造，他有时以动物作比喻，如"落水狗"、"叭儿狗"、"媚态的猫"；吸了人的血，还要"哼哼地发一篇大议论"的蚊子，"无论，怎么好的、美的、干净的东西，又总喜欢一律拉上一点蝇屎"的苍蝇等。有时则以当时民间流行的艺术或风习作比喻，如将蹩进一座大宅子吸其鸦片的废物比喻国粹主义者和洋奴主义者；以清朝光绪年间没有人要看的绍光"群丑班"的戏来比喻国民党办的刊物读者寥寥。本篇以二丑及其花招比喻一种文人的典型，虽着墨不多却呼之欲出。这种手法值得学习借鉴。

▎名家点评▎

  瞿秋白说鲁迅杂文是"文艺性的论文",所谓"文艺性",最大的特点就是形象化概括。对于中国和中国人的评述,鲁迅常常使用两个手法:一是形象化;二是类型化。其中有一种特殊的类型化手段,就是瞿秋白发现的,他在"私人论战"中使重要的论敌的名字变做了代表性符号,如章士钊、陈西滢、"四条汉子"等,都有着特定的文化内涵。所谓"知人论世",鲁迅的杂文所以具有如此高度的概括力,显然同他对中国的历史和现实环境的深入认识有关,尤其在中国人的精神方面。所以,他可以很自信地说:"中国的大众的灵魂,现在是反映在我的杂文里了。"

——林贤治

"吃白相饭"

> 这是对一种特殊环境下的特殊的生活方式的透视，由人们习以为常而其实怪异的社会现象中探究社会的本质，让人警醒。

要将上海的所谓"白相"，改作普通话，只好是"玩耍"；至于"吃白相饭"，那恐怕还是用文言译作"不务正业，游荡为生"，对于外乡人可以比较的明白些。

游荡可以为生，是很奇怪的。然而在上海问一个男人，或向一个女人问她的丈夫的职业的时候，有时会遇到极直截的回答道："吃白相饭的。"

听的也并不觉得奇怪，如同听到了说"教书"，"做工"一样。倘说是"没有什么职业"，他倒会有些不放心了。

"吃白相饭"在上海是这么一种光明正大的职业。

我们在上海的报章上所看见的，几乎常是这些人物的功绩，没有他们，本埠新闻是决不会热闹的。但功绩虽多，归纳起来也不过是三段，只因为未必全用在一件事情上，所以看起来好像五花八门了。

第一段是欺骗。见贪人就用利诱，见孤愤的就装同情，见倒霉的则装慷慨，但见慷慨的却又会装悲苦，结果是席卷了对手的东西。

第二段是威压。如果欺骗无效，或者被人看穿了，就脸孔一翻，化为威吓，或者说人无礼，或者诬人不端，或者赖人欠钱，或者并不说什么缘故，而这也谓之"讲道理"，结果还是席卷了对手的东西。

第三段是溜走。用了上面的一段或兼用了两段而成功了，就一溜烟走掉,再也寻不出踪迹来。失败了,也是一溜烟走掉,再也寻不出踪迹来。事情闹得大一点,则离开本埠,避过了风头再出现。

有这样的职业,明明白白,然而人们是不以为奇的。

"白相"可以吃饭,劳动的自然就要饿肚,明明白白,然而人们也不以为奇。

但"吃白相饭"朋友倒自有其可敬的地方,因为他还直直落落的告诉人们说,"吃白相饭的!"

六月二十六日。

情境赏析

白相可以吃饭,游荡可以为生,这本是不可思议之事,但在旧上海却是事实。"吃白相饭的"可以是与"教书"、"做工"并列的职业,"白相人"也有着相当的社会地位。这是畸形社会中产生的畸形现象和造就出来的畸形人物,所反映出的社会问题是值得认真深思的。

名家点评

解除海禁以来,中国的改革多集中在沿海一带的通商口岸,20世纪30年代的上海,就是现代化都市的典型。作为传统文化的批判者,鲁迅这时的锋刃所向,已经明显地扩展到现代文化范围……《上海的少女》、《上海的儿童》、《"吃白相饭"》、《中国的奇想》、《豪语的折扣》、《揩油》、《爬和撞》、《各种捐班》、《唐朝的盯梢》等都是现代都市生活的解剖。

——郭沫若

中国的奇想

> 文名为"中国的奇想",就可见文章重在论"想"。鲁迅说中国是"最有奇想的人民",是深谙国情之语。且看鲁迅是如何论证的。

外国人不知道中国,常说中国人是专重实际的。其实并不,我们中国人是最有奇想的人民。

无论古今,谁都知道,一个男人有许多女人,一味纵欲,后来是不但天天喝三鞭酒也无效,简直非"寿(？)终正寝"不可的。可是我们古人有一个大奇想,是靠了"御女",反可以成仙,例子是彭祖有多少女人而活到几百岁。这方法和炼金术一同流行过,古代书目上还剩着各种的书名。不过实际上大约还是到底不行罢,现在似乎再没有什么人们相信了,这对于喜欢渔色的英雄,真是不幸得很。

然而还有一种小奇想。那就是哼的一声,鼻孔里放出一道白光,无论路的远近,将仇人或敌人杀掉。白光可又回来了,摸不着是谁杀的,既然杀了人,又没有麻烦,多么舒适自在。这种本领,前年还有人想上武当山去寻求,直到去年,这才用大刀队来替代了这奇想的位置。现在是连大刀队的名声也寂寞了。对于爱国的英雄,也是十分不幸的。

然而我们新近又有了一个大奇想。那是一面救国,一面又可以发财,虽然各种彩票,近似赌博,而发财也不过是"希望"。不过这两种已经关联起来了却是真的。固然,世界上也有靠聚赌抽头来维持的摩那科王国,但就常理说,则赌博大概是小则败家,大则亡国;救国呢,却总不免有一些牺牲,至少,和发财之路总是相差很远的。然而发现了一致之点的是我们现在的中国,虽然还在试验的途中。

然而又还有一种小奇想。这回不用一道白光了,要用几回启事,几封匿名的信件,几篇化名的文章,使仇头落地,而血点一些也不会溅着自己的洋房和洋服。并且映带之下,使自己成名获利。这也还在试验的途中,不知道结果怎么样,但翻翻现成的文艺史,看不见半个这样的人物,那恐怕也还是枉用心机的。

狂赌救国,纵欲成仙,袖手杀敌,造谣买田,倘有人要编续《龙文鞭影》的,我以为不妨添上这四句。

八月四日。

情境赏析

文中所说的狂赌救国、纵欲成仙、袖手杀敌、造谣买田等都是当时出现的奇想实例。其中很有卑劣、取巧、愚妄的成分,但因局面较小,还不至于闹出大乱子。中国人的奇想发展到后来,就越来越波澜壮阔了。比如大跃进时期的深耕几尺深,竞相放卫星,自吹亩产达几十万斤等,都是全国范围内的奇想,其结果都是遍地饥荒,国民经济的大衰退。由此看来,鲁迅的这篇杂文还未过时,所以值得后人警醒。

名家点评

实际上,在现代社会,童心和想象力不但不是现实的敌人,而且还是给人们带来巨人价值的原因之一!在20世纪20年代,美国的经济陷入了泥沼当中,这时,却有一个明显冉冉升起,那就是好莱坞。说实话,好莱坞之所以能够不断地吸引人们的目光,主要是因为他们的影片有想象力,他们利用,或者说是唤醒了观众的童心。在现实中,有谁会相信侏罗纪的恐龙能在现实世界里出现（侏罗纪公园）？有谁会忧虑彗星撞上地球（天地大冲撞）？有谁会相信家里的玩具都能说话而且一个个妙语连珠（玩具总动员）？恐怕只有小孩子吧？但是为什么这些好莱坞的电影在全球市场上都是叫好又叫坐呢？就是因为成人观众坐到电影院里以后，他就会变成一个小孩子，从而享受电影带给他的乐趣。由此可见，拥有童心是一件很可贵的事情，它能够让你有他人不及的创造力，只可惜，我们中国人缺乏的就是童心与想象力。

——十子的彩虹

"中国文坛的悲观"

> 鲁迅认为,"有一个'坛',便不免有斗争",所以文坛上的斗争,以至于谩骂、诬陷,也是必然的,看看历史,就知道从来就是这样走过来的,大可不必为此悲哀。历史是最公正的审判者,许多文人和文章最后必然会被淘汰,留下的只能是那些有价值的东西。

文雅书生中也真有特别善于下泪的人物,说是因为近来中国文坛的混乱,好像军阀割据,便不禁"呜呼"起来了,但尤其痛心诬陷。

其实是作文"藏之名山"的时代一去,而有一个"坛",便不免有斗争,甚而至于漫骂、诬陷的。明末太远,不必提了,清朝的章实斋和袁子才,李蒓客和赵㧑叔,就如水火之不可调和;再近些,则有《民报》和《新民丛报》之争,《新青年》派和某某派之争,也都非常猛烈。当初又何尝不使局外人摇头叹气呢,然而胜负一明,时代渐远,战血为雨露洗得干干净净,后人便以为先前的文坛是太平了。在外国也一样,我们现在大抵只知道嚣俄和霍普德曼是卓卓的文人,但当时他们的剧本开演的时候,就在戏场里捉人,打架,较详的文学史上,还载着打架之类的图。

所以,无论中外古今,文坛上是总归有些混乱,使文雅书生看得要"悲观"的。但也总归有许多所谓文人和文章也一定灭亡,只有配存在者终于存在,以证明文坛也总归还是干净的处所。增加混乱的倒是有些悲观论者,不施考察,不加批判,但用"彼亦一是非,此亦一是非"的论调,将一切作者,诋为"一丘之貉"。这样子,扰乱是永远不会收场的。然而世间却并不都这样,一定会有明明白白的是非之别,我们试想一想,林琴南攻击文学革命的小说,为时并不久,现在那里去了?

只有近来的诬陷,倒像是颇为出色的花样,但其实也并不比古时候更厉害,证据是清初大兴文字之狱的遗闻。况且闹这样玩意的,其实并不完全是文人,十中之九,乃是挂了招牌,而无货色,只好化为黑店,出卖人肉馒头的小盗;即使其中偶然有曾经弄过笔墨的人,然而这时却正是露出原形,在告白他自己的没落,文坛决不因此混乱,倒是反而越加清楚,越加分明起来了。

历史决不倒退,文坛是无须悲观的。悲观的由来,是在置身事外不辨是非,而偏要关心于文坛,或者竟是自己坐在没落的营盘里。

八月十日。

我们怎样教育儿童的？

> 中国自古就注重对儿童的启蒙教育，但这种启蒙最初给儿童灌输的是一种什么思想，是否真正有利于儿童的发展呢？

看见了讲到"孔乙己"，就想起中国一向怎样教育儿童来。

现在自然是各式各样的教科书，但在村塾里也还有《三字经》和《百家姓》。清朝末年，有些人读的是"天子重英豪，文章教尔曹，万般皆下品，唯有读书高"的《神童诗》，夸着"读书人"的光荣；有些人读的是"混沌初开，乾坤始奠，轻清者上浮而为天，重浊者下凝而为地"的《幼学琼林》，教着做古文的滥调。再上去我可不知道了，但听说，唐末宋初用过《太公家教》，久已失传，后来才从敦煌石窟中发现，而在汉朝，是读《急就篇》之类的。

就是所谓"教科书"，在近三十年中，真不知变化了多少。忽而这么说，忽而那么说，今天是这样的宗旨，明天又是那样的主张，不加"教育"则已，一加"教育"，就从学校里造成了许多矛盾冲突的人，而且因为旧的社会关系，一面也还是"混沌初开，乾坤始奠"的老古董。

中国要作家，要"文豪"，但也要真正的学究。倘有人作一部历史，将中国历来教育儿童的方法，用书，作一个明确的记录，给人明白我们的古人以至我们，是怎样的被熏陶下来的，则其功德，当不在禹（虽然他也许不过是一条虫）下。

  《自由谈》的投稿者，常有博古通今的人，我以为对于这工作，是很有胜任者在的。不知亦有有意于此者乎？现在提出这问题，盖亦知易行难，遂只得空口说白话，而望垦辟于健者也。

八月十四日。

《且介亭杂文》

　　《且介亭杂文》收鲁迅 1934 年所作杂文 37 篇。1935 年末编集时又作《序言》、《附记》各篇。除《序言》、《附记》外，书中各篇在编入本书前曾在《中华日报·动向》、《文史》、《文学季刊》、《新语林》、《文学》、《青年界》、《申报·自由说》、《太白》、《新生》、《漫画生活》、《读书生活》、《文艺日记》、《细流》、《海燕》等以及英文《现代中国》、《社会日报》等报刊上发表。本书在作者生前未及出版。1937 年 7 月由上海三闲书屋出版。

　　鲁迅在《且介序杂文·序言》中说，"这一本集子和《花边文学》，是我在去年一年中，在官民的明明暗暗、软软硬硬的围剿'杂文'的笔和刀下的结集，凡是写下来的，全在这里面。当然不敢说是诗史，其中有着时代的眉目。"在这篇《序言》中，鲁迅还简单地介绍了这些杂文的背景，批判了邵洵美、施蛰存、杜衡、林希隽等人对杂文的攻击，强调了杂文的重大现实意义。

　　关于书名，鲁迅曾在文集《序言》末云："记于上海且介亭。"当时，先生住在上海北四川路，这个地区是"越界筑路"（帝国主义越出租界范围修筑马路）区域，即所谓的"半租界"。"且介"即取"租界"二字各半。鲁迅以折字和会意的方法用"且介亭"作为自己文集的名称，不失幽默诙谐地告诉读者，这些杂文创作于"半租界的亭子间"，表达了先生对半殖民地半封建黑暗社会的愤慨和对帝国主义丑陋行径的不满。

　　本书收录了《关于中国的两三件事》、《忆刘半农君》、《从孩子的照相说起》、《说"面子"》、《病后杂谈》五篇文章。

> 本文是1934年应日本创造社之约而写。最初发表于一九三四年三月东京出版的《改造》月刊，题为《火·王道·监狱》。这三种事物看似不大相干，其实是相互联系的，鲁迅将三者并提，意在揭示国民党政府就是用火，霸道和监狱来实行其专制统治的。

关于中国的两三件事

一、关于中国的火

希腊人所用的火，听说是在一直先前，普洛美修斯从天上偷来的，但中国的却和它不同，是燧人氏自家所发现——或者该说是发明罢。因为并非偷儿，所以拴在山上，给老雕去啄的灾难是免掉了，然而也没有普洛美修斯那样的被传扬，被崇拜。

> 首先通过对比中外关于火的神话起源开篇。

中国也有火神的。但那可不是燧人氏，而是随意放火的莫名其妙的东西。

自从燧人氏发现，或者发明了火以来，能够很有味的吃火锅，点起灯来，夜里也可以工作了，但是，真如先哲之所谓"有一利必有一弊"罢，同时也开始了火灾，故意点上火，烧掉那有巢氏所发明的巢的了不起的人物也出现了。

和善的燧人氏是该被忘却的。即使伤了食，这回是属于神农氏的领域了，所以那神农氏，至今还被人们所记得。至于火灾，虽然不知道那发明家究竟是什么人，但祖师总归是有的，于是没有法，只好漫称之曰火神，而献以敬畏。看他的画像，是红面孔，红胡须，不过祭祀的时候，却须避去一切红色的东西，而代之以绿色。他大约像西班牙的牛一样，一看见红色，便会亢奋起来，做出一种可怕的行动的。

他因此受着崇祀。在中国，这样的恶神还很多。

然而，在人世间，倒似乎因了他们而热闹。赛会也只有火神的，燧人氏的却没有。倘有火灾，则被灾的和邻近的没有被灾的人们，都要祭火神，以表感谢之意。被了灾还要来表感谢之意，虽然未免有些出于意外，但若不祭，据说是第二回还会烧，所以还是感谢了的安全。而且也不但对于火神，就是对于人，有时也一样的这么办，我想，大约也是礼仪的一种罢。

其实，放火，是很可怕的，然而比起烧饭来，却也许更有趣。外国的事情我不知道，若在中国，则无论查检怎样的历史，总寻不出烧饭和点灯的人们的列传来。在社会上，即使怎样的善于烧饭，善于点灯，丝毫没有成为名人的希望。然而秦始皇一烧书，至今还俨然做着名人，至于引为希特拉烧书事件的先例。假使希特拉太太善于开电灯，烤面包罢，那么，要在历史上寻一点先例，恐怕可就难了。但是，幸而那样的事，是不会轰动一世的。

烧掉房子的事，据宋人的笔记说，是开始于蒙古人的。因为他们住着帐篷，不知道住房子，所以就一路的放火。然而，这是诳话。蒙古人中，懂得汉文的很少，所以不来更正的。其实，秦的末年就有着放火的名人项羽在，一烧阿房宫，便天下闻名，至今还会在戏台上出现，连在日本也很有名。然而，在未烧以前的阿房宫里每天点灯的人们，又有谁知道他们的名姓呢？

现在是爆裂弹呀，烧夷弹呀之类的东西已经做出，加以

> 这是指西班牙的斗牛风俗。斗牛士手持红布对牛撩拨，待牛以角向他触去，斗牛士即与之搏斗。
> 赛会：也称赛神，旧时的一种迷信风俗。用伏仗、鼓乐和杂戏等迎神出庙，周游街巷，以酬神祈福。

飞机也很进步，如果要做名人，就更加容易。而且如果放火比先前放得大，那么，那人就也更加受尊敬，从远处看去，恰如救世主一样，而那火光，便令人以为是光明。

二、关于中国的王道

在前年，曾经拜读过中里介山氏的大作《给支那及支那国民的信》。只记得那里面说，周汉都有着侵略者的资质。而支那人都讴歌他，欢迎他了。连对于朔北的元和清，也加以讴歌了。只要那侵略，有着安定国家之力，保护民生之实，那便是支那人民所渴望的王道，于是对于支那人的执迷不悟之点，愤慨得非常。

那"信"，在满洲出版的杂志上，是被译载了的，但因为未曾输入中国，所以像是回信的东西，至今一篇也没有见。只在去年的上海报上所载的胡适博士的谈话里，有的说，"只有一个方法可以征服中国，即彻底停止侵略，反过来征服中国民族的心。"不消说，那不过是偶然的，但也有些令人觉得好像是对于那信的答复。

征服中国民族的心，这是胡适博士给中国之所谓王道所下的定义，然而我想，他自己恐怕也未必相信自己的话的罢。在中国，其实是彻底的未曾有过王道，"有历史癖和考据癖"的胡博士，该是不至于不知道的。

不错，中国也有过讴歌了元和清的人们，但那是感谢火神之类，并非连心也全被征服了的证据。如果给予一个暗示，说是倘不讴歌，便将更加虐待，那么，即使加以或一程度的虐待，也还可以使人们来讴歌。四五年前，我曾经加盟于一个要求自由的团体，而那时的上海教育局长陈德征氏勃然大怒道，在三民主义的统治之下，还觉得不满吗？那可连现在

救世主：基督教徒对耶稣的称呼。《新约·马太福音》说，基督所在之处，都有大光照耀。

执迷不悟：坚持错误，不知觉悟。执：坚持；迷：迷惑，分辨不清；悟：觉悟。

勃然大怒：突然变脸大发脾气。勃然：突然。

所给予着的一点自由也要收起了。而且，真的是收起了的。每当感到比先前更不自由的时候，我一面佩服着陈氏的精通王道的学识，一面有时也不免想，真该是讴歌三民主义的。然而，现在是已经太晚了。

在中国的王道，看去虽然好像是和霸道对立的东西，其实却是兄弟，这之前和之后，一定要有霸道跑来的。人民之所讴歌，就为一希望霸道的减轻，或者不更加重的缘故。

汉的高祖，据历史家说，是龙种，但其实是无赖出身，说是侵略者，恐怕有些不对的。至于周的武王，则以征伐之名入中国，加以和殷似乎连民族也不同，用现代的话来说，那可是侵略者。然而那时的民众的声音，现在已经没有留存了。孔子和孟子确曾大大的宣传过那王道，但先生们不但是周朝的臣民而已，并且周游历国，有所活动，所以恐怕是为了想做官也难说。说得好看一点，就是因为要"行道"，倘做了官，于行道就较为便当，而要做官，则不如称赞周朝之为便当的。然而，看起别的记载来，却虽是那王道的祖师而且专家的周朝，当讨伐之初，也有伯夷和叔齐扣马而谏，非拖开不可；纣的军队也加反抗，非使他们的血流到漂杵不可。接着是殷民又造了反，虽然特别称之曰"顽民"，从王道天下的人民中除开，但总之，似乎究竟有了一种什么破绽似的。好个王道，只消一个顽民，便将它弄得毫无根据了。

儒士和方士，是中国特产的名物。方士的最高理想是仙道，儒士的便是王道。但可惜的是这两件在中国终于都没有。据长久的历史上的事实所证明，则倘说先前曾有真的王道者，是妄言，说现在还有者，是新药。孟子生于周季，所以以谈霸道为羞，倘使生于今日，则跟着人类的智识范围的展开，怕要羞谈王道的罢。

漂杵(chǔ)：浮起舂杵。形容恶战流血之多。

破绽(zhàn)：衣物的裂口，比喻说话做事时露出的漏洞。

三、关于中国的监狱

我想，人们是的确由事实而从新省悟，而事情又由此发生变化的。从宋朝到清朝的末年，许多年间，专以代圣贤立言的"制艺"这一种烦难的文章取士，到得和法国打了败仗，这才省悟了这方法的错误。于是派留学生到西洋，开设兵器制造局，作为那改正的手段。省悟到这还不够，是在和日本打了败仗之后，这回是竭力开起学校来。于是学生们年年大闹了。从清朝倒掉，国民党掌握政权的时候起，才又省悟了这错误，作为那改正的手段的，是除了大造监狱之外，什么也没有了。

在中国，国粹式的监狱，是早已各处都有的，到清末，就也造了一点西洋式，即所谓文明式的监狱。那是为了示给旅行到此的外国人而建造，应该与为了和外国人好互相应酬，特地派出去，学些文明人的礼节的留学生，属于同一种类的。托了这福，犯人的待遇也还好，给洗澡，也给一定分量的饭吃，所以倒是颇为幸福的地方。但是，就在两三礼拜前，政府因为要行仁政了，还发过一个不准克扣囚粮的命令。从此以后，可更加幸福了。

至于旧式的监狱，则因为好像是取法于佛教的地狱的，所以不但禁锢犯人，此外还有给他吃苦的职掌。挤取金钱，使犯人的家属穷到透顶的职掌，有时也会兼带的。但大家都以为应该。如果有谁反对罢，那就等于替犯人说话，便要受恶党的嫌疑。然而文明是出奇的进步了，所以去年也有了提倡每年该放犯人回家一趟，给以解决性欲的机会的，颇是人道主义气味之说的官吏。其实，他也并非对于犯人的性欲，特别表示同情，不过因为总不愁竟会实行的，所以也就高声嚷一下，以见自己的作为官吏的存在。然而舆论颇为沸腾了。有一位批评家，还以为这么一来，大家便要不怕牢监，高高兴兴的进去了，很为世道人心愤慨了一下。受了所谓圣贤之教那么久，竟还没有那位官吏的圆滑，固然也令人觉得诚实可靠，然而他的意见，是以为对于犯人，非加虐待不可，却也因此可见了。

> 这是用反语讽刺来承上启下，点出国统区实际上是一个水深火热的大监狱。

从别一条路想，监狱确也并非没有不像以"安全第一"为标语的人们的理想乡的地方。火灾极少，偷儿不来，土匪也一定不来抢。即使打仗，也绝没有以监狱为目标，施行轰炸的傻子；即使革命，有释放囚犯的例，而加以屠戮的是没有的。当福建独立之初，虽有说是释放犯人，而一到外面，和他们自己意见不同的人们倒反而失踪了的谣言，然而这样的例子，以前是未曾有过的。总而言之，似乎也并非很坏的处所。只要准带家眷，则即使不是现在似的大水、饥荒、战争、恐怖的时候，请求搬进去住的人们，也未必一定没有的。于是虐待就成为必不可少了。

牛兰夫妇，作为赤化宣传者而关在南京的监狱里，也绝食了三四回了，可是什么效力也没有。这是因为他不知道中国的监狱的精神的缘故。有一位官员诧异的说过：他自己不吃，和别人有什么关系呢？岂但和仁政并无关系而已呢，省些食料，倒是于监狱有益的。甘地的把戏，倘不挑选兴行场，就毫无成效了。

> 兴行场：日语，戏场的意思。

然而，在这样的近于完美的监狱里，却还剩着一种缺点。至今为止，对于思想上的事，都没有很留心。为要弥补这缺点，是在近来新发明的叫做"反省院"的特种监狱里，施着教育。我还没有到那里面去反省过，所以并不知道详情，但要而言之，好像是将三民主义时时讲给犯人听，使他反省着自己的错误。听人说，此外还得做排击共产主义的论文。如果不肯做，或者不能做，那自然，非终身反省不可了，而做得不够格，也还是非反省到死则不可。现在是进去的也有，出来的也有，因为听说还得添造反省院，可见还是进去的多了。考完放出的良民，偶尔也可以遇见，但仿佛大抵是委靡不振，恐怕是在反省和毕业论文上，将力气使尽了罢。那前途，是在没有希望这一面的。

> 无论名称如何，其本质都是专政的工具。反省院的增多恰恰证明了反动派的压迫加剧，统治愈严。

情境赏析

《关于中国的两三件事》是鲁迅后期的一篇很有特色的杂文。它构思巧妙，多用曲笔，任意而谈，绵里藏针，十分巧妙而又辛辣地揭露和抨击了日本帝国主义和国民党反动派。

构思的巧妙，是这篇杂文的特色之一。这篇杂文的中心是揭露中日反动派所鼓吹的"王道"论的虚伪性；但作者在第一部分并未直接论及这个问题，而是谈了"关于中国的火"；谈了纵火烧屋，无所不为的"火神"即国民党反动派和日本侵略者。他们口头上大肆鼓吹"王道"，而行的却完全是"霸道"，目的无非是用"王道"掩盖"霸道"，以维护其反动统治。作者在开篇就将他们的"霸道"行为暴露出来，这样，就为第二部分批驳他们的"王道"论的虚伪性做了铺垫。第二部分正面展开对"王道"论的批驳。作者联系一系列历史事实，层层深入地进行分析，指出了"王道"论的虚伪性和反动性。第三部分揭露他们在大肆鼓吹"王道"、"仁政"的同时，却遍设冤狱，鱼肉人民，从而以铁的事实进一步戳穿了"王道"的骗局。第二部分是谈"王道"，而第一、三部分则是谈"霸道"；第二部分是以历史事实驳斥"王道"论的虚伪和反动，第一、三部分则是以敌人"霸道"的行为揭露其"王道"论的虚伪和反动。三个部分相互照应，异常深刻地揭示了中日反动派打着"王道"的招牌施行霸道的反动本质。

曲笔的动用，是这篇杂文的又一个特色。这篇杂文写得隐晦曲折，但内涵却十分深刻。文章很多地方都用了曲笔，如影射，暗示、反语等，产生了强烈的艺术效果。例如放火烧屋的凶神恶煞似的"火神",便是影射国民党反动派和日本侵略者。他们"一看见红色,便会亢奋起来,做出一种可怕的行动的",这是暗指他们仇视革命,仇视人民,以武力镇压革命的反动罪行。作者还用讽刺的手法称监狱的"理想乡",那里没有"火灾",没有"偷儿",没有"土匪",没有飞机的"轰炸",等等,这是影射社会上到处是火灾、偷儿、土匪、轰炸,"大水、饥荒、战争、恐怖……"整个社会犹如一座黑暗的囚牢。此外,作者还运用十分幽默、诙谐的语言来嘲弄敌人,例如称那些放火烧屋的反动派为"了不起的人物","恰如救世主一样";谈到自己因没有讴歌"三民主义"而受到迫害时,故意后悔道:"真该是讴歌三民主义的。"在谈到从"反省院"放出的人都"委靡不振"的情况时,用推测的口气说:"恐怕是在反省和毕业论文上,将力气使尽了罢。"这些反语、比喻、夸张都收到了强烈的讽刺效果。

名家点评

每个中国人骨子里都有专制思想,这种传统的深入人心的专制思想酝酿了中国几千年的专制制度。有人总是不明白,为什么中国的专制制度这么根深蒂固,为什么中国人乐于接受专制统治?

中国的传统教育就是专制思想的教育,中国人对此已经习惯,并且为这种专制自豪。对皇帝、领袖、政府来说,当然要专制,对于老百姓来说,专制思想也满足了老百姓的虚荣心,并且,中国的专制思想和狭隘的民族主义思想结合起来,使得中国老百姓在爱国时常常显示出民众专制情绪。

——朱自清

忆刘半农君

> 本文是作者为悼念刘半农逝世而作。从文体上看，是一篇记人的散文，很能体现鲁迅散文的风格。文章虽然以叙述为主，但整篇文章却是以情为线索组织的，文笔简约凝重，墨淡情浓，在委婉含蓄中蕴藉着深沉的情思

这是小峰出给我的一个题目。

这题目并不出得过分。半农去世，我是应该哀悼的，因为他也是我的老朋友。但是，这是十来年前的话了，现在呢，可难说得很。

我已经忘记了怎么和他初次会面，以及他怎么能到了北京。他到北京，恐怕是在《新青年》投稿之后，由蔡子民先生或陈独秀先生去请来的，到了之后，当然更是《新青年》里的一个战士。他活泼，勇敢，很打了几次大仗。譬如罢，答王敬轩的双镄信，"她"字和"牠"字的创造，就都是的。这两件，现在看起来，自然是琐屑得很，但那是十多年前，单是提倡新式标点，就会有一大群人"若丧考妣"，恨不得"食肉寝皮"的时候，所以的确是"大仗"。现在的二十左右的青年，大约很少有人知道三十年前，单是剪下辫子就会坐牢或杀头的了。然而这曾经是事实。

但半农的活泼，有时颇近于草率，勇敢也有失之无谋的地方。但是，要商量袭击敌人的时候，他还是好伙伴，进行之际，心口并不相应，或者暗暗地给你一刀，他是决不会的。倘若失了算，那是因为没有算好的缘故。

《新青年》每出一期，就开一次编辑会，商定下一期的稿件。其时最惹我注意的是陈独秀和胡适之。假如将韬略比作一间仓库罢，独秀先生的是外面竖一面大旗，大书道："内皆武器，来者小心！"但那门却开着的，里

面有几枝枪,几把刀,一目了然,用不着提防。适之先生的是紧紧的关着门,门上粘一条小纸条道,"内无武器,请勿疑虑。"这自然可以是真的,但有些人——至少是我这样的人——有时总不免要侧着头想一想。半农却是令人不觉其有"武库"的一个人,所以我佩服陈胡,却亲近半农。

所谓亲近,不过是多谈闲天,一多谈,就露出了缺点。几乎有一年多,他没有消失掉从上海带来的才子必有"红袖添香夜读书"的艳福的思想,好容易才给我们骂掉了。但他好像到处都这么地乱说,使有些"学者"皱眉。有时候,连到《新青年》投稿都被排斥。他很勇于写稿,但试去看旧报去,很有几期是没有他的。那些人们批评他的为人,是:浅。

不错,半农确是浅。但他的浅,却如一条清溪,澄澈见底,纵有多少沉渣和腐草,也不掩其大体的清。倘使装的是烂泥,一时就看不出它的深浅来了;如果是烂泥的深渊呢,那就更不如浅一点的好。

但这些背后的批评,大约是很伤了半农的心的,他的到法国留学,我疑心大半就为此。我最懒于通信,从此我们就疏远起来了。他回来时,我才知道他在外国钞古书,后来也要标点《何典》,我那时还以老朋友自居,在序文上说了几句老实话,事后,才知道半农颇不高兴了,"驷不及舌",也没有法子。另外还有一回关于《语丝》的彼此心照的不快活。五六年前,曾在上海的宴会上见过一回面,那时候,我们几乎已经无话可谈了。

近几年,半农渐渐地据了要津,我也渐渐地更将他忘却;但从报章上看见他禁称"蜜斯"之类,却很起了反感:我以为这些事情是不必半农来做的。从去年来,又看见他不断地做打油诗,弄烂古文,回想先前的交情,也往往不免长叹。我想,假如见面,而我还以老朋友自居,不给一个"今天天气……哈哈哈"完事,那就也许会弄到冲突的罢。

不过,半农的忠厚,是还使我感动的。我前年曾到北平,后来有人通知我,半农是要来看我的,有谁恐吓了他一下,不敢来了。这使我很惭愧,因为我到北平后,实在未曾有过访问半农的心思。

现在他死去了,我对于他的感情,和他生时也并无变化。我爱十年前的半农,而憎恶他的近几年。这憎恶是朋友的憎恶,因为我希望他常是十年前的半农，他的为战士，即使"浅"罢，却于中国更为有益。我愿以愤火照出他的战绩，免使一群陷沙鬼将他先前的光荣和死尸一同拖入烂泥的深渊。

八月一日。

情境赏析

　　本文以时间为线索，以作者的思想情感为中心，安排材料，叙事写人。文章中多次出现了表现时间的词或短语，时间线索十分明显，在叙事中，文章紧紧扣住作者"爱十年前的半农，而憎恶他的近几年"的思想感情选取材料，组织内容。

　　综合运用比喻和衬托等修辞手法表现人物，如用"武库"作比，以陈独秀、胡适之有"武库"，来衬托刘半农的无"武库"，突出其没有城府，易于亲近的性格特点。多方面、多角度刻画刘半农形象，文章既表现了刘半农"五四"时期的战士形象，也表现了他在"五四"退潮后的范例低保守，既表现了刘半农的活泼、勇敢、忠实、易于亲近等优良品质，也表现了刘半农的浅、草率、无谋等不足。

名家点评

　　没有直露的歌功颂德，有的是朋友的真挚和坦诚，自然而亲切。

——巴金

从孩子的照相说起

> 儿童解放是个性解放的重要组成部分，人性的觉醒必然引起对儿童问题的重视。本文从儿童照相所表现出的个性入手，说明以驯良来培养儿童，实质是对个性的压制。

因为长久没有小孩子，曾有人说，这是我做人不好的报应，要绝种。房东太太讨厌我的时候，就不准她的孩子们到我这里玩，叫做"给他冷清冷清，冷清得他要死！"但是，现在却有了一个孩子，虽然能不能养大也很难说，然而目下总算已经颇能说些话，发表他自己的意见了。不过不会说还好，一会说，就使我觉得他仿佛也是我的敌人。

他有时对于我很不满，有一回，当面对我说："我做起爸爸来，还要好……"甚而至于颇近于"反动"，曾经给我一个严厉的批评道："这种爸爸，什么爸爸！？"

我不相信他的话。做儿子时，以将来的好父亲自命，待到自己有了儿子的时候，先前的宣言早已忘得一干二净了。况且我自以为也不算怎么坏的父亲，虽然有时也要骂，甚至于打，其实是爱他的。所以他健康，活泼，顽皮，毫没有被压迫得瘟头瘟脑。如果真的是一个"什么爸爸"，他还敢当面发这样反动的宣言吗？

但那健康和活泼，有时却也使他吃亏，九一八事件后，就被同胞误认为日本孩子，骂了好几回，还挨过一次打——自然是并不重的。这里还要加一句说的听的，都不十分舒服的话：近一年多以来，这样的事情可是一次也没有了。

中国和日本的小孩子，穿的如果都是洋服，普通实在是很难分辨的。

但我们这里的有些人,却有一种错误的速断法:温文尔雅,不大言笑,不大动弹的,是中国孩子;健壮活泼,不怕生人,大叫大跳的,是日本孩子。

然而奇怪,我曾在日本的照相馆里给他照过一张相,满脸顽皮,也真像日本孩子;后来又在中国的照相馆里照了一张相,相类的衣服,然而面貌很拘谨,驯良,是一个道地的中国孩子了。

为了这事,我曾经想了一想。

这不同的大原因,是在照相师的。他所指示的站或坐的姿势,两国的照相师先就不相同,站定之后,他就瞪了眼睛,觇机摄取他以为最好的一刹那的相貌,孩子被摆在照相机的镜头之下,表情是总在变化的,时而活泼,时而顽皮,时而驯良,时而拘谨,时而烦厌,时而疑惧,时而无畏时而疲劳……照住了驯良和拘谨的一刹那的,是中国孩子相;照住了活泼或顽皮的一刹那的,就好像日本孩子相。

驯良之类并不是恶德。但发展开去,对一切事无不驯良,却绝不是美德,也许简直倒是没出息。"爸爸"和前辈的话,固然也要听的,但也须说得有道理。假使有一个孩子,自以为事事都不如人,鞠躬倒退;或者满脸笑容,实际上却总是阴谋暗箭,我实在宁可听到当面骂我"什么东西"的爽快,而且希望他自己是一个东西。

但中国一般的趋势,却只在向驯良之类——"静"的一方面发展,低眉顺眼,唯唯诺诺,才算一个好孩子,名之曰"有趣"。活泼,健康,顽强,挺胸仰面……凡是属于"动"的,那就未免有人摇头了,甚至于称之为"洋气"。又因为多年受着侵略,就和这"洋气"为仇;更进一步,则故意和这"洋气"反一调:他们活动,我偏静坐;他们讲科学,我偏扶乩;他们穿短衣,我偏着长衫;他们重卫生,我偏吃苍蝇;他们壮健,我偏生病……这才是保存中国固有文化,这才是爱国,这才不是奴隶性。

其实,由我看来,所谓"洋气"之中,有不少是优点,也是中国人性质中所本有的,但因了历朝的压抑,已经萎缩了下去,现在就连自己也莫名其妙,统统送给洋人了。这是必须拿它回来——恢复过来的——自然还得加一番慎重的选择。

即使并非中国所固有的罢，只要是优点，我们也应该学习。即使那老师是我们的仇敌罢，我们也应该向他学习。我在这里要提出现在大家所不高兴说的日本来，他的会模仿，少创造，是为中国的许多论者所鄙薄的，但是，只要看看他们的出版物和工业品，早非中国所及，就知道"会模仿"绝不是劣点，我们正应该学习这"会模仿"的。"会模仿"又加以有创造，不是更好吗？否则，只不过是一个"恨恨而死"而已。

我在这里还要附加一句像是多余的声明：我相信自己的主张，绝不是"受了帝国主义者的指使"，要诱中国人做奴才；而满口爱国，满身国粹，也于实际上的做奴才并无妨碍。

八月七日。

情境赏析

早在"五四"时期，鲁迅就写过许多有关儿童教育问题的文章，直到晚年，也仍保持着对这一问题的关注。从孩子照相的相片看，中国孩子个个低眉顺眼，驯良拘谨，这并非是顺乎自然的现象，而是违背了儿童的天性。在鲁迅看来，大人与儿童在人格上应该是平等的，"爸爸"和前辈的话固然要听，但必须讲得有理，否则可以当面提出意见。他主张学习外国教育儿童的方式，使他们健康活泼地成长，这才是合乎人性的教育方式。

名家点评

我认为，中国孩子和美国孩子都各有特点。美国的孩子民主而放任。所以他们从小就表现出了敢作敢为。而中国是个礼仪之邦，从传统上说有大小之分。对孩子有要求，从某种观点来说，孩子懂道理，并也束缚了孩子。所以我们的观点是，要坚持我们民族优秀的东西，同时又要接受西方的不同优秀文化。既要尊重孩子，又要要求孩子。更要坚持，尊重和要求的和谐统一。

——彭丽蓉

说"面子"

"面子"问题是中国人心中一个结，直至今日，我们办事仍在讲"要面子"，这似乎成为中国精神的纲领。鲁迅层层剖开，生动传神地分析了其实质，其中透着一种深沉的思考。

> "面子"，是我们在谈话里常常听到的，因为好像一听就懂，所以细想的人大约不很多。

但近来从外国人的嘴里，有时也听到这两个音，他们似乎在研究。他们以为这一件事情，很不容易懂，然而是中国精神的纲领，只要抓住这个，就像二十四年前的拔住了辫子一样，全身都跟着走动了。相传前清时候，洋人到总理衙门去要求利益，一通威吓，吓得大官们满口答应，但临走时，却被从边门送出去。不给他走正门，就是他没有面子；他既然没有了面子，自然就是中国有了面子，也就是占了上风了。这是不是事实，我断不定，但这故事，"中外人士"中是颇有些人知道的。

因此，我颇疑心他们想专将"面子"给我们。

但"面子"究竟是怎么一回事呢？不想还好，一想可就觉得糊涂。它像是很有好几种的，每一种身份，就有一种"面子"，也就是所谓"脸"。这"脸"有一条界线，如果落到这线的下面去了，即失了面子，也叫做"丢脸"。不怕"丢脸"，便是"不要脸"。但倘使做了超出这线以上的事，就

首先通过对"面子"的不同反映开篇。

"有面子",或曰"露脸"。而"丢脸"之道,则因人而不同,例如车夫坐在路边赤膊捉虱子,并不算什么,富家姑爷坐在路边赤膊捉虱子,才成为"丢脸"。但车夫也并非没有"脸",不过这时不算"丢",要给老婆踢了一脚,就躺倒哭起来,这才成为他的"丢脸"。这一条"丢脸"律,是也适用于上等人的。这样看来,"丢脸"的机会,似乎上等人比较的多,但也不一定,例如车夫偷一个钱袋,被人发现,是失了面子的,而上等人大捞一批金珠珍玩,却仿佛也不见得怎样"丢脸",况且还有"出洋考察",是改头换面的良方。

谁都要"面子",当然也可以说是好事情,但"面子"这东西,却实在有些怪。九月三十日的《申报》就告诉我们一条新闻:沪西有业木匠大包作头之罗立鸿,为其母出殡,邀开"赁器店之王树宝夫妇帮忙,因来宾众多,所备白衣,不敷分配,其时适有名王道才,绰号三喜子,亦到来送殡,争穿白衣不遂,以为有失体面,心中怀恨……邀集徒党数十人,各执铁棍,据说尚有持手枪者多人,将王树宝家人乱打,一时双方有剧烈之战争,头破血流,多人受有重伤……"白衣是亲族有服者所穿的,现在必须"争穿"而又"不遂",足见并非亲族,但竟以为"有失体面",演成这样的大战了。这时候,好像只要和普通有些不同便是"有面子",而自己成了什么,却可以完全不管。这类脾气,是"绅商"也不免发露的:袁世凯将要称帝的时候,有人以列名于劝进表中为"有面子";有一国从青岛撤兵的时候,有人以列名于万民伞上为"有面子"。

所以,要"面子"也可以说并不一定是好事情——但我并非说,人应该"不要脸"。现在说话难,如果主张"非孝",就有人会说你在煽动打父母,主张男女平等,就有人会说你在提倡乱交——这声明是万不可少的。

> 赁(shì)器店:方言,指出租婚丧喜庆不用的某些器物和陈设的铺子。

况且,"要面子"和"不要脸"实在也可以有很难分辨的时候。不是有一个笑话吗?一个绅士有钱有势,我假定他叫四大人罢,人们都以能够和他扳谈为荣。有一个专爱夸耀的小瘪三,一天高兴地告诉别人道:"四大人和我讲过话了!"人问他"说什么呢?"答道:"我站在他门口,四大人出来了,对我说:滚开去!"当然,这是笑话,是形容这人的"不要脸",但在他本人,是以为"有面子"的,如此的人一多,也就真成为"有面子"了。别的许多人,不是四大人连"滚开去"也不对他说吗?

在上海,"吃外国火腿"虽然还不是"有面子",却也不算怎么"丢脸"了,然而比起被一个本国的下等人所踢来,又仿佛近于"有面子"。

> 上海俗语,指被外国人所踢。

中国人要"面子",是好的,可惜的是这"面子"是"圆机活法",善于变化,于是就和"不要脸"混起来了。长谷川如是闲说"盗泉"云:"古之君子,恶其名而不饮,今之君子,改其名而饮之。"也说穿了"今之君子"的"面子"的秘密。

十月四日。

情境赏析

中国人要"面子",应当说是一种民族性。"面子",在国民的谈话里,是常常听到的,因为好像一听就懂,所以细想的大约不很多。鲁迅细想了,并对之进行了针砭,即这篇《说"面子"》。鲁迅把面子分为好几种。一种是与身份相关的,做出这种身份以下的事,即失了"面子",或言"丢脸";做出这种身份以上的事情,即是"有面子",或言"露脸"。

鲁迅的时代,距离我们已经很远了。但中国人要"面子"的现象仍在,只是表现不同,故而这篇文章也远没有过时。

名家点评

乍一看来,把全人类所共有的"脸面"当做中国人的特性,可能太不合理了。但是,中国人所讲的"脸面"不仅仅指头的前面部分,它是具有多种复杂含义的名词,其意思比我们所能描述的或者所能理解的还要多。

为了理解"脸面"的意思,哪怕是作不完整的理解,我们也必须指出,中国人具有强的爱演戏的本能……在一切复杂的生活关系中,完全依据戏剧化的样式而行动,那就会有"面子"。在他们表演时,不理他们,小看他们,喝倒彩,他们就"丢面子"。一旦正确理解了"面子"所包含的意思,人们就会发现,"面子"这个词本身是打开中国人许多最重要特性之锁的钥匙。

——(美)史密斯

《集 外 集》

  《集外集》是鲁迅1933年以前出版的杂文集中未曾编入的杂文和诗的合集。1934年在鲁迅参与之下由杨霁云编辑，鲁迅亲自校订并写《序言》1篇。1935年5月由上海群众图书公司出版。

  书中的杂文原发表于《浙江潮》、《新青年》、《语丝》、《京报副刊》、《莽原》、《奔流》、《文学季刊》、《文艺新闻》、《涛声》等报刊，诗作大都未曾发表过，一部分是据原稿录入的。

  作者曾在《集外集》序言中针对大多数中国好作家"悔其少作"的现象，声称："我惭愧我的少年之作，却不后悔，甚而至于还有些爱，还真好像是'乳犊不怕虎'，乱攻一通，虽然无谋，但自有天真存在。"这正表明了作者对其作品的态度。

  本书收录了《爱之神》、《自嘲》、《题〈彷徨〉》三篇文章。

爱之神

鲁迅倡导"个性解放"、人道主义的思想,希望改变人的精神,《爱之神》便是在这种思想指导下创作的。

一个小娃子,展开翅子在空中,
一手搭箭,一手张弓,
不知怎么一下,一箭射着前胸。
"小娃子先生,谢你胡乱栽培!
但得告诉我:我应该爱谁?"
娃子着慌,摇头说,"唉!
你是还有心胸的人,竟也说这宗话。
你应该爱谁,我怎么知道。
总之我的箭是放过了!
你要是爱谁,便没命地去爱他;
你要是谁也不爱,也可以没命地去自己死掉。"

自嘲

人在无可奈何之下往往会自嘲，鲁迅也曾有过这样的心境。

运交华盖欲何求，未敢翻身已碰头。
破帽遮颜过闹市，漏船载酒泛中流。
横眉冷对千夫指，俯首甘为孺子牛。
躲进小楼成一统，管他冬夏与春秋。

十月十二日。

情境赏析

这首诗写于 1932 年 10 月 12 日。当时日本帝国主义继"九一八"和"一·二八"之后加紧向华北侵略，中华民族处于危急关头。国民党政府采取了不抵抗政策，并在文化领域实行文化"围剿"。鲁迅的著作被禁止出版，个人自由也受到限制。《自嘲》一诗就是当时"回敬"敌人的锋利的匕首，表现了鲁迅誓与黑暗势力抗争到底的决心和为人民鞠躬尽瘁的品质。

题《彷徨》

"五四"落潮期新文化统一战线分化后,文坛形势使鲁迅不知方向,孤军奋战的寂寞使他写下了此诗。

> 寂寞新文苑,平安旧战场。
> 两间余一卒,荷戟独彷徨。
>
> 三月。

情境赏析

《彷徨》是鲁迅的第二部小说集,1926年8月由北新书局出版,共收入1924年到1925年间鲁迅写的短篇小说11篇。鲁迅在创作《狂人日记》以前,由于当时文化界死气沉沉,心情一度是寂寞的。他说:"如置身毫无边际的荒原……我于是以我所感到者为寂寞。""这寂寞又一天一天地长大起来,如大毒蛇,缠住了我的灵魂了。"(《呐喊·自序》)后来,在"五四"运动中,他呐喊战斗了。"五四"以后,革命斗争深入,革命阵营发生大分化。这反映到文化阵营内部来,"《新青年》的团体散掉了,有的高升,有的退隐,有的前进,我又经验了一回同一战阵中的伙伴还是会这么变化,并且落得一个'作家'的头衔,依然在沙漠中走来走去……"鲁迅感到"成了游勇,布不成阵了"。"新的战友在那里呢?"鲁迅当时还不曾找到。"于是集印了这时期的11篇作品,谓之《彷徨》,愿以后不再这模样。"(《自选集·自序》)鲁迅这首题诗,毫不掩饰他当年的彷徨心情,这正表现了他严于解剖自己的可贵品质。